2017年国家社科基金项目"19世纪末20世纪初英国小说中的家庭伦理叙事研究"（17BWW081）

英国维多利亚末期小说中的

家庭伦理叙事

李长亭　著

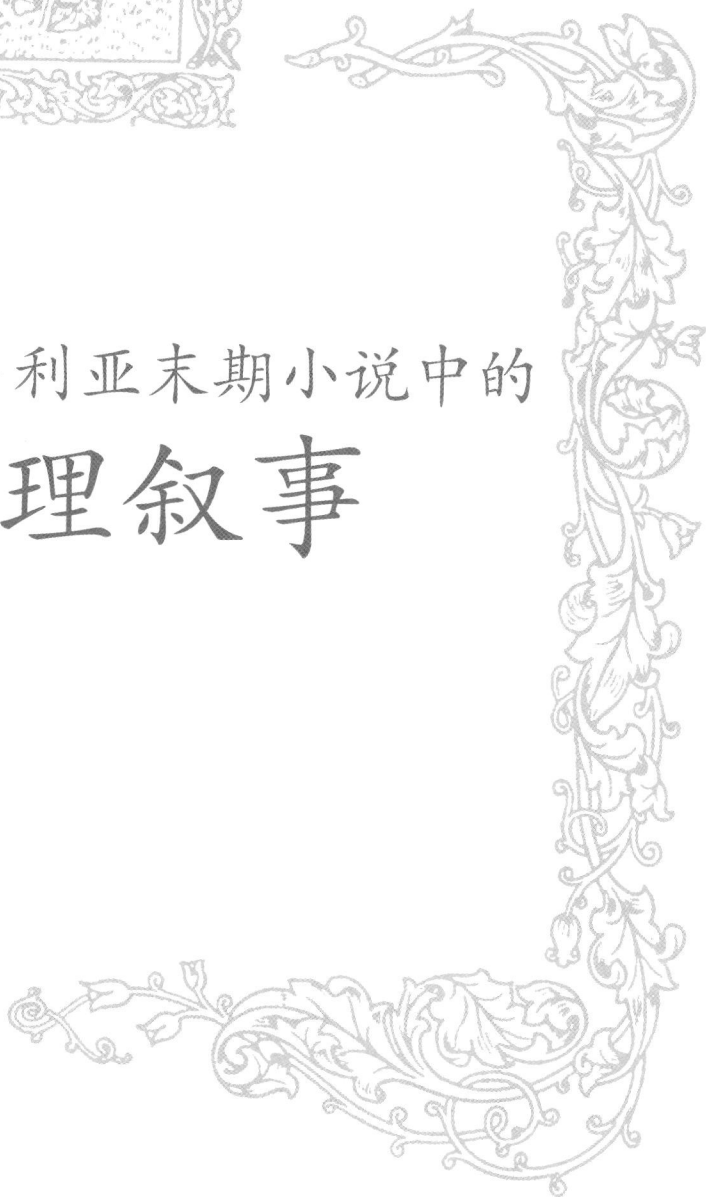

中国社会科学出版社

图书在版编目(CIP)数据

英国维多利亚末期小说中的家庭伦理叙事/李长亭著. —北京:中国
社会科学出版社,2022.9
ISBN 978-7-5227-0590-3

Ⅰ.①英… Ⅱ.①李… Ⅲ.①小说研究—英国—近代 Ⅳ.①I561.074

中国版本图书馆 CIP 数据核字(2022)第 133544 号

出 版 人	赵剑英
责任编辑	刘志兵
责任校对	杨 林
责任印制	李寡寡

出　　版	中国社会科学出版社
社　　址	北京鼓楼西大街甲 158 号
邮　　编	100720
网　　址	http://www.csspw.cn
发 行 部	010 - 84083685
门 市 部	010 - 84029450
经　　销	新华书店及其他书店

印　　刷	北京明恒达印务有限公司
装　　订	廊坊市广阳区广增装订厂
版　　次	2022 年 9 月第 1 版
印　　次	2022 年 9 月第 1 次印刷

开　　本	710×1000　1/16
印　　张	16.5
插　　页	2
字　　数	230 千字
定　　价	89.00 元

目　录

下编 殖民行为对家庭伦理的影响

绪　论

英国维多利亚时期社会发展及思想变化

第一节　西方伦理学演进及对社会的影响

在西方文明发展的历史长河中，古希腊文明作为西方文明的重要组成部分，涌现出了苏格拉底（Socrates，公元前 469—公元前 399）、柏拉图（Plato，公元前 427—公元前 347）以及亚里士多德（Aristotle，公元前 384—公元前 322）等卓越的哲学家，他们的学说奠定了西方文明的基础，他们对人性的判断影响着后世价值观的形成和发展。古希腊文明是"西方伦理文化的摇篮"[①]，反映了进入文明时代的欧洲的伦理精神，其精神就是探求善的本质以及人的行为法则。苏格拉底认为，人的幸福离不开人的行为之"善"。人之所以希望拥有"善"，为的是能够获得"幸福"，而这种"善"必须通过现实中的善行来获得。柏拉图认为，纯粹以理性为本质的灵魂进入人的肉体之后，就成为肉体的囚徒，经常被激情特别是欲望所左右，因此，灵魂常常被分割成理智、激情、欲望三个部分。人的德性来自灵魂的作用，灵魂的理智部分的德性是"智慧"，激情部分的德性是"勇敢"，欲望部分的德性是"节制"。为了使灵魂各个部分的德性得到正常的发挥，这些德性就必须存在着支配与被支配的关系。

---

① 宋希仁：《西方伦理思想史》，中国人民大学出版社 2004 年版，第 5 页。

由于理智追求智慧、认识真理，所以它必须支配激情和欲望。激情部分听从理智的领导，以免走向极端把勇敢变成鲁莽与狂妄。欲望部分更应该服从理智的命令节制克己。它们服从理智的指导，各自发挥自身的德性优势，使灵魂全体和谐一致，这时的灵魂就拥有了"正义"的德性。这样的人就是一个使正义的德性得到发挥的人。

柏拉图认为，现象世界的万物由于以"理念"为范型而存在，而众多"理念"的存在及其被现象世界模仿的原因均是由于"善的理念"的存在。因此，"善的理念"作为最高的存在，成为一切存在的终极目标。从伦理学的意义上说，这种存在可以看作是"神"，是一种无制约者，是一切正义、美和善的原因。那么，人在现实社会的一切追求当然必须以"善"为目标，凡事都要以追求"善"为根本。

亚里士多德认为，在家庭关系中，儿女是欠债者，永远欠父母的恩，而这种恩儿女是回报不完的。在这种关系的基础上，子女方面的德性是尽力报答父母，就像对神的报答一样，只有"尽力"才是足够的。所以他说，"一个尽力而为的人就被看作是公道的人"。[①]因为在我们与父母的感情关系上，实际上没有人能报偿父母所应得的东西。

在 14 世纪末期，随着社会生产力的发展，封建主义社会逐步瓦解，资本主义社会开始形成。与此相对应，人们的思想状况也发生了根本变化，文艺复兴运动成为这一时期的精神主题和基本特征。文艺复兴时期的思想家们继承了古代希腊的理性思想和伦理思想，强调以人为中心，以追求人的现实生活为目标的世俗道德，提出了适合资本主义生产关系的伦理思想，为近代欧洲伦理思想和道德文明的发展奠定了思想和理论基础。因此，文艺复兴时期是欧洲近代伦理思想史上具有开创意义的重要时期。

---

① ［古希腊］亚里士多德：《尼各马可伦理学》，廖申白译注，商务印书馆 2003 年版，第 257 页。

英国思想家弗朗西斯·培根（Francis Bacon，1561—1626）认为，伦理学就是研究人类的欲望和意志的科学，它要给人们提出行为和相互关系的指导，最终实现人生自律，达到自由的境界。哲学家大卫·休谟（David Hume，1711—1776）认为，我们判断一个行为是善还是恶的，不仅仅是因为它使我们产生了苦乐感，更是因为它本身具有一种有益或有害的客观趋向。正是由于行为或品质本身具有的某种属性或客观趋向，才使我们对它们产生了道德感。"一个其习惯和行为有害于社会，并对同他交往的所有人造成危险或伤害的人，就将因此而成为人们非难的对象，也会给每一位旁观者带来最强烈的憎恨和厌恶之感。"① 所以"我们不止重视自己的幸福和福利，同样必须赞扬正义和人道的习俗，那是因为唯有它们才能维持社会的联盟，每个人才能收获互相保护、互相协助之果"。② 有鉴于此，休谟明确指出，道德能给我们社会带来幸福的"有用性"，对我们的情感有着强大的支配力量。只有从对于公共利益和功利的反思中，我们才能产生道德上的善恶判断。"如果有用性是道德感的一个来源，且如果这个有用性并不总被认为与自我私利相关的话，那么，就应该得出这样的结论：凡有助于社会幸福的东西，本身就会直接引起我们的赞许和亲善。这里有一个原则，该原则在很大程度上解释了道德起源。"③ 因此，休谟通过态度和情感把社会效用和公共利益看作是道德判断的最终根据，从而为道德判断找到了客观根基。法国哲学家让－雅克·卢梭（Jean-Jacques Rousseau，1712—1778）也指出，我们必须"通过人去研究社会，通过社会去研究人"。④ 在

---

① ［英］大卫·休谟：《道德原理探究》，王淑芹等译，中国社会科学出版社1999年版，第38—39页。

② ［英］大卫·休谟：《道德原理探究》，王淑芹等译，中国社会科学出版社1999年版，第40页。

③ ［英］大卫·休谟：《道德原理探究》，王淑芹等译，中国社会科学出版社1999年版，第44页。

④ ［法］让－雅克·卢梭：《爱弥尔》（上），李平沤译，商务印书馆1978年版，第327页。

他看来，在私有制基础上，物质文明每前进一步，都伴随着精神不平等的深化和道德的堕落。首先，私有制社会文明的发展，使人类产生和加深了私有观念，荼毒了人们的心灵。其次，社会文明的结果就是理性取代本能，智巧取代良知。理性萌生和加强了自尊心与虚荣心，使每个人重视自己甚于重视其他任何人，重视外表的价值甚于重视内在的人格价值，并且常常被偏见和谬误引入歧途。再次，科学和艺术作为文明的标志，其发展更加剧了社会欲望和情感的发展，窒息了人类的自然情趣和自由情操。最后，在人与人的交往关系中，每个人的理性和智巧都有自己的原则，都在他人的不幸中追求自己的利益，以至于人们只知道财富、荣誉和权势，而丝毫不过问道德如何。卢梭认为，这一切都应归咎于私有制，归咎于文明社会本身。社会文明每前进一步都伴随着精神和道德的堕落。

达尔文（Charles Robert Darwin，1809—1882）的进化论通过对生物的历史与现状的研究发现，包括人类在内的一切生物，都是自然界自身进化的产物，而不是由上帝意志所创造和推动的。他指出："新约在伦理方面写得是很漂亮，但几乎无法否定，它的完整性是靠隐喻和寓言所做的部分解释来完成的。"[①] 达尔文否定了基督教伦理学的科学性，也就是否定了人类道德来自上帝启示的观念。他用进化论研究人类的理智和道德情感等问题，认为"所有道德都是由于进化而发展起来的"[②]，人与动物之间并没有一条不可逾越的鸿沟，而是通行着相类似的一些遗传法则。人类的智力、社会道德和感情等精神特性，也像人体结构的起源那样，可以返溯到比较低等的动物阶段。"高等动物的心理能力，和人的比较起来，尽管在程度上如此高下不齐，在性质上却同属一类。因此，低的就有向高处推进的可能。"[③] 同样，人的道德品质的基础，就要到动物的社会性的一些

---

① ［英］F. 达尔文：《达尔文生平》，叶笃庄等译，科学出版社1983年版，第48—49页。

② ［英］F. 达尔文：《达尔文生平》，叶笃庄等译，科学出版社1983年版，第54页。

③ ［英］查尔斯·达尔文：《人类的由来》，潘光旦等译，商务印书馆1983年版，第924页。

本能中去寻找。在人的一切属性中，道德感是最为高贵的，是人同低等动物最重要的差别，而人的社会性本能是其产生道德感的最深刻基础。

达尔文认为，这种社会性本能的形成所遵循的就是自然选择的规律：一种本能的冲动比起与它有些抵触的其他本能冲动来，只要在任何方面对有关物种有更多的好处，物种就会通过自然选择而变为两个之中更为强劲有力的一个。其原因在于，在这种本能上越是发达的个体就越有机会存活下来，而在数量上也会越来越占优势。①他举例说，野蛮人对行为的善恶判断，完全要看它们是不是影响到部落的福利，而不是整个人种的福利，也不是部落中个别成员的福利。由此证明，所谓道德感原本是从一些社会性本能中派生发展而来的。

达尔文和斯宾塞（Herbert Spencer，1820—1903）都认为，社会进化是自然进化的一个环节和表现，两者并无本质的区别。但赫胥黎认为自然进化与社会进化是两个本质不同的进化过程：自然进化是自发的，是以自然选择和生存竞争为基本特征的自然运动过程；而社会进化则是一种人为的、有目的的理想选择，是一种文明化的发展过程。这种以进化论来论述伦理道德问题的方法，在西方伦理思想史上，特别是在英国 19 世纪伦理学思想的发展中起到了重要的承上启下的作用。这一伦理学思想也充分表现在英国 19—20 世纪的文学作品中。

克洛德·列维－施特劳斯（Claude Levi-Strauss，1908—2009）认为，个人不应该是孤立的，应该是整体之中的一部分，"我"应该是"我们"中的一员。"正如集体中的个人不是孤立，或者处在众多社会中的社会不是孤立的一样，人类在宇宙中也不是孤立的。"②重

① ［英］查尔斯·达尔文：《人类的由来》，潘光旦等译，商务印书馆 1983 年版，第 163 页。

② ［法］列维－施特劳斯：《忧郁的热带》，王志明译，生活·读书·新知三联书店 2005 年版，第 398 页。

要的是整体，是社会和集体，而不是个人。施特劳斯通过对原始部落的考察，认为最能表现人类本性的是原始民族的文化，是他们的图腾和信仰。他们把全民族的利益而不是个人的利益放在首位，同时，人与自然、人与社会保持一种和谐的统一。他认为，原始文化中的这些积极因素才是拯救西方文明社会危机的灵丹妙药。伦理学家埃里希·弗罗姆（Erich Fromm，1900—1980）认为，在一个健全的社会中，任何一个人都不是另一个人实现其目的的手段，而永远是他自己的目的；在这样的社会中，人是中心，而所有的政治经济活动都服从于人的发展这一目的。① 在个人与集体的关系中，个体从来不可能游离于集体之外，长时间的集体生活使个体逐渐养成了集体无意识，他们的社会性本能会促使他们积极融入社会之中，并努力为社会服务，从而促进社会的进步和进化。而这也是一个健全个体的社会责任和担当。

亚当·斯密（Adam Smith，1723—1790）在《道德情感论》（*The Theory of Moral Sentiments*，1976）中指出："人类曾被认为是何等自私，但在其本性方面有一些明显的特征，这使他对别人的命运感兴趣，给予他们幸福，他认为对于他来讲这是必要的，尽管除了看到这些很愉悦之外，他从中什么也得不到。"② 斯密强调了人们对别人具有同情的欲望："被别人爱着，知道我们值得被别人爱着，这是多么幸福的事情。被别人恨着，知道我们值得被别人恨着，这是多么悲惨的事情。"③ 按照他的观点，我们都需要根据别人的看法来规范自己的言行以获得他们的认可。另外，这些看法在某种程度上也能保证社会的基本稳定和文明。

19世纪的理论家们倾向于"把市场地位等同于自我为中心的情感，这样，情感就在空间上被隔离开，竞争、贪婪统治着公共空间，

① ［美］埃里希·弗罗姆：《健全的社会》，蒋重跃等译，国际文化出版公司2007年版，第221页。

② Adam Smith, *The Theory of Moral Sentiments*, Indianapolis: Liberty Classics, 1976, p. 47.

③ Adam Smith, *The Theory of Moral Sentiments*, Indianapolis: Liberty Classics, 1976, p. 207.

而爱、同情等则存在于家庭环境之中"。① 这种隔离具有性别特征，大多数的男性游走在公共和私人空间，而女性则大多囿于家庭之中。女性比如母亲、女儿、妻子等天生都富有情感，特别是在生育和抚养孩子方面。但由于她们游离于政治和经济世界之外，常常不受自私的情感影响，因此她们能维护家庭情感的纯粹，也使丈夫有能力面对外部社会的压力。女人的角色不仅是同情丈夫，而且是给丈夫勇气和力量，使其能够应付外界的压力和挑战。

具体到家庭这一社会单元，西方伦理学认为，它是直接或自然的伦理精神的呈现。它以"爱"作为其存在的基石，爱体现在人不再是一个独立的、孤单的个体，而是集体中的一员，并且能在别人身上找到自己的存在。简单地说，"爱就是伦理性的统一"。② 家庭以爱为基调的伦理精神，是从婚姻、财产、子女教育三个方面来体现的。关于婚姻，弗里德里希·黑格尔（G. W. F Hegel，1770—1831）认为，婚姻的本质是伦理性，而不是自然性；婚姻的成立依据是法律，而不是任性的契约；婚姻的基础是有客观内容的爱，而不是主观抽象的爱。所以，"婚姻是具有法的意义的伦理性的爱"。③ 婚姻作为伦理是神圣的，它的伦理性在于双方人格的同一化，以及家庭成为其实体性的目的。这种同一化就是伦理的精神，它决定了婚姻的神圣性，需要双方共同维护婚姻的存续以保持家庭的和谐和完整。

第二节　英国对外扩张及其在文学中的体现

英国社会在 19 世纪 50—70 年代初都处于比较稳定的时期。在

---

① Rachel Ablow，"Victorian Feelings"，in Deirdre David ed.，*The Victorian Novel*，Cambridge：Cambridge UP，2001，p. 197.

② ［德］弗里德里希·黑格尔：《法哲学原理》，范扬译，商务印书馆1961年版，第175页。

③ ［德］弗里德里希·黑格尔：《法哲学原理》，范扬译，商务印书馆1961年版，第177页。

这一时期，英国工商业得到了长足的发展，而且拥有大量的海外殖民地。通过从这些殖民地攫取大量财富，英国逐渐成为世界上最发达的国家。1867年的改革法案进一步缓解了英国无产阶级与资产阶级之间的冲突，使国内的工业生产蒸蒸日上。在1876年，英国正式夺取苏伊士运河的管辖权，维多利亚女王也成为最大殖民地印度的女王，这样，"日不落帝国"正式建立起来了。但从70年代开始，由于澳大利亚的羊毛和美国的小麦如洪水般涌进英国国内市场，导致英国农业彻底破产。美国和德国在工业生产竞争中异军突起，使英国损失了之前在全世界大部分地区的工业垄断利润。这些因素使英国在70年代末和80年代初经历了严重的经济危机，在90年代出现越来越明显的衰落迹象。

虽然这些因素使英国的综合国力有所削弱，但其仍然拥有强大的工业和军事力量。在国内，统治者继续贿赂"工党贵族"，传播维多利亚时代的"繁荣"神话。在国外，他们继续保持甚至扩大对殖民地的压迫和剥削，进行帝国主义侵略。英殖民者在殖民过程中除通过武力征服外，还从理论层面为其殖民掠夺寻找合适的借口，企图使殖民行为合理化，从而为其野蛮行径蒙上一层温情脉脉的面纱。达尔文进化论认为，人类不同的种族都有共同的祖先，因此，人性应该是一致的。但随着社会学和人种学或者说民族学的发展，人们开始关注种族间的差异。赫伯特·斯宾塞等把达尔文的生物进化论运用到社会学领域，把社会与生物有机体进行类比，将优胜劣汰、适者生存的自然选择原则移植到社会学和人种学理论中，认为种族之间是有优劣之分的，白人是当然的优等种族，黑人则是劣等种族。这就从理论层面支持了西方殖民者的论调，即白人对黑人的文明教化是促进整个人类发展的必由之路。进化社会学甚至认为，如果说非洲土著也算人类或者说属于人类不同分支的话，那他们也是一支低等的种群，与大猩猩等动物一样野蛮愚昧，对高等种群的影响无动于衷。人类通过从野蛮、蒙昧到文明等不同的进化阶段，最后证明非洲土著处于人

类发展的低级阶段。英国著名生物学家约翰·卢伯克（John Lub-
bock，1834—1913）甚至声称，非洲土著社会的野蛮状态不是代
表了而是低于人类进化的起点，因为人类最初的原始状态包含着
进步的因素，而非洲土著社会没有任何进步因素，从进化程度来
讲，他们要低于人类的祖先。因此，他们必须置于帝国的监管之
下，只能作为潜在的劳动力使用。① 社会学家本杰明·基德（Ben-
jamin Kidd，1858—1916）指出：“盎格鲁－撒克逊民族通过实施
一些不亚于战争影响的律法，除掉了那些与之抗争的劣等民族。仅
仅通过互相接触，劣等民族就可在优等民族前消失……盎格鲁－
撒克逊民族凭着其内部的文明力量逐渐开发其领地的自然资源，
其结果不言自明。同样的历史也在南部非洲重演，用当地殖民者的
话说，土著要么必须离开，要么就必须在我们准备开发的土地上辛
勤劳作。”② 理查德·波顿（Richard Burton，1821—1890）认为，
非洲人“不如思维活跃、凡事讲究客观的欧洲人，也不如主观且
善于思考的亚洲人。他们具备了低等的东方人的大部分特征——思
维迟钝、行为懒惰、道德低下、迷信且易于冲动”。③ 他把土著人
的信仰崇拜看作是巫术和邪恶崇拜。除波顿之外，还有很多维多利
亚时期的作家都认为土著人的崇拜仪式是黑暗的、超验的，完全是
在荼毒心灵。在他们的作品中，非洲的国王被降格为“头领”（chief），
所有的非洲神父也都被称为“巫医”（witch doctor）。④ 波顿认为，
野蛮人是需要文明者来领导的，“广袤的热带地区仍旧需要劣等种族
的人来清理和打扫，这样才能适合文明人来落脚”。⑤ 还有人明确指
出：“如果没有来自工业化国家的管理和统治，非洲确定无疑地要沦

① John Lubbock，*The Origin of Civilization and the Primitive Condition of Man*：*Mental and So-
cial Condition of Savages*，London：Longman，1912，pp. 1 – 2.

② Benjamin Kidd，*Social Evolution*，New York：Macmillan，1894，pp. 49 – 50.

③ Richard Burton，*The Lake Regions of Central Africa*，New York：Horizon，1961，p. 326.

④ Richard Burton，*The Lake Regions of Central Africa*，New York：Horizon，1961，p. 347.

⑤ Richard Burton，*Two Trips to Gorilla Land and the Cataracts of the Congo*，New York：John-
son，1967，p. 311.

落到懒惰和野蛮的地步。"① 以上这些观点和言论代表了英国社会对非洲进行殖民的基本立场和态度。他们从理论层面为自己的殖民扩张寻找借口和支持。

作为对这些观点的呼应，赖德·哈格特（Rider Haggard，1856—1925）的《所罗门国王的宝藏》（*King Solomon's Mines*，1885）描述了非洲一个小国的国王在白人探险者的帮助下，经过激烈战斗终于夺回被其叔父篡夺的王位的经过。小说赞美了西方文明的智慧和强大，同时也表明非洲需要白人的帮助和教化。文明常常是和野蛮交织在一起的，而野蛮是要被消除掉的，文明注定要战胜野蛮，非洲这块黑暗的大陆必须要有西方文明的使者带来光明以驱除黑暗。不过，《所罗门国王的宝藏》也揭露了白人给当地带来的破坏，并比较了原始风俗与文明间的区别和优劣，认为文明和野蛮之间存在着尖锐的矛盾："太阳能和黑暗或者说白人能和黑人为伍吗?"② 白人进入黑暗深处既证明了白人对黑人领地的入侵，同时也在某种意义上代表了人类进化的高级阶段，白人开始从黑人的"野蛮风俗"中汲取对他们有用的成分。曾代表英国在非洲加纳进行殖民管理的托马斯·伯蒂奇（Thomas Edward Bowdich，1791—1824）在其回忆录《从海岸角城堡到阿散蒂的使命》（*Mission from Cape Coast Castle to Ashantee*，1819）中谴责了阿散蒂人用活人来祭祀的习俗，但他并不认为这些就能代表这个种族的所有文化，而且这也没有影响他接受他们的艺术、制度及风俗文化。

领土是一个政治概念，它是一种规范的政治生活模式和制度化的国家物理表现形式，反映出国民的身份归属和政治地位。但颇具讽刺意味的是，在殖民行为结束之前，英国的绝大部分无产者并没有生活在英国本土，而是生活在英国的海外殖民地。也就是说，大部

① Samuel White Bakery, *The Albert N'yanza*, *Great Basin of the Nile and Exploration of the Nile Sources*, 2 vols, London: Sidgwick & Jackson, 1962, p. 211.

② Rider Haggard, *King Solomon's Mines*, Harmondsworth: Penguin, 1965, p. 241.

分的英国民众并没有生活在自己国家的领土上。在约瑟夫·康拉德
（Joseph Conrad，1857—1924）的《黑暗的心》（*Heart of Darkness*，1902）
中，叙事者马洛评论说，非洲曾经是他在地图上梦想到达的地方：
"对土地的征服很大程度上意味着把土地从与我们肤色、长相不一样
的人手中夺过来，这不是什么好事，能够补救的只是理想而已。"①
这些土地"如今成了黑暗的地方"。② 康拉德是一位波兰裔的英国
人，作为一名海员，他长期在国外生活。独特的出身背景和生活阅
历使他"认为英国的历史发生在海外。他虽然是法律意义上的英国
公民，但他在英国从没有'家'的感觉，他也没有在英国添置房产
作为归属的象征"。③ 从《黑暗的心》中可以看出，随着奴隶贸易的
进一步开展，殖民者需要更准确细致地了解非洲和土著，这包括与
他们进行贸易的非洲商人和那些成为商品的非洲人。由于英国维多
利亚时期西方冒险家、商人以及各种打着传播文明旗号的使者蜂拥
而至这块"黑暗的中心"，这里的"野蛮风俗"日渐被帝国的意识
形态以文明的名义所取代。

　　在 19 世纪 60 年代，随着英帝国的影响力不断增强，加之种
族论和进化论在社会科学领域日益交汇，许多人认为非洲需要在
伦理、宗教以及科学方面实施帝国主义。"在 19 世纪上半叶关于
种族主义历史的一个基本问题就是，为什么反对种族主义的斗争
最后却失败了。根据 1833 年的解放法案，黑人在法律上是自由
的，但在英国人的心目中，他们无论在思想、道德还是在身体方
面依旧还是奴隶。"④ 英帝国对非洲从赤裸裸的领土占领变成了改

----

① ［英］约瑟夫·康拉德：《黑暗的心》，薛诗绮等译，长江文艺出版社 2006 年版，
第 2 页。

② ［英］约瑟夫·康拉德：《黑暗的心》，薛诗绮等译，长江文艺出版社 2006 年版，
第 8 页。

③ Rosemary Marangoly George，*The Politics of Home：Post-colonial Relocation and Twentieth-
Century Fiction*，Cambridge：Cambridge University Press，1996，p. 75.

④ Nancy Stepan，*The Idea of Race in Science：Great Britain，1800 – 1960*，Hamden：Archon，
1982，p. 1.

头换面的文化殖民，种族歧视和种族压迫依旧存在。第一批的废奴主义者把奴隶买卖归咎于欧洲殖民者，但到了 19 世纪中期，奴隶买卖的根源却被转移到了非洲。这种转移充斥着对非洲食人习俗、淫乱、巫术等的描写，使维多利亚时期非洲的黑暗成为人们的共识。许多英国人认为他们有责任对这个落后、黑暗的大陆进行文明教化，而作家更有义务推动这项事业的发展。威廉·萨默塞特·毛姆（William Somerset Maugham，1874—1965）的作品《探险家》（The Explorer，1909）中的主人公亚力克（Alec）读到"在非洲探险的辉煌业绩"后，他的"血液里激荡着那些描写带来的魔力"。① 受到这些描写的影响，他也成为一名探险者，努力与一些野蛮行径和奴隶贸易作斗争，支持帝国的扩张。毛姆的作品生动地刻画了一幅在非洲探险的群英谱，"他们一点一点地建立起帝国"，他们的理想就是"在女王的皇冠上再添一颗耀眼的钻石"。② "亚力克长期的努力取得了成功……奴隶主被他们从比英国领土大得多的土地上驱逐出去，并与获得独立的土著头领签订了合约……但只保留一个要求，那就是政府应该附加一条：被征服的土地归帝国所有。"③ 另外，还有许多作家对食人族的传说很感兴趣。据说食人（cannibal）一词起源于西班牙语中的兽性（Canibales）一词，它是加勒比人（Caribes）这个名称的一种形式，是哥伦布环球航行时发现加勒比群岛上的居民有吃人的传统，于是把加勒比人称作食人族。④ 但人类学家不能确定是否真的存在食人习俗，他们怀疑这是由西方的探险家或传教士们想象出来的。而后殖民的人类学家们则认为并不存在什么食人习俗，它是由西方的传教士们和探险家们"虚构"出来的。还有研究者认为："食人者不一定很凶残，他吞食同类不是因为恨他们，而是因为

---

① William Somerset Maugham, *The Explorer*, New York: Baker & Taylor, 1909, p. 45.
② William Somerset Maugham, *The Explorer*, New York: Baker & Taylor, 1909, p. 45.
③ William Somerset Maugham, *The Explorer*, New York: Baker & Taylor, 1909, pp. 175–176.
④ [美] 拉塞尔·雅各比：《杀戮欲》，姚建彬译，商务印书馆 2013 年版，第 30 页。

喜欢他们。"① 法农（Frantz Fanon，1925—1961）指出："拥有语言就拥有了语言所表达和暗示的世界……对语言的掌控就能具备超乎寻常的力量。"② 维多利亚时期的帝国主义既创造了殖民话语，同时也垄断了话语霸权，非洲被剥夺了语言表达的权利，成为欧洲殖民者可以随意描摹的对象。代表西方文明的《圣经》可以被翻译成无数的非洲语言，但殖民者很少把非洲语言翻译出去。就像康拉德在《黑暗的心》中对非洲土著描写的那样，他们在西方的霸权话语面前处于失语状态，不能清楚地用母语表达自己的观点，只会在喉管中发出咿咿呀呀的混响。这些作品也因此成为反映当时非洲殖民的镜像和载体，鲜明地反映了当时的殖民境况。

在西方人看来，社会上可能存在很多不同的进化阶段和奇怪的风俗仪式，但只有一种文明、一种进化途径和一种宗教是值得发扬和传播的。这些都包含在全部的殖民话语体系中。在此体系中，被殖民者丧失了话语权，几乎完全处于失语状态。我们可以运用福柯的谱系学理论来描述废奴运动、西方文明传播与非洲原始野蛮行为间的联系。福柯谱系学通过对各种各样的征服体系进行分析认为，它们不是知识的先决力量，而是知识中心化的可怕游戏。③ 这里的"知识"泛指一切构成征服体系的要素。西方的文化谱系就是把西方文明知识中心化，把其他文明边缘化、神秘化甚至妖魔化。英国发起的废奴运动其实也是殖民谱系的一部分，是一种改头换面的殖民形式，其本身就隐含着帝国的魅影，它不是纯粹的利他行为，而是英帝国在非洲立足的经济条件。要知道英帝国是在奴隶贸易为其工业化提供了足够的资本之后才提出废奴主张的。美国的独立动摇了英国"日不落帝国"的地位，

---

① Winwood Reader, *Savage Africa: Being the Narrative of A Tour in Equatorial, Southwestern, and Northwestern Africa*, New York: Harper, 1864, p. 54.

② Frantz Fanon, *Black Skin, White Masks*, trans. Charles Markman, New York: Grove, 1968, p. 18.

③ Michel Foucault, *Language, Counter-Memory, Practice* ed., Donald F. Bouchard, Ithaca: Cornell University Press, 1977, p. 148.

使其失去了大量的殖民地。为了保住世界工业大国的地位，英国的废奴运动其实也是遏制其对手在奴隶贸易和种植园经济中获利的手段。通过废奴运动，可以使美国的种植园丧失掉大量的劳动力，而英国的工业化帝国本质上就不需要这些没有任何技术的黑奴。

英国在自己的领地废除奴隶贸易后开始把自己视为非洲的救世主，这明显地表现在 1841 年尼日尔河探险中。这次探险旨在向西非传播基督教，输出"合法商品"，在非洲发展工业，开展自由贸易。这被历史学家称之为"在西非推动占领政策的第一步"。① 查理·狄更斯（Charles Dickens，1812—1870）在《荒凉山庄》（*Bleak House*，1852）中抨击了这种虚伪的慈善行为。他把凯蒂·杰里白（Caddy Jellyby）夫人的任务安排在尼日尔河岸上，以此暗示其工作就像尼日尔探险一样荒谬和劳而无功。狄更斯称这些探险者是"令人讨厌的家伙，他们离开过的地方变得比他们发现时的样子还要糟糕"。但是与康拉德不同的是，狄更斯本人也是种族主义者，他认为非洲是一块不适合文明传播的土地，只能停留在黑暗之中。"国内的工作一定要认真对待，而国外则无任何希望。"② 无独有偶，托马斯·卡莱尔（Thomas Carlyle，1795—1881）也持同样的观点。他们都认为，废奴运动和尼日尔远征等分散了大家的注意力，其实应该把精力和时间放在如何治理国内的贫困以及政府的失策方面。实际上，许多维多利亚时期的英国人都同情本国的穷人，却对受剥削和迫害的非洲奴隶无动于衷，甚至还有许多人支持美国内战中的南方种植园奴隶主。不过，从 19 世纪 40 年代一直到世纪末，奴隶制一直是人们谈论的重点话题，当《汤姆叔叔的小屋》（*Uncle Tom's Cabin*，1852）于 1852 年面世时，其在英国的销量就超过了在美国的销量。③ 英国著名诗人布朗宁夫人（Elizabeth Barrett Brown-

---

① Philip D. Curtin, *The Image of Africa*: *British Idea and Action*, *1780 - 1850*, Madison: University of Wisconsin Press, 1964, p. 298.

② Charles Dickens, "The Noble Savage", *Household Words*, 7, June 11, 1853, p. 337.

③ Philip D. Curtin, *The Image of Africa*: *British Idea and Action*, *1780 - 1850*, Madison: University of Wisconsin Press, 1964, p. 328.

ing，1806—1861）十分崇拜小说作者斯托夫人（Harriet Beecher Stowe，1811—1896）并创作了《逃跑的奴隶》（*The Runaway Slave at Pilgrim's Point*，1846）来反对奴隶制，呼吁社会给予奴隶人身自由。康拉德对所谓食人族的颠覆式描写反倒暴露出殖民者的野蛮和残暴，同时也暗示了所谓的食人族可能并不存在，它只是殖民者的想象而已。与殖民者相比，主人公马洛在处于饥饿状态的食人族身上发现了超乎寻常的克制力："克制！这可能是一种什么克制呢？这是迷信、厌恶、忍耐、恐惧——或者是某种原始的自尊心？没有哪一种恐惧顶得住饥饿，没有哪一种耐力熬得过饥饿，厌恶不存在于饥饿存在的地方，至于说迷信、信仰，或者什么你们不妨称之为原则的东西，还不如微风中的一把稻草呢。"[①] 马洛高度评价了这些所谓食人族的克制力。相反，倒是殖民者的代表库尔茨更像是食人者："他咧开大嘴——这使他的面貌显得不可思议地贪婪，好像他要吞掉整个天空，整个大地，和所有他面前的人。"[②] 康拉德通过这样的对比描写表明自己对殖民行为的立场和态度。

法国启蒙思想家伏尔泰（Voltaire，1694—1778）指出："在所有的宗教之中，基督教当然会激发最大的宽容。但是到目前为止，基督徒一直就是全人类中最不宽容的。"[③] "自相残杀的暴力是基督教历史的标志。"[④] 库尔茨打着传播西方文明的旗号在非洲横征暴敛、滥杀无辜，他把那些不听话的土著人的头颅割下来，摆在贸易站周围的柱子上做装饰。作为西方文明的代理人，库尔茨具备卓越的表达能力，他在写给"反对野蛮风俗国际协会"的报告中，有一种"好象是出于庄严静穆的仁爱胸怀的，异乎寻常的浩然正气。这就是

---

① ［英］约瑟夫·康拉德：《黑暗的心》，薛诗绮等译，长江文艺出版社 2006 年版，第 53 页。

② ［英］约瑟夫·康拉德：《黑暗的心》，薛诗绮等译，长江文艺出版社 2006 年版，第 77 页。

③ Francois Voltaire, *Philosophical Dictionary*, trans. Peter Gay, New York：Basic Books, 1962，p. 485.

④ ［美］拉塞尔·雅各比：《杀戮欲》，姚建彬译，商务印书馆 2013 年版，第 45 页。

雄辩的——辞藻的——火一般的辞藻的无边无际的威力"。但在报告最后的注解部分,库尔茨却发出了"火一般热情的呼喊:'消灭这些畜牲'"。① 斯拉沃热·齐泽克(Slavoj Zizek, 1949—)指出:"库尔茨是恶魔般的可怕化身,他知道快感的秘密,并因此恐吓、折磨他的主体,并切断了他与通常的人类思想的纽带。"② 有评论者认为,《黑暗的心》中的情节不是靠真实或心理的地理位置变化来建构的,而是靠由一系列叙事站点组成的叙事图谱来建构。这些站点为马洛的叙事提供支撑、媒介和停顿。③ 这些站点都充满了死亡意象,换言之,它们之间依靠死亡联系在一起。马洛溯河而上的最终结果就是见到了梦寐以求的库尔茨,在库尔茨的临终话语中感觉到了主体内心深处的恶,也意识到了自己的困境。这似乎是整个故事情节的结束。然而,叙事并没有到此结束,马洛继续他的寻觅,他的叙事节点回到了英国本土,他见到了在本土的公司经理、记者以及库尔茨的未婚妻。最后,叙事组成了一个圆环,复归在泰晤士河的船上听他故事的听众之中。这种叙事图谱实际上在暗示,世界是联系在一起的,非洲和欧洲之间没有什么必然的区别,对非洲的臆想反倒折射出欧洲人的无知和迷惘。在康拉德看来,残忍的暴行不是野蛮部落的行为而是库尔茨等所谓文明人的行为,文明与野蛮在广袤的非洲大地实现了逆转。

康拉德的《进步前哨》(*An Outpost of Progress*, 1897)也是一部关于非洲殖民叙事小说,小说对两个白人凯亦兹(Kayerts)和卡利尔(Carlier)在物质产品匮乏下的生存现实进行了夸张性描述。初到非洲时他们带着自以为是的满足接手了贸易站。遗落在贸易站

---

① [英]约瑟夫·康拉德:《黑暗的心》,薛诗绮等译,长江文艺出版社 2006 年版,第 65 页。

② [斯洛文尼亚]斯拉沃热·齐泽克:《幻想的瘟疫》,胡雨谭等译,江苏人民出版社 2006 年版,第 205 页。

③ Jeffrey Williams, *Theory and the Novel: Narrative Reflexivity in the British Tradition*, Cambridge: Cambridge University Press, 1998, p. 157.

的过期报纸成为贯穿这部小说的讽刺符号。小说中描写了当时媒体所推行的"进步"话语对凯亦兹和卡利尔的影响:"报上有一篇题为'我们的殖民扩张'的文章,里面尽是些高谈阔论,其中不少内容是宣传文明的权利和义务,宣传文明工作的神圣性,并为那些把光明、信仰和商业带给蛮荒之地的人们歌功颂德。"① 那些代表官方话语的报纸把野蛮的殖民扩张说成是神圣的文明,把侵略者说成是光明的使者,于是就会产生像凯亦兹和卡利尔这样自以为是的文明者:"他们对自己有了更高的评价"。② 在"进步"话语的象征界中,他们形成了主体意识,然后带着"前理解"走上"进步前哨",这是所有殖民者的心路历程。那些标榜欧洲殖民者在非洲所作贡献的华丽辞藻在这里只能在旧报纸上呈现出来。报纸上的精美言辞掩盖了殖民者到非洲的真正原因,而且助长了他们的自大傲慢情绪。小说在许多方面颠覆了对白人和黑人的传统看法。黑人在贸易站扮演着实际的管理者角色,而白人带来的却是灾难而不是进步。他们是欧洲理想主义的产物,在贸易站,没有黑人的帮助,他们几乎不能生存下去。对他们而言,周围的森林不可穿越,别人的话语他们无法理解。形成鲜明对比的是,这些为白人不屑一顾的土著人适应和控制环境的手段都是凯亦兹和卡利尔无法想象的。在《黑暗的心》中,库尔茨传播文明的远大理想使他在非洲发出了"消灭一切野蛮人"③ 的叫嚣,卡利尔也赤裸裸地表达了他的远大理想:"只有斩尽杀绝所有的黑人,才能使人在这个国家待得下去。"④ 殖民者给非洲带来的不是文明而是罪恶。

---

① [英]约瑟夫·康拉德:《康拉德小说选》,袁家骅等译,上海译文出版社1985年版,第8页。

② [英]约瑟夫·康拉德:《康拉德小说选》,袁家骅等译,上海译文出版社1985年版,第8页。

③ [英]约瑟夫·康拉德:《黑暗的心》,薛诗绮等译,长江文艺出版社2006年版,第65页。

④ [英]约瑟夫·康拉德:《康拉德小说选》,袁家骅等译,上海译文出版社1985年版,第19页。

耶稣本来代世人受过而被钉死在十字架上，十字架由此也成了拯救与爱的隐喻。而凯亦兹吊死在十字架的样子却是滑稽可笑的："双臂直挺挺地下垂，似乎僵硬地站在那儿立正，但是那发紫的半边面颊滑稽地贴在肩膀上。"① 象征理性与文明的基督教精神遭到了凯亦兹的戏弄，这也揭示了其深层次的荒谬性。凯亦兹的荒谬表现在他"误读"了十字架的"真正"功用，把它当成了一种实实在在的帮人脱离尘世喧嚣和烦恼的工具。与之前的作家相比，康拉德不仅描写了殖民者给殖民地带来的苦难，更是重点突出了殖民者的异化过程以及黑人表现出的克制和能力，从而曲折地表达了殖民政策给西方带来的消极影响。

因此，很多作家通过对英帝国在非洲殖民过程的描述，展现出殖民者以文明教化的名义对外进行疯狂掠夺和残酷镇压的殖民谱系。在这些作品中，那些建构殖民主体的话语慢慢地失去了权威性，反倒成了毁灭主体的帮凶，相伴而来的各种努力也都无果而终。

第三节　英国维多利亚时期的社会道德及文学伦理

众所周知，英国维多利亚时代以讲究道德而著名。19 世纪英国资本主义为了巩固统治，维护贵族、资产阶级的利益，统治阶级用其认可的"道德"来规范人们的行为。反映在文学领域里，不少作家在小说中塑造了很多道德典型人物，倡导利己不损人、仁爱、吃苦忍耐、勤勉、认真的品德，这是"维多利亚时代的小说与其他时代的小说的重要区别之一"。② 从思想内容看，这个时期的小说"客观再现了实在的社会和人，表达了社会和人的伦理道德关系"。③ 随

---

① ［英］约瑟夫·康拉德：《康拉德小说选》，袁家骅等译，上海译文出版社 1985 年版，第 27—28 页。
② 聂珍钊等：《英国文学的伦理学批评》，华中师范大学出版社 2007 年版，第 503 页。
③ 聂珍钊等：《英国文学的伦理学批评》，华中师范大学出版社 2007 年版，第 503 页。

着资本主义文明的不断发展，人的道德要求、道德水平、道德倾向将随着何种道德趋势发展是小说家关注的重大问题，也是作家创作中努力探索的主要内容。伦理文化的变迁，新伦理道德观念的发展变化，影响了作家的人生观、价值观。作家的创作随着伦理文化的发展而变化，从而影响了小说的主题。一般来说，作家都是按照自己所处时代的感性认识或道德观念来处理小说中的道德问题。在维多利亚时代的道德理论的影响下，作家们在不违背这一道德理论的前提下，建立起处理各种错综复杂的社会冲突和人物关系的道德原则。作家们思考人和社会的道德现状与发展趋势，研究、剖析各种道德问题，并在小说中将其思考结果生动地再现出来。

道德批评是 19 世纪英国小说家在作品中表现的重要内容。英国的"批判现实主义中没有正面的理想。这个理想首先就是作为一种实体的人能够达到完美境界这一概念。伟大的现实主义者对于普通人的信心，是他们创作的最主要的动力之一。崇高的道德伦理的理想，是现实主义作家用来对待他们当时现实的评价标准。英国的批判现实主义，本来就具有强烈地表现出来的宣扬道德的因素"。[①] 这表明道德因素是小说家们要着力表现的重要内容，同时也说明，我们应更多地关注小说中的道德元素。

不过，20 世纪可以看作是一个道德无序的世纪，随着西方各资本主义国家相继进入垄断资本主义阶段，争夺各自势力范围的矛盾日趋激化。1914 年爆发的第一次世界大战，使英国付出了近百万生命的代价。全面战争和对战争前所未有的恐惧，打击和震动了英国根深蒂固的信仰和制度，加上国内矛盾导致的 1921 年的内战，更使得英国陷入萧条、失业、饥饿、罢工不断的困境。T. S. 艾略特的《荒原》《空心人》正是这时英国人惶惑心理的写照。在这样一个无序的社会里，英国古老的传统文化在人们的日常生活中逐渐淡化。

---

① ［苏联］阿尼克斯特：《英国文学史纲》，戴镏龄等译，人民文学出版社 1959 年版，第 377 页。

人们对维多利亚时代建立起来的道德观逐步产生了怀疑，对宗教也失去了原有的热情。他们悲观、恐惧、伤感，对未来感到迷惘。19世纪末出现在欧洲大陆的各种非理性主义哲学思潮，如叔本华的悲观主义哲学、柏格森的直觉主义、尼采的"超人"哲学，以及弗洛伊德的心理学和精神分析学说，等等，在第一次世界大战后的英国迅速流传，并极大地影响到了英国思想文化的各个领域。这正是当时英国人的社会心理反映。于是，重建新的道德体系就成了思想家们急于解决的问题。在新的哲学思潮的影响下，在对以往伦理思想的反思中，直觉主义、弗洛伊德主义、虚无主义等一系列新的伦理学流派迅速形成。与此同时，英国现代主义文学也在各种哲学思潮的冲击下应运而生。英国的现代主义作家是以反英国传统道德与传统文学的面目登上文坛的。他们以世纪末各种新的哲学思潮为理论依据，尝试运用各种新的艺术表现手法，侧重于对人的主观内心世界的剖析，通过人物内在世界对外部世界的种种反应和感受，来探究人类生存荒谬性的根源，寻找解决人生的价值、人的相互关系、人的归属等问题的答案。现代派文学的出现，动摇了维多利亚时代"伟大的传统"，使沉闷、保守的英国文坛焕然一新。

在垄断资本的控制下，在社会生产高度机械化的状况下，人已不再是自己行动的主人，他们受制于他人或机器，失去了独立的个性和进取心，从而产生一种"异化"的感觉。在这样一个普遍物化的社会中，孤独、恐惧、荒谬和无意义的感觉时刻笼罩着人的精神世界，人们对价值和生活本身的意义失去了信心。用科学、理性、博爱等传统的价值观念来解决人与社会、人与人之间利益冲突的理念，在现实中被击得粉碎。人们开始害怕道德，甚至感到道德是一种压制人、控制人、支配人的异己力量。于是，道德虚无主义不可避免地产生了。"现代西方人所面临的社会危机和精神危机，正是西方文化历经数个世纪的片面理性化与世俗化的结果。取代基督教的上帝信仰而兴起的理性崇拜、科学崇拜、物质崇拜，并没有给西方社会注入内在的精神动力，相反，它们却动摇了西方文化深层的宗教根基，使现代人面临着空前的信仰危机和价值取向的混乱。"① 康德曾经悲观地提出：人的自然欲求与社会的道德律令只能永恒地处于二律背反的矛盾之中。的确，自进入文明时代，人类就卷入了个体欲求与道德律令的矛盾之中。在某种意义上，我们甚至可以说，一部文明的历史，就是人类在自然欲求与道德律令的碰撞中艰难前行的历史。因此，如何解决个体欲求与道德律令之间的矛盾，既是西方伦理哲学家试图解决的一个基本课题，也是西方文学家密切关注的问题。传统的基督教伦理观认为，道德原则与个体欲求的冲突是绝对的，道德的崇高只能靠扼制个体欲求来实现。因此，节欲、克制、守序、安分被视为美德。而功利主义道德观却认为道德原则与个体欲求在根本上应该是协调一致的。英国 19 世纪功利主义哲学家杰里米·边沁（Jeremy Bentham，1748—1832）在《道德和立法原则》（*The Principles of Morals and Legislation*，1789）中写道："自然界把人类置于痛苦和快乐这两个至高无上的主宰的支配之下。只有痛苦和快乐才能指出什么是我们应该做的，并决定什么是我们将要去做的。一方面，正确和错误的标准，另一方面，原因和结果的连接，两者都维系于痛苦和快乐的统治。痛苦和快乐支配着我们所做的一切、所说的一切、所想的一切……功利原则承认这一属隶关系，并且假定它是制度的基础，而制度的目的就是借助理性和法律之手建立一个幸福的组织。"② 所以，道德原则与个体欲求之间的矛盾是文学家热衷表达的话题，这一矛盾解决与否常常体现出作者的社会立场以及对人生的深度思考。而家庭这一具体而微的社会单元也常常是作家们热衷表达的场所，通过这一社会窗口，可以管窥到家庭道德原则以及家庭成员个体欲求的伦理选择。

---

① 姜静楠等：《后现代的生存》，作家出版社 1998 年版，第 138 页。

② ［英］杰里米·边沁：《道德和立法原则》，转引自［美］汤姆·L. 彼彻姆《哲学的伦理学》，雷克勤等译，中国社会科学出版社 1992 年版，第 121—122 页。

第四节 英国维多利亚时期的家庭伦理

英国著名社会学家劳伦斯·斯通（Lawrence Stone，1919—1999）认为，如果我们要了解一个社会的道德根基，就必须摒弃三种现代社会特有的偏见：一是在为利益而缔结的婚姻和为情感而缔结的婚姻之间划线，因为前者在道德上是被诟病的；二是无情感的性爱是不道德的，为利益的婚姻因此也是一种卖淫形式；三是个人独立自主性，个人对自身快乐的追求是至高无上的。[①] 他对罗密欧与朱丽叶的悲剧做出了自己的判断。他认为，对伊丽莎白时代的人而言，罗密欧与朱丽叶的悲剧与其说是在于命运多舛的爱情，还不如说是在于他们破坏了其所处的社会规范而为他们自己带来了毁灭。这个规范在罗密欧与朱丽叶的例子中是指要忠诚于自己的家族和社会传统，清楚各自的家庭伦理责任。英国诗人亚历山大·蒲柏（Alexander Pope，1688—1744）在《论人类》（*Essay on Man*，1734）中写道："上帝和自然连接起大的框架，让自爱和社会成为同一。""理智和情感都在回答一个伟大的目标，真正的自爱和社会是同一的。"[②] 他将感情与理智等同为致力于同一目标而非对立的两极，从而调和了感情与理智间的对立，使浪漫爱情跃升为婚姻策略及婚姻生活的重要成分。这与边沁的功利主义不谋而合。英国著名的作家、艺术家和艺术评论家约翰·拉斯金（John Ruskin，1819—1900）也认为：家的真正本质在于，它是和平之所，是避难所，不仅可避免伤害，而且可避免恐惧、猜忌和分裂。如果不能如此，它便不是家；假如外部世界的焦虑渗透进来，外部世界那变化频繁的、无人知解的、不可爱的或敌意的社会经丈夫或妻子的允许跨过了门槛，它便不再成其为家

[①] ［英］劳伦斯·斯通：《英国的家庭、性与婚姻（1500—1800）》，刁筱华译，商务印书馆2011年版，第58页。

[②] Alexander Pope, *Essay on Man*, London: Cassell & Company, 1896, p. 9.

了。那样一来，它只是外部世界的一部分，是被你们覆上屋顶、生上炉火的一部分而已。① 所以，维多利亚时代是一个以家庭生活为中心的时代，和谐向上的家庭成为整个社会的价值核心之一。② 英国人都把家庭和睦幸福看作人生奋斗的目标。这一点在许多文学作品中都可以找到注脚。

维多利亚时期人们把妇女称为"家庭天使"。具体而言，"家庭天使"概念的内涵分为三个方面。首先就是全职的家庭主妇，负责料理家务，计算家庭开支，不能让丈夫被家务琐事烦扰。操持家务是妇女力量的来源，是她们影响其丈夫的重要手段。其次，妇女应该具有高尚的思想道德，严守贞洁，相夫教子，是丈夫和孩子学习的道德典范。约翰·拉斯金在《百合——王后们的花园》一文中指出："妇女在她的家门口以内是秩序的核心、痛苦的安慰和美的镜子。"③ 在他看来，妇女不仅要承担照料家庭生活的职责，而且还应该是家庭道德与精神的核心。在《芝麻与百合》中，他认为妇女应该用道德品质去弥补男人天生的侵略性："世界上没有一场战争，没有一次不公正是你们妇女没有责任的……男人，天性好战，他们往往为了任何理由或者不为理由而战。你应该为他们选择理由，当没有理由的时候就要禁止他们。"④ 赞颂甚至神化妇女在维多利亚时期作家中非常广泛，以至于被称为"妇女崇拜"（woman-worship），而他们崇拜的不仅是女性外在的美丽，还包括她们所象征的纯洁。一个家的道德首先得视其女主人而定，然后这份道德才可被推广至社会，从而建立起英国人心目中合乎维多利亚文化身份的道德观念。在当时的社会，女主人必须成为一家的"守护天

---

① Sally Mitchell, *Daily Life in Victorian England*, London：Greenwood Press，2009，p. 266.

② 李宝芳：《维多利亚时期英国中产阶级婚姻家庭生活研究》，社会科学文献出版社2015年版，第31页。

③ ［英］约翰·拉斯金：《拉斯金读书随笔》，王青松等译，上海三联书店1999年版，第84页。

④ ［英］约翰·拉斯金：《芝麻与百合：追求生活的艺术》，张璘译，中国人民大学出版社2003年版，第71页。

使",只有这样才能给男人提供一个稳固的道德基础去服务社会、服务国家。对于道德的坚定和执着主要是源自对家的传统概念,而维系着家和道德这两个关系的主要因素,则是当时的家庭妇女。因此,在对维多利亚文化身份的理解中,女性、家和道德三者有着密不可分的关系。最后,妇女最重要的责任其实就是生育子女,抚养后代。所以女人的使命就是成为贤妻良母,抚养、照顾和教育子女,母亲这一称谓是定义妇女身份的关键因素。当然,对女人的种种规定和期待也从另一方面说明了男人在社会和家庭中的支配和主宰地位。

由于男女性别和社会分工的不同,"男主外、女主内"的性别分工模式在一定程度上成为一种等级制的分工,男人和女人获得的社会报酬是不平等的,它从制度上赋予男人以资源优势,形成男女在社会地位上的不平等。在这种社会安排中形成的社会性别关系是男性处于支配地位,女性处于从属地位。最常用来描述这种男性支配的术语就是"父权制"。男性对女性的统治是社会中基本的政治分工。父权制比阶级分层更为有力、更加持久,它牢不可摧,贯穿于所有政治、社会和经济形式之中。

英国法律规定:丈夫不仅有权拥有妻子的财产,而且也有权拥有妻子本人。"通过结婚,丈夫和妻子在法律上就成了一个人,即一进入婚姻,这位女人的存在,或她在法律上的存在,立即就被中止了,或至少已被合并和强化进她丈夫的存在中去了……尽管我们的法律通常将男人和妻子视为一个人,但在某些情况下仍将被分离出来加以考虑,如女人低劣于男人,女人必须在男人的强制下行事等。所以,在被保护期间,她所做的一切,她的全部行为,在法律上是无效的。"[①] 只是到了维多利亚末期,由于女性的觉醒,父权制遭到削弱和抵制,男女才逐步实现社会上的平等地位。

---

① [美] 凯特·米利特:《性的政治》,钟良明译,社会科学文献出版社 1999 年版,第100 页。

维多利亚文化就是以这种家庭观念为基础建构的，要求人们重视神圣的婚姻和美好的家庭。一篇曾刊于《家庭经济杂志》（*Magazine of Domestic Economy*）的文章就指出：大英帝国是一个以家为首的国度。国人对于保护家的温暖是认真和全力以赴的……因为家仍是一切之源。没有了家，大英帝国也不可能荣华。[①] 英国文学评论家沃尔特·何顿也曾经一针见血地指出："维多利亚时期的社会是以家庭为中心的。"[②] "维多利亚小说的一个特征就是关注家庭生活。"[③] 在 19 世纪末 20 世纪初的文学作品中，有许多关于家庭伦理的叙述，对这些家庭叙述进行系统的分析将有助于我们了解当时英国社会发展的历史脉络。

[①] Raymond Williams, "Woman in Domestic Life", *Magazine of Domestic Economy*, 1, 1836, p. 66.

[②] Walter E. Houghton, *The Victorian Frame of Mind*, *1830 - 1870*, London：Yale UP, 1957, p. 341.

[③] Diane P. Wood, "Preface", in Martha C. Nussbaum and Alison La Croix（eds.）, *Subversion and Sympathy*：*Gender*, *Law*, *and the British Novel*, New York：Oxford UP, 2013, p. viii.

上　编

工业文明对家庭婚姻伦理的影响

英国 18 世纪出现的工业革命全方位地改变了社会面貌，从而使人类社会不可逆转地走向了以科技、工业和市场为主导的近代社会。英国从农业和乡村经济开始向资本主义和城市经济过渡，开始从一家一户和以家庭为基础的经济，过渡到以工业为基础的经济。这些变化相应地要求人们重新思考社会的职责和家庭的结构。可以说，这场革命是人类自农业革命以来影响最为深远的变革，它不但改变了劳动、消费、家庭结构和社会结构，甚至改变了人类的精神面貌和思想传统。有学者指出，经济不把人性看作是由社会状态改变了的，也不在社会中看待人的整个行为。经济仅仅把人看作是渴望财富的存在，它能比较出获得财富的各种手段的不同效率，预测出社会的这种现象发生于对财富的追逐中。① 这充分说明了经济或者说物质财富在社会发展和人性变迁中的重要作用。

在政治方面，直到 19 世纪 40 年代，女人依然没有选举权，只有上流社会或中产阶级有头有脸的男人们才享有这种特权。这就意味着，当时英国的 260 万人口中具有选民资格的不到 100 万。一直到 1918 年，21 岁以上的男子或 30 岁以上的女子才可以投票选举，到了 1928 年，女子过 21 岁就可以有选举权了。

在经济方面，这一时期全国的经济时而萧条时而繁荣。40 年代，伴随着宪章主义运动的兴起及对男性公民普选权的要求，经济呈现颓势。1846 年，英国为保护地主阶级的利益和衰败的工业，减少了国外进口，撤销了《谷物法》，经济状况渐渐有了起色。19 世纪五六十年代，英国见证了维多利亚盛世时期经济的高速发展，这得益于工业发展早期铁路、造船基础设施的快速发展，但到了 80 年代至90 年代中期，经济又开始持续低迷。

约翰·洛克（John Locke，1632—1704）在《政府论》（*Two Treatises of Government*，1689）中指出了政治理论与家庭生活之间最直接而

---

① Josephine M. Guy, *The Victorian Social-Problem Novel*, London：Macmillan Press，Ltd.，1996，p. 79.

明确的联系，那就是婚姻表现出一种共同利益与财产的契约关系，但并不赋予丈夫统治妻子的权力。"几乎维多利亚时代的所有小说都关注个体与社会间的关系。读者通过作品中的人物活动来了解社会。"① 小说家在很多小说中都描述了家庭、婚姻对人物发展的影响。丹尼尔·笛福（Daniel Defoe，1660—1731）的《莫尔·弗兰德斯》（*Moll Flanders*，1722）中的主人公在下层中产阶级圈子里游走，很快得出悲伤的结论：婚姻是政治权谋的结果，为了形成利益，发展生意，爱在婚姻中不扮演角色或只扮演小角色。在一次痛苦的经历之后，她领悟到，只有金钱才能使女人可爱。就婚姻而言，17 世纪末和 18 世纪下层中产阶级中的女性不被视为伴侣或性对象，而更多地被视为财产或身份物。② 笛福曾斥责说，维持家庭财产和家族地位的婚姻等同于强奸的同义词，因为女性总是被迫服从男性。强迫婚姻就结果来看不仅使人陷入精神痛苦，而且还会使人堕落。笛福反对为金钱结婚的理由是相当清楚的："由于婚姻是关乎幸福的生活状态……我认为世上最合理的事就是，婚姻中的当事人应被赋予婚事的最后决定权，只有当事人才能决定婚姻，当事人拥有一切婚姻自由。"因为"如果只是徒具形式的婚姻，便无所谓爱不爱；但婚姻中要有快乐……一定要有爱"。③ 亨利·菲尔丁（Henry Fielding，1707—1754）的《汤姆·琼斯》（*Tom Jones*，1749）提出两种新旧婚姻观。索非亚的姨妈维斯顿夫人劝索非亚说，家族间的联姻是大事，她应该把家族的荣誉置于个人利益之上。她甚至把婚姻看作是聪明女性善于利用的一种投资。索非亚的父亲维斯顿先生在整个婚姻中把索非亚的母亲当作用人来使唤，将索非亚锁在房间，直到她同意嫁给他为

---

① Josephine M. Guy, *The Victorian Social-Problem Novel*, London：Macmillan Press, Ltd., p. 68.

② ［英］劳伦斯·斯通：《英国的家庭、性与婚姻（1500—1800）》，刁筱华译，商务印书馆 2011 年版，第 182 页。

③ ［英］劳伦斯·斯通：《英国的家庭、性与婚姻（1500—1800）》，刁筱华译，商务印书馆 2011 年版，第 172 页。

她挑选的男人，只是因为这人是郡里最有钱的一个人。塞缪尔·理查逊（Samuel Richardson，1689—1761）的《克拉丽莎》（*Clarissa*，1747）中的女主角克拉丽莎来自绅士家庭，家人要将她许配给面目可憎的索尔莫斯先生。在经历痛苦的心理煎熬之后，她拒绝了这个纯粹着眼于利益的婚姻，离家出走，投入风流潇洒的拉夫雷斯的怀抱，但拉夫雷斯强暴了她。她因失身伤心而死。这在 17 世纪末和 18 世纪引起社会对子女选择配偶权的长期争论。到了 19 世纪，工业文明对家庭和婚姻的影响更多地体现在社会的不可抗力、新旧势力间的冲突以及悲剧的社会性等。这在托马斯·哈代（Thomas Hardy，1840—1928）和 D. H. 劳伦斯（David Herbert Lawrence，1885—1930）的小说中都有突出的体现。

第一章

《德伯家的苔丝》中的家庭婚姻伦理

引 言

在哈代的作品中保留着很多宗教元素，"哈代文学语言的基石是《圣经》和《祈祷书》"。① 这些是他作为宗教信徒时学到的。与此形成鲜明对比的是，他还系统地研究了达尔文的《生物进化论》和一些地理知识。他终生都保留着这些书籍。尽管哈代一生所受的影响是多方面的，但对哈代影响最大的是达尔文的进化论学说。"在哈代的全部创作和思想发展过程中，进化论学说贯穿始终，是哈代的伦理道德观念的思想基础。"② 在伦理学上，哈代在运用进化论学说解决创作中的矛盾冲突时，往往把功利主义作为一把钥匙。以实际功效或利益作为道德标准的功利主义，是资本主义自由竞争原则在道德上的反映。哈代把功利作为衡量人物行为的道德标准，并以此构思情节和表现人物的思想冲突，说明作家在处理道德伦理问题时所坚持的资产阶级人道主义的人生观。约翰·穆勒（John Stuart Mill，1806—1873）的功利主义（utilitarianism）是哈代的思想基础。穆勒在伦理学上是功利主义的代表，主要继承了传统的英国快乐论学派

---

① Patricia Ingham, *Thomas Hardy*, New York：Oxford UP, 2003, p. 73.
② 聂珍钊：《文学伦理学批评导论》，北京大学出版社 2014 年版，第 553 页。

的观点，宣扬和发展了边沁的思想和功利主义学说，把幸福或大多
数人最大的幸福作为至善和道德标准，认为凡是能促成最大多数人
的最大幸福的行为就是正义的行为。虽然穆勒和边沁一样主张最大
多数人的最大幸福，认为善恶的标准不是行为者自身的幸福，而是
公众的幸福，但是他们都把利他主义建立在利己主义基础上，认为
个人的自我发展、自我实现，是一个人为共同利益服务的最好方式。
因此，他的功利主义并没有解决好利己主义和利他主义之间的关系。

社会进化学家哈伯特·斯宾塞（Herbert Spencer, 1820—1903）
完整地阐述了地理和生物大发现的重要意义以及对人们宗教信仰的
影响。依照进化论的观点，人类行为就是动物行为的进化，善德观
念萌芽于动物的行为，最后成为人类的行为准则。正义感情中包含
着利己主义和利他主义两种因素，而利己主义则先于利他主义，是
人顺应社会需要的根本情感。随着社会的进化，人才会放弃利己主
义要求。他主要从奥古斯特·孔德（August Comte, 1798—1857）的
理论中吸收营养。孔德主张放弃绝对理念，为社会规划建立在科学
原则基础上的蓝图。这些都适应于工业社会的发展。孔德认为社会
同自然并无本质的不同，没有必要在自然科学和社会科学之间做出
划分。这一思想，为后来的实证主义社会学奠定了方法论基础，也
成为人们长期争议的问题。和孔德一样，斯宾塞致力于创建一套新
的伦理体系，这些理论家都极力推进生物进化和地理发现对人类发
展的影响，哈代对此也产生了极大兴趣。

达尔文的作品建立在地理发现的基础上，采用归纳的方法，总
结了多年来对动植物的深入研究成果。这种方法以网状的形式进行
严格的分析和认真的讨论。不过他运用的语言却充满了自然神学的
意味，而哈代在写作中也采用了这种方法。

哈代时期，社会阶层的区分是很普遍的。社会阶层主要分成三
级：上层社会、中层社会和下层社会（或者说工人阶级）。同时这也
被赋予神圣的意味，即这是由上帝安排的阶级等级，对所有人来讲
都是适合的。这种阶层的划分是与生俱来的，或者是根据财富，或

者是根据职业来划分的，它保证了每个人在社会中的地位。这种安排体现出了社会的安全性和永久性，社会的福祉也是由上层到下层依次递减的。"很明显，保持社会地位的一个阶段性因素就是金钱，也就是在教育、娱乐以及衣食住行方面所采用的生活方式。"① 金钱决定一个人在社会中的地位，因此社会中的每个人都把追逐金钱作为自己的人生奋斗目标。

哈代在小说中以虚构的具有浓郁乡村特色的"威塞克斯"（Wessex）为故事背景，以两性关系、心理追求和伦理道德为题材，创作了一系列生动反映乡村变迁和人物性格的乡土小说，成为现代主义兴起前夕英国最后一位杰出的现实主义小说家。他的"性格与环境小说"（"novels of character and environment"）引发了传统卫道士有关婚姻伦理和宗教制度的普遍争议，但这些作品无疑最能体现作者敏锐的生活感悟、成熟的创作思想与高超的小说艺术。哈代的小说主要反映两个互为关联的主题，即在传统社会中对工人阶级和妇女的不公正待遇。他把这两个主题与社会的变化联系在一起。这些集中体现在他后期的两部小说《德伯家的苔丝》和《卡斯特桥市长》之中。不过，这并不意味着他像查理·狄更斯（Charles Dickens, 1812—1870）和伊丽莎白·盖斯凯尔（Elizabeth Gaskell, 1810—1865）那样是一个现实主义小说家。他们都描写了不健康和危险的工厂生产状况、长时间的劳动、恶劣的生活条件、对童工的剥削以及半饥饿状态。哈代的小说虽然主要描写工人阶级，但他们几乎都处于英国西部的农村，以威塞克斯郡为代表，而且存在一些不容易解决的问题。这些小说中的人物在个人"性格"与外部"环境"的驱使下，与社会习俗、婚姻伦理、宗教制度和新的生产方式等进行了不懈的斗争，反映了这些"小人物"在强大的社会传统和工业变革中无望的挣扎和必然的悲剧命运，体现出人物悲剧的社会性，构成了19世纪末英国小说人物最真实、最具有乡土生活气息的典型形象。"尽管

---

① Patricia Ingham, *Thomas Hardy*, New York：Oxford UP, 2003, p.41.

哈代的小说呼唤幸福和完美，但它的深刻却源于缺憾、混乱和无果而终。"① 尽管小说一再追求事物的连贯性，但无论是社会的传统形式还是沿袭下来的信仰，交流方面的困难或者是身体的脆弱，这些都影响着人们的欲望和追求，主人公很少有实现的愿望，即使偶尔实现了愿望，也总是伴随着些许的失望，体现出命运中的不可逆性和悲剧性因素。

第一节 苔丝的伦理选择

《德伯家的苔丝》是哈代饱受争议的一部小说。这些争议主要围绕着苔丝是被诱奸还是通奸以及哈代的"纯洁"或"自然"到底指什么等问题展开。许多读者认为这是他"最好的也是最伟大的英语小说之一"。② 也有读者认为，社会对苔丝实行维多利亚性道德的"双重标准"，后来又有批评者视之为对农业社会衰落的记录，还有批评者认为是对当时宗教绑架伦理价值的抨击。③ 很多评论者不愿意把"纯洁"一词用在苔丝身上，认为她是一个通奸者、未婚妈妈、宗教怀疑论者和杀人凶手。④ 此外，还有代表性的言论如："对安吉尔和亚雷来说，他们不可避免地互相伤害他们都爱着的女人。每个人都对她构成了极大的伤害，所以她是被毁掉的。"⑤ "这两个男人造成了苔丝的死亡。"⑥ 等等。概括起来，这些评论几乎都聚焦于苔

---

① Gillian Beer, *Darwin's Plots：Evolutionary Narrative in Darwin，George Eliot，and Nineteenth-Century Fiction*，Cambridge：Cambridge UP，1983，p. 232.

② J. B. Bullen, *Thomas Hardy：The World of His Novels*，London：Frances Lincoln Limited，2013，p. 139.

③ J. B. Bullen, *Thomas Hardy：The World of His Novels*，London：Frances Lincoln Limited，2013，p. 142.

④ Kathleen Blake, "Pure Tess：Hardy on Knowing a Woman"，*Studies in English Literature*，22，1982，p. 690.

⑤ D. H. Lawrence, "Study of Thomas Hardy"，in Bruce Steele ed.，*Study of Thomas Hardy and Other Essays*，Cambridge：Cambridge UP，1985，p. 100.

⑥ Tony Tanner, "Colour and Movement in Hardy's *Tess of the d'Urbervilles*"，*Critical Quarterly*，10，1968，p. 230.

丝悲剧的外部因素，即苔丝是社会关系中被动的牺牲品，却忽视了从苔丝主体层面探究造成其悲剧命运的内部因素。下面我们就从苔丝的伦理选择角度来审视造成其悲剧命运的内部即主观因素。

小说的副标题把苔丝形容为一个"纯洁"（pure）的女性，"纯洁"一词除了与自然有关外，还可以从物质和精神两方面进行理解，即女性身体的纯贞和心灵的澄澈。小说用了很多对自然环境的描写和时空转换的方式来衬托苔丝的"纯洁"和成长经历。不过，自然的变化也与当时的社会发展存在一定的关系。

在19世纪中后期，达尔文、赫胥黎及斯宾塞等社会生物学家都认为，伦理和社会进步是与自然进化过程紧密相连的，人们可以借助于对物质和自然世界的了解来考量伦理世界。① 然而在19世纪末期，许多人开始怀疑伦理和自然之间的联系。尽管进化的要旨是优胜劣汰、适者生存，但"适者"不一定是最好的，因为相对条件决定了适者的种类。赫胥黎指出，社会进步意味着在每个关节点上对自然变化进行监督和改变，这可以称之为伦理进程或变化。伦理变化的结果不是那些最适合物理生存条件的得以生存，而是那些在伦理方面最适合生存的才得以生存。② 如果说赫胥黎把社会看作是本质善良的话，那么很多思想家都认为社会就如自然一样，弱肉强食，充满了残忍和不公。在看待女人的问题上，虽然19世纪的社会信仰从宗教转向科学，"但对女人的态度却没有多少改变，历史和圣经对女人的定义仅仅是变成了生物和科学术语"。③ 在《德伯家的苔丝》中，哈代把自然和伦理联系起来。他认为，社会和法律都从属于自然发展过程。一个男权至上的社会会使用"自然"话语来压迫女性。作品中反复把苔丝比喻为"自然之女"，把许多发生在她身上的重要

---

① James Paradis, "Evolution and Ethics in Its Victorian Context", in James Paradis ed., *Evolution and Ethics*, Princeton: Princeton UP, 1989, p. 27.

② T. H. Huxley, *Evolution and Ethics*, London: Pilot Press, 1894, p. 81.

③ Penny Boumelha, *Thomas Hardy and Women*, New Jersey: University of Wisconsin Press, 1982, p. 24.

事件都置于对周围环境的描写之中，这实际上是一种对苔丝的伦理绑架。她试图挑战当时伦理、自然和社会结构的联系，但社会正是靠这种联系得以巩固下来的。不管作者对苔丝的好恶如何，他都是通过凝视来实现自己的写作目的的。有时是叙述者的凝视，有时是其他人物的凝视，不过他们都要通过她所处的环境去观察她。

　　对苔丝一生造成重大影响的就是她与亚雷在树林中的交合。在此之前，受父母的差遣，苔丝一个人去富裕的本家德伯家做工。其间德伯家的富少亚雷垂涎于苔丝的美貌和身材，试图与她接近，但都没有成功。苔丝在亚雷家工作几个月后，和她的伙伴去镇上参加星期六晚上的狂欢舞会。在从镇上回家的路上，别的女孩子因为嫉妒亚雷喜欢苔丝这个新来者，都合伙疏远她。这时候亚雷从后面赶过来，让她骑在他的马背上继续赶路。后来他们来到一片神秘的树林，树林里弥漫着雾气，他们迷失了方向。苔丝筋疲力尽地躺在地上，"一切都包裹在浓密的黑暗里，一切都像黑暗一样"。[①] 在"栖息的鸟儿"和"蹦蹦跳跳的兔子"（86）的环境中，两个人处于一种原生态的自然循环之中，加上之前亚雷的用心，性爱成了两人的本能而非理性，在一个远离传统道德的环境中自然而然地发生了。虽然许多评论者认为亚雷强奸了苔丝，但若细读作者对这一部分的描写，就会感到这是自然而然发生的事情，没有胁迫也没有反抗，表现出苔丝女性欲望的觉醒，同时也隐喻了苔丝的主动性：自然本能遵守了快乐原则，"满足快乐的欲望适用于所有的生物"（232）。在性愉悦面前，个体因素会显得很无助，因为思想被生理性的身体所裹挟，生理需求战胜了理性思考。马修斯承认，"清醒的意识有可能会想法去阻止性愉悦的泛滥"，但是人性对"取消性激情方面似乎没有什么明显的进步"。[②] "哈代把性置于性别之上，他认为维多利

　　① Thomas Hardy, *Tess of the d'Urbervilles*, Oxford：Oxford UP, 2008, p. 86. 以下引用只标注页码，不再详注。

　　② Thomas Robert, "Malthus", in Philip Appleman ed., *An Essay on the principle of Population*, New York：W. W. Norton, 2004, p. 75.

亚小说都有自然主义取向。"在《无名的裘德》的开头，哈代描写一个妇女把一头被宰的猪的性器官对着裘德的头。而人的头隐喻着思想和理性。在哈代笔下，主人公们都想主宰自己的命运，正如裘德所言，我们都是能和群体区分开来的单个的个体，并能据此做出自己的判断，但我们同时也和动物无异，与我们的同类和我们仰赖的事物分享同样的物质环境，具有共同的命运。不过，"哈代拒绝把自然拟人化，他把性别描述为对性的否定，性别不可避免地依附于性"。①

尽管维多利亚时期对性这一问题是很严肃的，但苔丝的失身给她带来的影响更多的是社会层面而非身体层面。叙述者认为，苔丝本人依旧和她的皮肤一样纯洁。苔丝后来自责"软弱"，她告诉亚雷："我的眼睛被你搞得有点模糊了。"（91）这暗示了苔丝本人在一定程度上是接受亚雷"非礼"的。另外，自那晚上以后，苔丝的举止并没有显示出她被强奸了。尽管亚雷是在九月份的一个周六晚上夺去她的贞操的，可她却是在"十月末的一个周日上午"离开的。（89）也就是说，她有一个多月的时间自愿做他的情人。等她回到自己的家时，她已经怀孕了，进入了人生的一个新阶段。晚上她一个人在树林中漫步，"走在鸟儿栖息的树篱之中，看着兔子在月光下的兔场跳来跳去，或站在雉鸡筑巢的树下"，苔丝自己"就像一个罪人闯进了纯洁之地"（101）。苔丝感觉到的罪恶完全是伦理意义上的，使她从旧的自我中分裂出来的"不可探知的社会沟壑"创造了想象中的道德"淘气精灵"（101）。苔丝受社会传统的影响，没有认识到她的行为是"纯粹"自然的行为，与自然合一被看作是女性特质。所以自失贞后，对象征秩序的敬畏使她一直处于精神分裂和迷惘状态。为了躲避之前对自己的影响，她频繁地从一个地方走向另一个地方，幻想获取精神的涅槃。这有点像鲁迅的小说《祝福》中的祥林嫂，试图通过自己的努力换取社会对自己行为的认可。叙述者把

① Nancy Armstrong, "When Gender Meets Sexuality in the Victorian Novel", in Deirdre David ed., *The Victorian Novel*, Cambridge：Cambridge UP, 2001, p. 189.

自然看作是理解苔丝的方法，也是衡量社会法则公平与否的手段。在收获谷物时，叙述者指出，女人"成为屋外自然的一部分，并不只是平时被看作的一件物体。田间的女人是田地的一部分，她们失去了自己的边界，吸取周围的精华，并使自己融入其中"（124）。但他没有意识到，"纯粹客观的自然与人类主观规定的自然是有区别的"。① 他认为，苔丝相信自然能够对她的悲惨境遇给予公平的评价："有时候她漫无边际的幻想会加剧她周围的自然进程，周围的一切也似乎成了她故事的一部分。它们实际上也成了她故事的一部分，因为世界只是一种心理现象，它们就是它们看起来的样子。"（72）叙述者从心理和主观层面来看待自然，这暗示着，任何从客观自然角度来审视苔丝的做法都是建立在由主观和社会决定的自然基础上的。在小说中，自然只是社会结构的一部分，自然和社会的结合点不仅反映了苔丝的主体性，而且也折射出叙述者的伦理观。叙述者相信，社会法则的不公平和任意性可以通过自然法则进行纠正。

事实上，失贞这件事对苔丝影响不是很大。其一，她受父母之命去亚雷家，他的父母希望她能嫁给亚雷，借此改变家庭的窘境。因此她有一定的思想准备。其二，她和亚雷发生的性爱是在自然条件下自然而然发生的，体现了她"纯洁"的自然生态，并不违背她的意愿。所以笔者在前面用了"交合"一词来突出他们的生物性特质。

在与安吉尔的接触过程中，苔丝逐渐被他的气质所吸引，与亚雷相比，安吉尔显得有气质、有涵养。在听到安吉尔弹奏竖琴时，苔丝身上引起了一阵性方面的狂喜："她的心境随着二手竖琴的音符而起伏不定，优美的旋律就像微风一样吹过她的心扉，使她眼含热泪，飘浮的花粉好似看得见的音符，花园的潮气也似它敏感的泪水。尽管夜幕快要降临，发出不同气味的花草闪烁着，好像它们不是有意靠近似的，不同的色彩与声音的波浪混合在一起。"（145）这揭示

---

① Byron Caminero-Santangelo, "A Moral Dilemma: Ethics in *Tess of the d'Urbervilles*", *English Studies*, 1, 1994, p. 48.

了人们都有的动物性的一面与历史特殊性之间的张力。在特殊性中，我们每个人必须通过对感知经验的质疑来感受特殊性。这部分可能不是我们平时认为的表达情感的方式。哈代不是向我们展示我们熟悉的表达模式，而是要探索在我们聚精会神的时候，我们究竟感觉到了什么。沃尔夫说："让我们记录下来原子依次落在我们心间的感受吧。让我们追踪这种形式吧，尽管表面上它们没有什么联系，互不相干，但每一个动作或场景都会在意识中留下烙印。不要想当然地认为生活存在于我们普遍看好的大的方面而不是那些小的方面。"①

安吉尔内心深处是对自然的浪漫想法，他崇尚圣洁的自然。他早些时候评价苔丝是"自然界新鲜且纯洁的女儿"（136）。小说的副标题"真实展现的一个纯洁的女人"暗示一个含混的自然观点：苔丝处于自然和社会传统的冲突之中。小说用苹果树上的黏性枯萎病来形容失身对苔丝造成的影响。这种病是由一种叫棉蚜虫的昆虫造成的，这种虫的名字来源于它们分泌的胶状白色绒毛。在树上，这种绒毛就像苔丝的怀孕一样，仅仅是一种毫无价值的生物现象，但当它接触到她的皮肤时，就在上面留了记号。所以当她怀孕这件事被置于伦理维度之中进行考量时，其自然的单纯性就改变了，成为一种红色的枯萎病，标志着她是一个堕落的女人。

安吉尔认为苔丝的价值在于与自然的融合，因为与自然的融合能反映出苔丝身体和心灵的纯洁。在他看来，苔丝失身是因为她远离自然或者说受自然污染造成的。因为许多维多利亚时期的人都把女人看作是"本质纯洁，不受性欲望的诱惑"。他们把"非自然的性"，包括女性的性欲和不贞洁等同于"军事、政治和经济上的沉沦"。② 这种与纯洁、健康和自然等的联系在苔丝的世界里形成了一个可怕的陷阱。如果说她是自然、纯洁的，她就一定是无形的，等待男性意志来矫形。如果她是不纯洁的，就会被视为伦理道德上的

---

① Virginia Woolf, *The Common Reade*, New York：Harcourt, 1925, p. 150.
② Stone Lawrence, *The Past and Present Revisited*, London：Routledge, 1987, p. 375.

沦丧。所以，"环境的驱动既影响安吉尔也支配了亚雷的行为，使他们按照自己的欲望塑造苔丝"。① 因此，小说叙述者达尔文式的伦理立场是有问题的，因为他总是把自然放在现存的社会结构语境中来理解，而这在苔丝的世界里却是悲惨和不公正的来源。小说中的悲剧和不和谐既是自然也是社会发展的产物。自然法则就像人类法则一样是残酷的，也是任意的。把伦理归于自然只会刺激不公平，因为只能在现存的社会结构中才能理解自然。

维多利亚时期对性的话题是很严肃的，甚至这一时期的色情资料也是严肃的。英国于1857年出台淫秽物出版法（Obscene Publication Act，1857），规定出版传播淫秽作品是违法的。不过维多利亚时期却是色情作品的黄金时期，很多经典作品都有涉黄之嫌。哈代作品广受诟病的原因之一就是对色情的描写。他的"小说阐释了色情的愉悦和危险，因为男女间不可能有正常的关系"。② 《德伯家的苔丝》被认为具有色情元素是因为政府对书籍的审查制度和叙事者对苔丝美貌及男女情事的描写。从小说开始部分路过的陌生人到最后在巨石阵等她醒来的16个耐心的警察，苔丝一直处于男性的凝视之下。他们根据各自的欲望建构着苔丝这一客体。"她的身体好似一块空白的画布，男性可以在上面根据自己的想象进行刻画，从亚雷的粗俗设计到安吉尔的飘逸描绘，包含了男性对女性书写的方式，表达了他们的深层次需求。"③ 对于大众的凝视，她成为一个沉默的客体。"作为哈代最具悲剧色彩的牺牲品，她最后沦为亚雷淫欲的对象和安吉尔阳痿式的理想主义客体。他们从没有把她看成有着自己欲望的主体。"④ 但尽管如此，她仍在传统与自我之间进行着不懈的抗争。

---

① T. R. Wright, *Hardy and the Erotic*, London：Macmillan，1989，p. 113.

② T. R. Wright, *Hardy and the Erotic*, London：Macmillan，1989，p. 2.

③ J. Hillis Miller, *Fiction and Repetition：Seven English Novels*, Oxford：Basil Blackwell，1982，p. 118.

④ J. Hillis Miller, *Fiction and Repetition：Seven English Novels*, Oxford：Basil Blackwell，1982，p. 19.

叙述者既强调苔丝的客体身份，也隐现了她的主体身份："她的孩提时代依旧静静地隐伏在她的各方面。在她今天走路的时候，她的胸部上下震颤，女人味十足。你有时候可以在她面颊上看到她 12 岁的样子，她的眼睛闪烁着 9 岁时的光芒；甚至她 5 岁时的样子也不时地表现在她翘起的嘴角上。"（19）在她离开马洛特去塔尔勃塞牛奶场的前几天，叙述者描述道："她面颊红润的时候，考虑事情比面容苍白的时候少；她心境越放松，她就显得越漂亮；心情越紧张，姿色就越差。"（113—124）从这些描述可以看出，苔丝的身份并不是一个统一的整体，她并没有完全根据外部的凝视来对自己的身体矫形，仍是一个可以支配自己身体的自由主体。

19 世纪一个很普遍的现象就是妻子对丈夫要温柔体贴、百依百顺，"苔丝对安吉尔无私的爱使她情愿扮演一位顺从、温柔的妻子形象"。① 失去了与世俗的接触，她也就失去了与现实的接触。在她的理想中，她把安吉尔幻化为神的形象。其实她很快就痛苦地发现，安吉尔本人实际上比她给予的想象还差得很远。即使面对苔丝不顾一切的爱，安吉尔依旧不能摒弃他维多利亚时期的中产阶级伦理观，把女性的贞洁看得高于一切。"作为阿波罗式的人物，他有时候会给苔丝带来光明和生机，但也会给她带来痛苦和磨难。"② 苔丝的盲点是她对安吉尔的信任和依赖，不过"她的能力和经历使她最终意识到安吉尔传统的伦理判断是主观的、不准确的"。③ "安吉尔像别人一样对她粗暴，他确实那样！她之前从不允许自己有这样的想法。但他确实这样！"（416）除了意识到安吉尔的自私之外，她的敏感和智慧也使她对破坏她生活的社会力量产生厌恶和敌意。父亲死后，苔丝发现原本一贫如洗的家要被人从这片土地上驱逐出去，她心中

---

① Peter Gay, *Education of the Senses*, Oxford：Oxford UP, 1984, p. 174.

② J. B. Bullen, *Thomas Hardy：The World of His Novels*, London：Frances Lincoln Limited, 2013, p. 175.

③ Byron Caminero-Santangelo, "A Moral Dilemma：Ethics in *Tess of the d'Urbervilles*", *English Studies*, 1, 1994, p. 57.

"对不公突然有一种反叛的冲动": "在她的生活中——她可以从灵魂深处发誓——她从没想着做坏事; 但这些艰难的判断已经来了, 无论她犯什么样的罪都不是她故意想犯的, 可为什么要接二连三地受到惩罚呢?" (416)

诚然, 在与命运抗争的过程中, 在关乎命运转机的关键时刻, 社会就会设计无数的"机缘巧合"来阻碍苔丝实现自己的愿望, 这些"机缘巧合"最终促成了她的悲剧命运。

第一次由于她的疏忽, 她家唯一的一匹马被意外撞死。事情发生后, 她自责道: "全是我的错——全是我的! 我没有理由——没有。" (34) 她正因为对此感到内疚, 才答应父母去自己的同姓家族德伯家做工, 在那里遇见了亚雷, 她的命运也就此发生了巨大的变化。

第二次巧合发生在与安吉尔结婚的前夕, 她向他坦白自己以前的事情。她想告诉安吉尔她和亚雷的关系, 但一直没能如愿。她最后鼓足勇气写信告诉他, 但她把信从门下边塞进安吉尔的房间时, 却塞到了地毯下面, 安吉尔未能看到。这也是影响二人关系发展的主要原因。

第三次巧合是她生活十分拮据, 不得已去找安吉尔的父母寻求帮助。但她碰巧听到安吉尔的哥哥诋毁她的话。而且她发现她早先留在树篱里的靴子也不见了。苔丝完全被"这些不合时宜的征兆"影响了心情, 认为"不可能再考虑回到牧师家里去了"(377)。在她回去的途中遇上了亚雷, 他又重新闯进了她的生活。再加上随后家庭发生的一系列变故, 她只得再一次成为亚雷的情妇。

这些巧合虽然改变了苔丝的命运, 但也展现出苔丝实现自我和与传统抗争的过程。同时苔丝并不总是遵守叙述者对女性的看法, 她有自己的性格和追求。有学者指出: "苔丝并不是一个消极的牺牲品, 她处事果断而不怯懦, 即使面对不能克服的困难, 也毫不退缩。"① 在给自己的私生子施洗礼时, 她借助宗教仪式挑战世俗。受洗是她对夭

---

① Rosemarie Morgan, *Women and Sexuality in the Novels of Thomas Hardy*, London: Routledge, 1988, p. 89.

折孩子的唯一安慰。因为父亲不愿意把牧师请到家里为孩子施洗礼，她就自己扮演牧师的角色给孩子举行受洗仪式。这一举动显然忤逆神圣和传统，但她坚持认为自己的行为无可厚非。"自给夭折的孩子施洗礼以来，平静一直伴随着她。尽管有点夸张，在白天，她确实对灵魂感到恐惧。但不管怎样，她现在没有什么不安的了。理由是，如果上天不允许这一接近上帝的行为，不管是对她自己还是对孩子而言，她都不会珍惜这样的天堂。"（112—113）这充分表明，苔丝就像一个叛逆者，敢于对不公正的社会秩序进行抗争。这种抗争不只是一时的冲动，也不是无理取闹，而是要维护人的基本权利和伦理秩序，挑战男性和传统的权威。因此，摩根认为苔丝是"英国文学史上最坚强的女性之一"。[1] 苔丝在与命运抗争的过程中，交织着奋斗与艰辛、挣扎和无奈。小说中弥漫着一种命中注定的悲剧气氛，苔丝就像困在泥淖中的迷途者，越挣扎就陷得越深。所以苔丝不是作为无助的牺牲品而是悲剧的代理者，她选择自己的方式，创造自己的悲剧身份。但这并不表明，苔丝在做无谓的抗争，她其实背负着沉重的家庭和社会责任，她在自由和责任之间进行着痛苦的伦理选择。

首先是家庭责任。因为苔丝的父亲整天酗酒，缺乏家庭责任感，喜欢做一些不着边际的白日梦，母亲又是多产的女人，她给苔丝带来了家庭的爱和温暖，但也给她带来了无尽的负担。家庭的境况使她心里暗自埋怨母亲"给她那么多的弟弟妹妹"（26），供应这么多张嘴吃饭。作为家庭的长女，她承担着照顾弟弟妹妹和家庭生活的重任。马的死亡使家里失去了劳作的工具，同时也暗示了农村小农经济的衰萎。

她在父母的催促下去亚雷家做工，在亚雷家失身后怀孕，生下的孩子不久就夭折了。父亲的去世更使整个家庭处于崩溃的边缘。

---

[1] Rosemarie Morgan, *Women and Sexuality in the Novels of Thomas Hardy*, London：Routledge, 1988, p. 85.

由于当时劳动妇女得到的报酬很低，她母亲根本无力抚养那么多的子女。地主这时又把他们从土地上赶走，因为他想让自己的工人去耕种，而村民则因为苔丝的名声不愿施以援手。他们全家一贫如洗，走投无路。这时亚雷表示愿意伸出援手，帮她渡过难关。为了全家的生活，她又一次被迫成为亚雷的情妇，以换来他对全家的救济。实际上，苔丝与亚雷的两次接触都是基于对家庭的考虑。为了家庭她以牺牲自己的幸福为代价，而这些都是当时的社会环境和社会制度造成的。作为不被社会看重的女性，她只能以自己羸弱的身躯和坚强的意志艰难地支撑着摇摇欲坠的家庭使之不至于倾覆。所以在某种意义上讲苔丝就是整个社会的悲剧代理人，在她身上集中体现了维多利亚时期的社会环境和社会制度给下层民众带来的困厄和苦难。

尽管她与亚雷住在一起并享受到她需要的物质条件，但她的精神已经脱离了她的肉体。当安吉尔从巴西回来找到苔丝时，苔丝"在精神上已经不把身体看作是自己的了——任它游荡，像一具顺水漂浮的尸体，朝着与它的生存意志无甚关联的方向漂去"（441）。苔丝的遭遇暴露出维多利亚时期社会的冷酷以及经济结构的不合理。她的悲剧在于她不能拥有她自己，支配自己的身体，讲述自己的语言。

其次是伦理或者说社会责任。小说没有说明苔丝离开亚雷的具体原因，因为从以上分析我们可以看出，苔丝对亚雷并没有表现出明显的反感，但亚雷表示出了自己的真诚。那么笔者认为，唯一的理由就是苔丝看不上亚雷的为人和品格。亚雷曾告诫她："记住，我的女人，我曾经是你的主人！我还会再成为你的主人。如果说你是一个男人的妻子的话，你就是我的。"（388）但她并不甘心屈服于所谓主宰世界的法则，面对亚雷近乎疯狂的追求，苔丝依旧坚持自己的伦理选择，因为她已经与安吉尔有了婚姻，她要恪守婚姻的伦理。她对纠缠自己的亚雷叫道："惩罚我吧！……用鞭子抽我，碾碎我，你不要在乎干草堆下的那些人怎么想！我不会哭喊的。一旦成了牺牲品，就永远是牺牲品了。——这是法则！"（388）从小说对社会的描述中可以看出，苔丝对法则的看法还是比较准确的。一个女人一旦失去了贞操，就会永远沦为牺牲品。当苔丝向安吉尔坦诚了自己的过去并求他原谅时，安吉尔回答道："原谅不适用于这类事情。过去你是一个人，现在你变成了另一个人。天呐——原谅怎么可能遇见这样一个像变戏法一样怪诞的事情！"（268）其实苔丝和安吉尔的分手就标志着婚姻的失败，"好像他们之间没有什么可以再点燃激情之火了"（278），即使最后有那么一点也旋即被苔丝的坦白冲掉了。

苔丝的痛苦是根深蒂固的，她极力想摆脱亚雷的控制，保持对安吉尔的忠诚，无奈家庭的贫困、爱人的出走及周围人的漠视使她走投无路，除了求助于亚雷别无他法。极具讽刺意味的是，在苔丝面临绝境时，整个社会都对她保持沉默，但当她杀死亚雷，能够与自己的心上人坦诚以对时，代表社会机器的警察和司法机构就马上抓捕她，判处她死刑。这虽说是她咎由自取，但也充分体现出社会的无情和伦理失序。

安吉尔某种程度上是苔丝杀死亚雷的幕后推手。在苔丝恳求他不要离开她时，他对苔丝说："那个人还活着的时候，我们怎么能在一起？——他是你自然中的丈夫，不是我。如果他死了，情况可能就不一样了……"（285）所以苔丝只有杀死亚雷才有可能和安吉尔在一起。比起与亚雷间的身体与物质的交换，苔丝与安吉尔间的爱更多的是建立在精神层面上的阳春白雪般的爱情。在她的理想中，她把安吉尔幻化为神的形象。所以苔丝的盲点就是她对安吉尔的信任和依赖。"在她对安吉尔的爱里，几乎没有一丝的世俗。在她崇高的信任里，他集所有的优点于一身——知道一个向导、哲学家和朋友应该知道的所有知识……他有时候会吸引她大大的、崇拜的目光。"（257）不过她的能力和经历使她意识到安吉尔传统的伦理判断是主观的、不准确的。苔丝的忏悔实际上是怀疑安吉尔利用权威的凝视对自己的身份进行建构，揭示出欲望与貌似真实的客体之间的分离。安吉尔没有责任感的出走又一次把苔丝置于由男性主宰世界的危险之中，她又一次沦为色情的和经济的客体。苔丝试图通过个人的努力去改变自己和家庭的状况。"在她的生活中——她可以从灵魂深处发誓——她从没想着做坏事；但这些艰难的判断已经来了，无论她犯什么样的罪都不是她故意犯的，可为什么要接二连三地受到惩罚呢？"（416）米勒指出："她的人生旅程具有不可逆性，但我们找不到足够的理由来解释这些变故。社会的不公、经济萧凋、自然残酷等都是原因，但这些并不能完全解释她的悲惨命运。"① 实际上她更多的是命运、文明和男性欲望的牺牲品、悲剧的代理者，揭示出"欲望的残忍，爱的脆弱"（326）和伦理失序。尽管她拼命挣扎，努力做出自己的伦理选择，但她从没有成功地掌握一次自己的命运。苔丝的死令人扼腕叹息，因为"她是小说中唯一有伦理意识的人。她能意识到社会的不公并勇于抗争，而且她比其他人都有能力去主持正义"。②

哈代在小说中指出了传统社会的人性缺失和瑕疵。在哈代看来，人文的伦理环境不能建立在自然的基础上，因为自然本身就是残酷的。也不能建立在宗教基础上，因为宗教不可能给予每个人公平的神性。他认为，集体的"直觉"可以创造"社会机器的紧密合作"，可以达到"人类进步的顶点"。③ 如果说苔丝的直觉能够有希望建立一个更友好、更公正的社会秩序的话，那么她的死表明，社会还没有建立起这样的秩序，她的伦理选择也只能停留在"优胜劣汰"的生物学层面上。正如安吉尔逐步意识到自己的缺点一样，读者如果能够潜心读下去的话，也能完全体会到社会中存在的问题，更清醒地认识到苔丝在关键时刻的伦理选择，从而重新审视传统的伦理秩序。

---

① J. Hillis Miller, *Fiction and Repetition: Seven English Novels*, Oxford: Basil Blackwell, 1982, p. 116.

② Byron Caminero-Santangelo, "A Moral Dilemma: Ethics in *Tess of the d'Urbervilles*", *English Studies*, 1, 1994, p. 59.

③ Byron Caminero-Santangelo, "A Moral Dilemma: Ethics in *Tess of the d'Urbervilles*", *English Studies*, 1, 1994, pp. 60 –61.

第二节 《德伯家的苔丝》中的身体、家族和死亡

按照拉康的理论，哈代强调视觉，建构自我身份以及建立在视觉意象中的欲望客体。拉康解释说，性吸引通过"面具的调节"以及对他者充满欲望的视觉意象得以发生。[①] "欲望建立在凝视的基础上"，激起得快消失得也快，通过连续的错位转移到新的客体上。[②] 因此性欲就是一种窥阴癖和幻象，注定处于不断的失望之中。"窥阴癖者不断找寻的只是躲在幕后的一个影子。他可以幻想任何在场的事物。"[③] 哈代诱使他的读者追问他的窥阴癖者真正看到了什么。哈代笔下的女主人公时常通过她们爱人的凝视来描述，而且在特殊的场景中，比如通过窗户、天花板上的洞、林子里的空地等。克里斯蒂娃指出："文学通常把主体在自然和文化……欲望和法律……本能驱动和社会规制等之间的复杂关系置入语言之中。"[④] 很多评论者不愿意把"纯洁"一词赋予苔丝这样一个通奸者、未婚妈妈、宗教怀疑论者和杀人凶手。[⑤] 但哈代在第5版的序言中，抨击了这种批评："他们只会把这个词的意义和文明训令中人为的、缺乏创意的意义联系起来，忽视了该词在自然中的意义以及对它的审美诉求，更不用提他们从宗教的美好方面给予的精神阐释了。"[⑥] 换言之，苔丝是一个纯粹自然和在女性特质方面纯粹女性的人物。她在美丽和动机方

[①] Jacque Lacan, *The Language of the Self*, trans. Anthony Wilden, London: The John Hopkins UP, 1968, p. 107.

[②] Jacque Lacan, *The Language of the Self*, trans. Anthony Wilden, London: The John Hopkins UP, 1968, p. 85.

[③] Jacque Lacan, *The Language of the Self*, trans. Anthony Wilden, London: The John Hopkins UP, 1968, p. 182.

[④] Julia Kristeva, *Desire in Language: A Semiotic Approach to Literature and Art*, New York: Columbia University Press, 1980, p. 97.

[⑤] Kathleen Blake, "Pure Tess: Hardy on Knowing a Woman", *Studies in English Literature*, 22, 1982, p. 690.

[⑥] Thomas Hardy, *Tess of the d'Urbervilles* (New Wessex Editions), London: Macmillan, 1974, pp. 29 – 30.

面都是纯粹的。在回到亚雷身边这件事上，她最后失去了某种纯洁，但尽管有创伤性的性经历，她依旧保持了内心的纯洁。她是男性分裂女性的牺牲品，安吉尔对她理想化，而亚雷则贬低她。她在自然与文明之间进行着不懈的、无法逃避的挣扎。

从小说开始部分路过的陌生人到最后在巨石阵等她醒来的 16 个耐心的警察，苔丝一直是男性凝视的对象。这绝不是不经意的一瞥，而是在各自的欲望意象中建构这一客体。"她的身体好似一块空白的画布，男性可以在上面根据自己的形象进行刻画，从亚雷的粗俗设计到安吉尔的飘逸描绘，包含了男性对女性书写的方式，表达了他们的深层次需求。"① 叙述者不仅强调苔丝的主体身份，也强调了她的客体身份。在社会的凝视下，她的身份既不浑然一体，也不独立统一："她的孩提时代依旧静静地隐伏在她的各方面。在她今天走路的时候，她的胸部上下震颤，女人味十足。你有时候可以在她面颊上看到她 12 岁的样子，她的眼睛闪烁着 9 岁时的光芒；甚至她 5 岁时的样子也不时地表现在她翘起的嘴角上。"（19）无论苔丝作为主体还是客体，叙述者都很感兴趣。但他也注意到，苔丝的身体未能表达她的情感。"有一天她面色粉红无瑕，而另一天则表现得苍白悲戚。"在她离开马洛特的前几天，叙述者描述道："她面颊红润的时候，考虑事情比面容苍白的时候少；她心境越放松，他就显得越漂亮；心情越紧张，姿色就越差。"（113）但叙述者也声称有权代表苔丝说话，进入她的主体意识，表达她的情感，并摆脱受男性欲望监禁的客体身份。所以，"苔丝悲剧的部分原因在于她的历史是由坏人来书写的，她的身份也是被坏人建构的"。② 安吉尔第一次见到苔丝是在马勒村舞会结束的时候，他的"眼光落到苔丝身上"（21），但随即他急急忙忙离开了。其余的时间都是亚雷以自己粗暴的方式建

① J. Hillis Miller, *Fiction and Repetition*: *Seven English Novels*, Oxford: Basil Blackwell, 1982, p. 118.

② T. R. Wright, *Hardy and the Erotic*, London: Macmillan, 1989, p. 109.

构她。在与苔丝第一次见面时，他"那双滴溜溜转的眼睛"立马就盯上这个漂亮的表亲。(44) 他坚持自己把草莓送到她嘴里，以使她屈服于自己的淫威。"由于发育成熟，身材丰满，她看起来比实际上更像成年女人。"(46) 所以亚雷老盯着她看。有一次在马车上，亚雷把马车赶得飞快，苔丝央求他慢下来，他就威胁苔丝必须要吻他才行。这表明亚雷千方百计要让苔丝满足自己的欲望，并在她身上打上他的印记。吻过以后，苔丝感觉到了羞耻，脸色通红，并"下意识地"擦去了"他的嘴唇在她面颊上留下的印迹"(59)。最后，在树林里亚雷在她身上留下了永远擦不去的印迹，破坏了她纯洁的身体。尽管如此，叙述者认为，苔丝本人依旧和她的皮肤一样纯洁，因为这些不幸的遭遇并非她的意愿。对于大众的凝视，她成为一个沉默的客体。所以苔丝是命运、文明也是男性欲望的牺牲品，这揭示出"欲望的残忍，爱的脆弱"(294)。她从没有成功地做一次自己的主人，当她努力要向安吉尔说明真相时，他阻止道："咱们可别让过错把今天这个好日子带坏了。等到以后无聊的时候再说，倒是解闷的好材料。"(225) 安吉尔对她的阻拦客观上为他们今后的感情危机埋下了伏笔。

在最后得知苔丝的失身经历后，安吉尔的男子中心主义使他无法原谅苔丝的过去，他最后选择远走巴西去经营农场。但是安吉尔的出走再一次把苔丝置于由男性主宰的世界的危险之中。即使她努力使自己不再吸引男人的注意，但她依旧沦为色情和物质凝视的对象。她剪短了自己的眉毛，用手绢遮住脸，极力掩盖自己性感的身体。然而她走过的地方仍充满了色情诱惑，有无数"像乳房似的半圆形土丘"(294)。这似乎暗示着她依旧逃脱不了被凝视的命运。当她无意撞见亚雷在布道时，她仍然觉察到，她对亚雷有一种触电般的影响力，她的背上感觉到了他"欲望的凝视"(318)。当她近距离地审视亚雷时，亚雷嚷道："不要这样看我!"(322) 实际上，叙述者让苔丝处于失语状态，使她无法用语言表达自己的诉求，只能借助于无力的凝视来发泄自己的情感。即使叙述者很少关注她说什么，倒是对她的嘴唇形状很感兴趣，好像她充满了性诱惑一样。在得知苔丝的家庭处境后，亚雷把自己扮作撒旦的角色，来到苔丝家引诱她，并帮助他们家找到栖身之地，渡过生活难关。为了回报他对家庭的帮助，她不得不又一次和亚雷生活在一起。安吉尔从巴西回来时认识到："他原来的苔丝在精神上不再把他面前的身体看作是她自己的了——好像把她的身体看作是水上的浮尸一般，让它任意漂荡，和她那有生命的意志各奔西东。"（392）安吉尔的归来使她本已心如死灰的情感重新燃起了希望，她憎恨亚雷再一次剥夺了她寻求幸福的机会，不得不杀死了他。在逃跑的日子里，她和安吉尔度过了一段伊甸园般的时光，哪怕片刻的静谧，也使她对生活充满渴望。"她的嘴张着，紧靠着克莱尔的脸，看来好像一朵半开的鲜花。"（402）所以，她的悲剧在于，她不能实现她自己的意愿，支配自己的身体，说自己的语言。在代表着国家机器警察的凝视下，苔丝躺在石板上，就像一只待宰的无辜的替罪羊，完成对社会的救赎。

出身贫寒的苔丝是一个生存错位的过渡性人物，挣扎在两种生活方式之间。起先由于年轻貌美，有幸成了衰亡的德伯家族与新兴的乡村士绅之间"正在消失的历史联系媒介"，然后又因为"资产阶级男人"的玷污和宗教伦理的迫害，最终由"纯洁女人"沦为"淫荡的杀人犯"。[①] 她处在个人精神独立和家庭生存依赖的夹缝中，又缺乏明确的意识和自我判断能力，因而不免对新近发现的家族历史充满朦胧的向往。在赶车去镇上卖蜂蜜时，由于苔丝心不在焉，全家人赖以仰仗的宝贝老马死于车祸。迫于家庭生计，她勉强踏上了攀亲联姻的路途，去实现父母再继续历史的厚望。她自己希望德伯家族在每个方面都很高贵，但当她看到亚雷时，她吃惊于他的一副缺乏贵族相的外表：举止野蛮，眼睛滚圆。这与她之前的想象相去甚远，她想象中的贵族应该是有一副上年龄的、带有尊严的脸。

---

① Jan B. Gordon, "Tess's Journey", in Harold Bloom ed., *Modern Critical Views*: *Thomas Hardy*, New York: Chelsea House Publishers, 1987, p. 117.

在她懵懂的意识中，德伯家族高贵的血统以及形象的记忆代表着她的家族甚至英国的历史。因此苔丝陷入了既充当家庭拯救者又面临身体危险的困境。亚雷无意充当德伯家族的"历史联系媒介"，在性本能的驱使下，他的兴趣集中在孤苦但美丽的"无产阶级姑娘"的肉体上。相反，苔丝追求的则是以纯洁爱情为基础的平等婚姻，她走向亚雷只是出于"环境"的驱使。即使遭到强暴，敢于蔑视传统道德的苔丝也没有在精神上屈服，她不愿为家庭的生存去谋求农业资本家的情妇或妻子的身份。在家族的历史重任和亚雷的享乐主义之间，弱小的苔丝进行了决绝的抗争，这种抗争显示了"她坚定的追求和崇高的人性，也将批判的矛头指向了维多利亚时期的宗教制度和婚姻道德"。[①] 她为了自由和平等，敢于和当时的宗教制度和伦理秩序进行坚决的抗争，体现出一个在困厄中奋力挣扎的悲剧女性形象。

在苔丝决定向安吉尔忏悔自己的过去之前，他们在准备做新房的屋子里看到了苔丝两个女长辈的画像。安吉尔不情愿地发现，尽管她们的外表看似夸张，可苔丝姣好的容貌还依稀有她们的影子。"一个是又长又尖的嘴巴，眯缝眼，把嘴咧着强作笑容，一股奸险无情的神气；那一个是鹰鼻子，大牙齿，瞪着两只大眼睛，气焰万丈，差不多要吃人的样子。看见过这两副脸的人，做梦非梦见她们不可。"（230）叙述者把她们描写得有些面目狰狞，甚至不怀好意。这些画像实际上会在安吉尔的心中留下阴影，因为他会不自觉地联想到，苔丝身上可能会继承这些基因。这为他今后离开苔丝埋下了伏笔。不过，苔丝在小说中被塑造成一个目标单纯的女孩，没有早期德伯家族所具有的邪恶相。叙述者坚持认为苔丝是纯洁的，痛惜亚雷的粗鲁行为在苔丝美丽的女性身体上留下的痕迹。但叙述者也隐隐觉得这是一种因果报应："我们固然可以承认，现在这场灾难里，也许含有因果报应的成分在内。毫无疑问，苔丝的一些披着铠甲的

---

① 李维屏：《英国小说人物史》，上海外语教育出版社 2008 年版，第 223 页。

祖先，战斗之后，乘兴归来，恣意行乐，曾更无情地把当日农民的女儿们同样糟蹋过。"（79）叙述者的矛盾书写其实也体现了安吉尔对苔丝的矛盾态度，他既迷恋苔丝的纯洁和美貌，又对她的出身心存芥蒂。《旧约·出埃及记》第 20 章第 5 节中写道："我耶和华，你的上帝，是忌邪的上帝。恨我的，我必追讨他的罪，自父及子，直到三四代。爱我守我诫命的，直到千代。"① 这实际上表明了，祖宗犯下的罪恶一定会报应在儿孙身上，即使万能的上帝也是睚眦必报的。但从生物遗传的角度讲，这似乎也有点种族的遗传基因在里面，祖宗身上的善恶都会在后代身上得到延续和传承。

自《物种起源》出版以来，19 世纪的科学家和作家都在不断讨论生物的遗传特征。19 世纪 90 年代，出现了种质理论。该理论认为，生物的物理和智力特征都会一成不变地一代接一代地继承下去。小说对强奸的场景和对两个德伯家族妇女画像的描写似乎要表明，只有依靠暴力才能达到自己的目的。小说描述了一个暴力场景，似在暗示苔丝具有家族的暴力特征。当她在麦垛干活的时候，亚雷来纠缠她，并侮辱了她远在巴西的丈夫，其目的是想让她对他回心转意，忘掉安吉尔，转投他的怀抱。"她吃蛋糕的时候取下的一只皮手套，放在自己的大腿上。没有任何预兆，她冲动地拿起手套，直接抽在他的脸上。这只手套就像勇士的手套一样，又重又厚。它直接打在他的嘴上。富于幻想的人，也许会以为，这种动作是她那些满身甲胄的祖先们习惯做的把戏，现在又发作了。"（344）苔丝的这一系列动作好像是自然而然发生的，压根就不需要思考。这暗示着，苔丝继承了祖先好勇斗狠的基因，同时也为她后来手刃亚雷做好了铺垫。

苔丝身上不但有祖先遗传的暴力基因，同时也有因果报应的因素。苔丝在杀死亚雷之后，他告诉了安吉尔她当时的想法："在我用

---

① 中国基督教三自爱国运动委员会：《圣经》，南京爱德印刷有限公司 2016 年版，第 289 页。

手套打他的嘴巴之前,我就害怕有一天我会用手套打他的嘴巴,以报复他在我年轻无知的时候设诡计害我,还有他通过我对你做的坏事。"(396)但是,即使安吉尔把这看作是一种遗传特征,他也不知道"德伯家族的血统里到底有什么邪恶的因素导致苔丝做出这种反常的事情——如果那真能说是反常的事情。他的脑海中瞬间闪过一个念头,谋杀和马车的家族传统可能会遗传,因为众所周知,德伯家族常做这些事情"(397)。实际上,我们只有忽视小说中德伯家族逐步累积起来的指称意义,才有可能把叙事看作是不可靠的叙事,即叙事中把苔丝描写为一个纯洁、高贵的女子。之所以说她高贵是因为她属于一个曾经辉煌过的家族。但小说同样透漏出这个家族遗传下来的一些负面特征:强奸犯、勇士、冷酷无情、自负得近乎残忍。这些特征怎么能够证明苔丝杀死亚雷就是进攻性的防守呢?因为防守建基于将要发生而未发生的事情上,它们不可能和遗传的暴力相安无事。如果说苔丝这样做是由遗传因素驱动的,那么她的意图就是与行为毫无关联的,她没有自己的自由意志,不能自主选择。在这点上,叙事者只是提供了一种他自己都不完全相信的阅读体验,似乎苔丝有自我选择的空间,其实苔丝除了服从命运的安排外,她没有任何其他的选择。不管苔丝如何挣扎,如何采用道德的方式来面对命运,到头来依旧逃脱不了由遗传因素决定的宿命。

叙述者暗示,机缘总是与苔丝个人的性格及所处环境格格不入。在苔丝不幸遇见亚雷的时候,叙述者提出了一个问题:"如果她意识到这次会面的重要性,她可能会问,为什么她那天被这个与自己不合适的人看见并被觊觎,为什么不被其他人,各方面都很合适且有欲望的人看见。"(47)小说接着回答了这个问题:"事情计划得很周密但执行得一团糟,欲求不一定能有结果。所爱的人很难与爱的时间相重合。在看见能带来幸福的结果时,造物主也不会常常对她可怜的众生说'看啊!';或者对迷路哭喊的孩子说'在这里',直到捉迷藏的游戏变得惹人厌烦、过时。"(47)叙述者似乎进一步强调,除了遗传因素外,宿命是不以人的意志为转移的,苔丝不管多么努力都无法摆脱命运的安排。

安吉尔和亚雷其实在对待苔丝的态度上是相似的。苔丝的孩子夭折后，她孤身一人来到牛奶场开始新的生活。她努力忘掉过去，尤其是忘掉和亚雷的关系。在牛奶场她遇到了貌似温柔、体贴的绅士安吉尔。当苔丝把自己的失身经历告诉他以后，这个道貌岸然的守护者却在一个晚上离开了苔丝。起初他向苔丝求婚时，也把苔丝的拒绝看作是同意，把否定当作肯定的序曲。像亚雷一样，安吉尔利用苔丝经济上的依赖，告诉苔丝，她的用工期要满了，并以此对她施加压力，让她嫁给他。但在举行婚礼之后，他还是抛弃了她，和亚雷一样毁坏了她的生活。所以安吉尔只是证明了自己是一个更精致的亚雷而已。她最后的保护神暂时迷惑了她，遗传给她的无法抑制的本能促使她实施了杀死亚雷的行动，从而在象征意义上完成了女性的复仇模式。

虽然安吉尔声称自己对贵族不屑一顾，但一旦和苔丝相恋，他就向他的父亲做相反的解释："从政治上讲，我怀疑他们祖先的品行。甚至他们当中的一些智者也声明反对他们自己的祖先，就像哈姆雷特那样。不过无论从抒情、戏剧甚至历史层面来讲，我都倾向于依附他们。"（217）比尔指出，《物种起源》"不承认有机物朝着预知的完美方面发展"。① 不过，也有人认为，进化就是一种向好的方面的进步。"从自然界的战争，从灾难和死亡的过程中，我们能够认识到的最出色的事物，即高等动物的繁衍会直接进化。"② 在《人类的堕落》中，作者把人看作是有机物中最高等的动物。"人类这样不断地提高，而不是原来就处在那个位置，这可能会给他希望，即在不久的将来，还有更好的命运在等着他。"③ 基督教也提倡进化，只不过它是指未来世界的最终的公正和永恒的快乐。当斯宾塞把生

---

① Gillian Beer, *Darwin's Plots: Evolutionary Narrative in Darwin, George Eliot and Nineteenth Century Fiction*, Cambridge: Cambridge UP, 1983, p. 139.

② C. Darwin, *Origin of Species*, Oxford: Oxford UP, 1996, p. 396.

③ C. Darwin, *Descent of Man*, New York: Hurst and Co., 1874, p. 643.

物进化论运用到人类社会的时候，他发展了一种对未来持乐观态度的理论。他认为，尽管会遇到各种困难，人类的未来是光明的，个人主义最终会取得成功。这尽管带有些许的右翼色彩，但与马克思对未来的看法颇有相通之处。《共产党宣言》预示了资产阶级的灭亡和无产阶级的胜利都是不可避免的。所以人类在遗传的过程中，也是践行着优胜劣汰这一原则的，而且女性还是要依附男性的。苔丝的命运只能掌握在安吉尔和亚雷这两个男人的手中。

苔丝因为失身和贫困，萌生了自杀的念头。这种念头"不是看得见的东西造成的，而是因为社会的任意性法则引起的愧疚感造成的，这种法则在自然中没有市场"（233）。在打麦场上，自然和技术法则的相似性在于对人类意志的控制力。打麦机就像自然中的生产和再生产一样机械地运转着。它是一名"红色的暴君"，在它工作时，"不断地对（女人）身心发号施令"（269）。机器就像自然一样没有意识，而操作工的形象也和机器一样自动、盲目，毫无意识。"他深处农业社会，但不属于它，他为烟和火服务。这片土地上的居民在侍弄着植物、天气、冰霜和太阳。"（270）尽管操作工可以发动或熄灭机器，但技术力量本身已经控制了他，成为技术的奴隶，他享有的自由就是可以有权"服务"不同的主人。小说中机械的进步揭示出自然的残酷性法则。它不顾人们的意愿，只管滚滚向前。叙述者认为，这些法则是造成苔丝悲惨命运的幕后推手。比如说自然并没有安排苔丝和安吉尔太早见面。"在见面可以促成快乐的行为时，自然并没有对它可怜的生物说一声'见面'！对于身体对地方的渴求，它也没有回复说'这里'，直至捉迷藏成为恼人的游戏。"（35）自然法则的无情同样可以适用于人类世界的优胜劣汰、适者生存法则。

宇宙的粗犷使人们不可能发现其终极意义，同时也使得人们生活中的一系列事件变得无意义可言。这些事件间的时空距离使它们不可能成为有机的整体，缺乏整体性就会使"实现目标的手段……过于粗犷"（283）。纵观苔丝的人生就是一个"粗犷"的范例。首先她父亲得知他是名门之后时，兴奋得忘乎所以，在小酒馆喝得酩酊大醉。第二天也没办法把蜂箱带到市场上去卖。苔丝无奈只有替父亲去市场卖蜂箱。但因早上起得太早，她在装着蜂箱的马车上睡着了，由于天太黑，马车不幸和一辆邮车相撞，马当场被邮车撞死了。为弥补自己的过失，她只有听从父母的话，去德伯家寻亲并在那里干活挣钱。这一系列的变故导致她被亚雷诱奸，从而完成了从少女到少妇的转变。这一转变又直接或间接地导致她成了一名杀人犯，之后被判处死刑。所以她的人生旅程具有不可逆性，但却没有足够的理由来解释这些变故。社会的不公、经济萧条、自然残酷等都是原因，但这些并不能完全解释她的悲惨命运。就像自然和社会一样，意志在无意识地起作用。它像"钟表法则"（clocklike law）一样构织着事件。不过，苔丝对社会不公的反抗意识并没有在整个叙述过程中得到完整的展现，只是随着年龄的增长，她对社会的认识越来越深刻。她起初对社会的看法是带有情绪化的、模糊的。在去集市卖蜂箱的路上，她对弟弟说，就像树上的苹果一样，天上的星星属于不同的世界。"它们大都灿烂、健康——但有些是该死的。"（25）当弟弟问到他们靠哪种生活时，她回答说"该死的那种"（25）。尽管马的死亡及以后一系列的变故证实了她的预感，但这些是以孩子般的口吻表达出来的。她只是在遭到亚雷的污辱之后，才开始以冷静的目光来看待世界的残酷。她用怀疑的口吻向安吉尔讲述宇宙秩序的残酷，这使安吉尔吃惊不小："你好像把所有的明天都看成一条线，前面的部分最大、最清晰，而剩下的由于距离远的缘故，会变得越来越小，不过它们似乎都很冷酷无情，似乎在说：'我来了，小心我！小心我！'"（105）叙述者认为，苔丝小小年纪就有这样的感悟是因为她经历太多，肉体的伤害使得她的精神得以丰富。不过经历也不是她走向成熟的唯一因素，她的敏感和智慧也使她对破坏她生活的社会力量产生厌恶和敌意。尽管苔丝从周围环境中感受到了"堕落"给她带来的羞耻，而这些是社会教给她的，但是她是一系列本可避免的事件的牺牲品。亚雷并没有把苔丝看作一个独立的意识中心，安吉尔在得知苔丝的失身经历后，不是给予其同情和理解，而是冷酷地抛弃了她。所有这些不仅表明了世界上罪恶的存在，而且是小说在形式上精心设计的罪恶。这样，即使小说试图引起人们对破坏主人公生活的社会罪恶的注意，它也鼓励读者将来不与这样的罪恶为伍并努力阻止罪恶的发生，从而根除罪恶。小说通过改变允许事物存在的情感来改变事物的存在状态。

亚雷在小说中是一个公认的坏蛋，但对于许多读者来说，他的罪恶行径存在于文本的主流叙事之外。安吉尔的父亲虽然对他进行了宗教洗礼，使他愿意传播宗教理念，但这些不可能从根本上改变他的本性。在苔丝恳求他树立爱心，保持纯洁时，他说他改变他的行为方式只是害怕克莱尔给他施以诘难。"不，我不是那种人！如果没有人说，'做这些，在你死后会对你有好处；做那些，对你会是件坏事，'我不会动心。把它搁起来，如果没人对它负责，我也不会为我的行为和冲动负责任。"（409）苔丝后来告诉安吉尔，她回到亚雷身边"不像看起来那么伟大。他对我来说就是我的丈夫：你从来就不是！"（440）这实际上暗指她和安吉尔未完成的婚姻，而她与亚雷有过肌肤之亲，而且还有过孩子。所以亚雷就是苔丝事实上的丈夫。随着苔丝和安吉尔后来的完婚，苔丝既摆脱了性愧疚而且也不为杀死亚雷感到悔恨了。对哈代来说，她明显是有道德的女人，因为"人物的美与丑不在于取得的成就，而在于目标和动力；它真正的历史不是存在于所做的事情之中，而是存在于它要完成的事情之中"（398）。苔丝为了安吉尔而杀死了亚雷，她最终完成了自己在道德和婚姻上的涅槃。这对当时的社会伦理和法律制度也是一个不小的冲击。

苔丝杀害亚雷的原因有很多，导致苔丝失身的一系列环境可以看作是造成此次事件的诱因。此外一个经常出现的因素是苔丝愿意接受来自别人的任何建议。这些人包括父母、亚雷，甚至安吉尔。安吉尔的虚伪给她造成了严重的影响。他让苔丝放弃宗教，却不告诉苔丝他的用意何在。他拒绝与苔丝完婚，理由是："那个男人还活着的时候，我们怎么能生活在一起？——他是你自然方面的丈夫，

不是我。如果他死了，情况就不一样了。"（285）安吉尔的这番论调
也可以用不同的方式表现出来："如果你守寡的话……"或者"我
们生活在一起的话，就会犯重婚罪"（285）。安吉尔说话的方式和态
度在苔丝的心中造成了挥之不去的影响和永远的痛，横亘在他们之
间的最大障碍就是亚雷，只有亚雷死了，他们才能走到一起。这应
该是促使苔丝杀死亚雷的主要原因。安吉尔从巴西回国后，他的思
想由于在巴西的经历而有了改变。他告诉苔丝，一切都会好的。苔
丝明白如何做才能使事情变得不一样。她杀死了亚雷，达到了安吉尔
之前告诉她的二人结婚的前提条件。在杀死亚雷之后，她告诉安吉尔：
"这对我来说就像一道闪电，我应该以那种方式让你回来。"（392）使
安吉尔震惊的是，苔丝靠在他的肩膀上，毫无罪恶感，而且"喜极
而泣"（392）。安吉尔意识到，苔丝对他的感情已经泯灭了她的道德
感。但是基于她重新建立的道德感，即使杀害了亚雷，她依然还是
一个纯洁的女人，或者说哈代似乎有这样的意图，小说的副标题就
是"一个纯洁的女人"，这似乎就是哈代的道德宣言。

苔丝杀人引起的道德审判在当时也是重要事件。哈代的妻子佛
罗伦斯·哈代在回忆录中写道："阿贝肯公爵夫人告诉我，这部小说
使她在分辨朋友方面遇到很多麻烦。他们差不多每次都在她家的饭
桌上争论苔丝的性格特征。她告诉他们的是，'你们支不支持她？'
如果他们回答说'不支持，她确实该被绞死，一个荡妇！'她就把这
些人归为一类。如果他们回答说'可怜的犯错者！无辜的罪犯'，并
对她表示同情，她就会把他们归入另一类，而她自己也属此类。"①
这清楚地表明了人们对苔丝犯罪所持的同情态度。

在古老的巨石阵，"纯洁女人"的悲剧终于同德伯家族的历史一
道化作了往日云烟。苔丝的"堕落"是婚姻道德、宗教制度和自然
意志的悲剧。社会贞操观念的"环境"与亚雷的本能主义遗传"宿
命"的合谋，导致了苔丝肉体与精神的分裂。不过，在挑战社会传

---

① Florence Hardy, *Later Years of Thomas Hardy*, New York：Macmilan, 1930, p. 6.

统的作家笔下，这位"淫荡的杀人犯"无疑是一位可歌可泣的"纯洁女人"，她的担当和付出为人们重新审视社会伦理秩序、宗教和法律法规提供了重要参考。

第三节 《德伯家的苔丝》中的宗教和法律叙事

有学者指出："维多利亚时期知识界的争论，也就是文学与非文学间的争论，主要关乎两个主题：宗教与科学。这一时期一个重要事实就是，所有的社会现象逐渐被归纳为现成的规范范围之内。也就是说，在物理科学的发展中，人们摒弃那些神话，坚持规范性。"[1]虽然宗教没有对维多利亚时期的小说造成压倒性的影响，但宗教因素弥漫在小说之中，特别是宗教式的怀疑帮助小说形成了展现科学观点的方法。尽管宗教式的怀疑是维多利亚时期各种历史的一个共同主题，但可能还是被高估了。宗教人士其实紧跟时代发展的进程，对宗教内容进行了很多改革。对宗教的怀疑在英国以前所未有的方式广泛传播，特别是在文人当中。许多著名的文人如约翰·纽曼（John Henry Newman，1801—1890）等用自传体的形式表明自己的信仰危机。造成信仰危机的一个原因就是，人们的道德意识不再依赖宗教和一些社会机构来支撑了。越来越兴盛的人文主义对社会改革持乐观态度，对宗教内部和不同宗教间的争论感到厌恶。新教运动比以前的教义更加严格和激进，使得支持者从更高的道德层面来审视宗教。还有从对历史以及后来的人类学的研究中衍生出的文化相对论也对宗教教义产生怀疑。另一个原因就是地理和天文学方面的一系列发现以及生物进化论的提出，使人们对神的创造性和人与动物间的区分产生了怀疑。

---

① John Kucich, "Intellectual Debate in the Victorian Novel：Religion and Science", in Deirdre David ed., *The Cambridge Companion to the Victorian Novel*, Cambridge：Cambridge UP, 2009, p. 108.

虽然很少有人把对宗教信仰的丧失当作小说的主题，但它通过社会整体感的崩溃这一主题反映在维多利亚时期的小说中，比如狄更斯小说中对城市环境无序的、地狱般的描写，勃朗特姐妹作品中无视社会传统的激情冲动，哈代笔下人物的性丑闻等都反映出，在一个道德失序的社会中人们精神世界的迷失和不同社会阶层间的异化。

在小说中，宗教信仰缺失经常会和道德失序联系在一起。在作品人物的情感或者说心理世界中，宗教的缺席和他们对神职人员的讽刺形成了鲜明的对比。维多利亚小说中对宗教的体现总是带有一种紧张感，即不确定如何对宗教价值或宗教机构进行改革，即使这种紧张感很少与信仰本身产生公开的冲突。这种紧张感很明显地表现在狄更斯的作品中。狄更斯一方面是同时期小说家中最虔诚的基督徒，但在另一方面，又常常把神父们比作是骗子。更重要的是，他明显地使上帝缺席他塑造的小说世界。不过，总体说来，小说中无论对宗教明显还是模糊的描述都形成了社会中的一个幽灵，他在人的精神世界中失去了存在的基础。

也许是由于这个原因，当维多利亚人确实要依赖宗教时，这些诉求常常伴随着社会或道德秩序中非宗教的话语。这些话语林林总总，经常失去本身应有的一致性。比如维多利亚时期的政治话语总是渗透着道德的诉求，而宗教话语经常被用来代表某个作为精神团体的社会集团，不管是认为受压迫的群体需要政治上的认可，还是提倡应该给予权力阶层更多的权力。更重要的是，宗教思想影响了人们的日常生活，并形成了家庭中的日常行为和习惯，而且也影响到了人们对性的看法，即纵欲还是禁欲。维多利亚文化中性话语与宗教话语间交流的多元化实际上就是对当时性话语的明显否定。很多人只是把维多利亚小说中的宗教看成是一种压抑的力量，一种安慰大众的手段而已，宗教赋予的道德秩序和权威的外表可以被运用到各个方面。许多小说家，尤其是早期的小说家，试图通过对传统宗教价值的世俗化来重塑社会的整体和谐感。很多维多利亚小说是一种道德小说，它们提倡的道德准则即自我牺牲、谦卑和诚实，在本质上是基督教的精神。虽然科学发现动摇了人们的宗教信仰，但很多哲学家和科学家利用科学为道德和社会之间的联结提供保护。尽管人们都知道宗教和科学是对立的，然而它们在追求社会或道德秩序慰藉方面却是耦合的。随着时间的流逝，科学和宗教越来越难以融合在一起，为道德信仰而寻求理论支持影响了二者间的紧密联系。

在《德伯家的苔丝》中，苔丝的孩子不幸夭折，根据基督教义，孩子只有经过牧师的洗礼后才能进入天堂。但因为苔丝的孩子是私生子，牧师拒绝给孩子洗礼。苔丝大胆地代行牧师职责，自己给婴儿洗礼并将他埋葬。"自给夭折的孩子施洗礼以来，平静一直伴随着她。尽管有点夸张，在白天，她确实对灵魂感到恐惧。但不管怎么样，她现在没有什么不安的了。理由是，如果上天不允许这一接近上帝的行为，不管是对她自己还是对孩子而言，她都不会珍惜这样的天堂。"（81）苔丝就像一个叛逆者，敢于对不公正的社会秩序进行抗争。这种抗争不只是一时的冲动，也不是无理取闹，它暴露出传统社会对人性的禁锢和宗教普世价值的虚伪。她借助宗教仪式来挑战宗教权威，是对宗教和社会道德的一种辛辣讽刺。基于此，有人甚至认为苔丝是"英国文学史上最坚强的女性之一"。①

法律来自人们的经验及对经验的反映，但通常情况下，它对人们生活的复杂性存在盲视。法律盲视的意象代表了法律的宗旨在于其公正性，法律就应该无视偏见和喜好，但不同的法律盲视则是制定法律和判决的大敌，会对某一人群特别偏好或歧视。通常情况下，法律的眼睛都是男性的眼睛，而且盲视的部分原因还在于律师都是属于精英阶层，绝大部分都是男性，他们会倾向于同情那些和他们有类似经历的人群。这种想象方面的偏见在法律上是普遍存在的。②

---

① Rosemarie Morgan, *Women and Sexuality in the Novels of Thomas Hardy*, London: Routledge, 1991, p. 85.

② Alison L. La Croix, and Martha C. Nussbaum, "Introduction", in Martha C. Nussbaum and Alison La Croix eds., *Subversion and Sympathy: Gender, Law, and the British Novel*, New York: Oxford UP, 2013, pp. 3 –4.

法律文学的形成与人们对"善的伦理"重新给予重视密切相关，这一伦理是由亚里士多德（Aristotle，公元前 384—前 322）等希腊哲学家创立的。它强调必须把人的生命作为社会外延的整体来看待，关注人们为过上富裕生活所作的努力。20 世纪五六十年代的哲学主流是功利主义，它关注选择的时刻，把这一时刻孤立于整个社会生活之外，追问什么原则可以在这一时刻提出正确的答案。哲学家和小说家艾丽丝·默多克（Iris Murdoch，1919—1999）等则认为，我们不能脱离孕育某种选择的奋斗或愿望模式来孤立地评价这种选择是否正确。他们建议人们重新关注长期的性格特征、情感归属以及包容这些社会语境，这样才能给出一个正确的答案。

文学讲述的故事给法律提供了一些有用的资讯，其中一个明显的贡献就是体现在历史方面。文学作品代表着法律状况，向我们展示在特定的时间和地点法律是如何运行的。比如，希腊悲剧诗人埃斯库罗斯（Aeschylus，约公元前 525—前 456）的《俄瑞斯忒亚》（The Oresteia）是历史上人们已知的最古老的法庭戏剧，它展示了社会如何从家庭复仇框架转向依靠法律框架，它不仅体现出了一段希腊历史，也体现出了一些法律知识。研究文学作品中的一些法律现象可以使我们了解不同的社会在不同历史时期的法律问题。同样，通过研究文学作品中的法律现象可以使我们更好地理解这些作品。

《德伯家的苔丝》是哈代饱受争议的一部小说，这些争议主要围绕着苔丝是被强奸还是诱奸，哈代的"纯洁"（pure）到底指的什么等展开。有批评者认为，社会对苔丝实行维多利亚性道德的"双重标准"，即对男女的性行为采取不同的评价标准；后来又有批评者认为，这暗含了英国农业社会在工业文明冲击下的衰落过程；还有批评者把这看作是对宗教绑架伦理价值的抨击。[①] 但很多评论者不愿意

① J. B. Bullen, *Thomas Hardy*: *The World of His Novels*, London: Frances Lincoln Limited, 2013, p. 142.

把"纯洁"一词赋予苔丝这样一个通奸者、未婚妈妈、宗教怀疑论者和杀人凶手。[1] 此外，还有代表性的言论如："对安吉尔和亚雷来说，他们不可避免地互相伤害他们都爱着的女人。每个人都对她构成了极大的伤害，所以她是被毁掉的。"[2] "这两个男人造成了苔丝的死亡。"[3] 等等。概括起来，这些评论几乎都聚焦于苔丝悲剧的外部因素，即苔丝是社会关系中被动的牺牲品，但却忽视了苔丝本人作为悲剧角色的内部因素。在某种程度上，内部因素的作用要大于外部因素所起的作用。

小说中有几处明显表示苔丝是被强奸的。首先，苔丝对亚雷的疯狂追求感到压抑和反感，她既不想和他有亲密交往，更不愿和他结婚。其次，当亚雷和苔丝发生关系时，苔丝睡得正香。小说虽然没有明确指出苔丝是什么时间醒过来的，但亚雷和她说话时，她并没有回答，而且当"他把面颊贴到她脸上时"（71），她没有任何反应，依旧在沉睡。这一点很重要，因为根据英国当时的法律，睡梦中的女人是没有能力同意性爱的。小说中反复提及她当时处于沉睡状态，这实际是在表明，她是被强奸的。另外，据苔丝的一个工友透露说，他们听到去年的那个晚上有啜泣声。（88）这似乎表明苔丝是遭到亚雷性侵的。

苔丝回到家后针对母亲的质疑，她坦承自己以前确实对"轻微的"身体接触还是默许的，但并不希望与他有任何的性接触。母亲后来埋怨她说："如果你不打算做他的妻子的话，你应该再小心些！"苔丝哭着说："我怎么能够知道呢？四个月前我离开家时还是个孩子呢。你为什么不告诉我人们之间有危险？你为什么不警告我？女人

---

[1] Kathleen Blake, "Pure Tess：Hardy on Knowing A Woman", *Studies in English Literature*, 22, 1982, p. 690.

[2] D. H. Lawrence, "Study of Thomas Hardy", in Bruce Steele ed., *Study of Thomas Hardy and Other Essays*, Cambridge：Cambridge UP, 1985, p. 100.

[3] Tony Tanner, "Colour and Movement in Hardy's *Tess of the d'Urbervilles*", *Critical Quarterly*, 10. 3, 1968, p. 230.

们都知道如何去应对，因为她们读过关于这些危险的材料。而我从没有机会接触这些，你也不帮我！"（97）苔丝对亚雷的话也表明她并没有完全意识到他的企图。她对亚雷说："等我明白你的意思时已经太晚了。"（91）

不过，小说也出现了一些模棱两可的表述，似乎也在暗示苔丝并不是完全被强奸的。

首先她是受父母之命去亚雷家做工并希冀借此攀上亲家的，因为这样可以给他们全家带来荣耀和富贵。从这方面讲，她应该有接受亚雷的思想准备。其次，在亚雷家做工的过程中，她虽然没有完全接受亚雷对她的追求，但还是给了亚雷可乘之机。使苔丝命运发生转折的一件事发生在她在亚雷家工作几个月后伙伴们去镇上参加星期六晚上的狂欢舞会。在从镇上回家的路上，别的女孩子因为嫉妒亚雷喜欢苔丝这个新来者，都合伙疏远她。这时候亚雷从后面赶过来，让她骑在他的马背上继续赶路。后来他们来到一片神秘的树林，树林里弥漫着雾气，他们迷失了方向。苔丝筋疲力尽地躺在地上，"一切都包裹在浓密的黑暗里，一切都像黑暗一样"（86）。在"栖息的鸟儿"和"蹦蹦跳跳的兔子"（86）的环境中，两个人处于一种原生态的自然循环之中，加上之前亚雷的用心，性爱在一个远离传统道德的环境中自然而然地发生了，这是两人本能、非理性的举动，体现了苔丝"纯洁"的自然生态，并不违背她的意愿。虽然许多评论者认为亚雷强奸了苔丝，但若细读作者对这一部分的描写，就会感到这是自然而然发生的事情，没有胁迫也没有反抗，表现出苔丝女性欲望的觉醒，同时也隐喻了苔丝的主动性：自然本能遵守了快乐原则，正如叙述者所言："满足快乐的欲望适用于所有的生物。"（232）苔丝与周围的动物一样，首先是自然界的生物，置身于自然环境之中，性的萌动和爆发也符合自然规律和生理期盼。

尽管维多利亚时期对性这一问题是很严肃的，但苔丝的失身给她带来的影响更多的是社会层面而非身体层面。叙述者认为，苔丝本人依旧和她的皮肤一样纯洁。苔丝后来自责"软弱"，她告诉亚雷："如果我曾经真心地爱过你，如果我依旧爱你的话，我就不会像现在这样恨自己的软弱了！……我的眼睛有时候被你蒙住了，就这些。"（91）不过这也暗示了苔丝本人在一定程度上是接受亚雷"非礼"的。另外，自那晚上以后，苔丝的举止并没有显示出她被强奸了。尽管亚雷是在九月份的一个周六晚上夺去她的贞操的，可她却是在"十月末的一个周日上午"离开的。（89）也就是说，她有一个多月的时间自愿留在亚雷的身边。这从侧面说明苔丝不是被强奸的。因为按照常理，如果她是被强奸的，她应该会很快离开亚雷的家，而不是又主动在那里停留了一个多月。

至此，我们可以明白，小说文本证据指向了两个极端，即苔丝是被迫或是情愿与亚雷发生关系的。而哈代似乎有意使二者间的区分模糊化。在第一版中，亚雷让苔丝服了大量的药，因为她感觉寒冷和疲倦。这个情节会诱使读者认为，接下来肯定就是强奸的情节了：也许她在熟睡中被强奸了。在后来的版本中，哈代删掉了吃药的情节，这也许是为了使后来发生的事情更加扑朔迷离。只不过他增加了苔丝同事的言辞，这似乎也证明了苔丝被强奸这一事实。①

如果说这些表面上相互矛盾的情节是作者精心设计的话，那么作者的用意何在？其实笔者认为，哈代是在引导读者努力做出自己的判断，以增强文本的复杂性和多义性。读者在阅读过程中会发现，从这些情节中不能得出确切的答案，就会从其他方面寻求合理的解释。我们暂且把我们未知的事情搁置一边，首先要搞清楚一些谜团：苔丝虽然不喜欢亚雷，但是什么原因使她最后放弃反抗，并愿意和他共处一段时间的？亚雷是否利用了苔丝窘迫的生活境况，使她别无选择？社会环境又是如何呼应亚雷操纵苔丝的？

由于苔丝自己的疏忽，导致家里唯一的一匹马也被邮车撞死，她只得屈服于父母的压力，去所谓的同族德伯家打工。尽管她自己并不清楚自己为什么不乐意，但有一点她很明白：她"不太喜欢那

---

① Mary Jacobus, "Tess's Purity", *Essays in Criticism*, 26, 1976, pp. 318–338.

里的德伯先生"（51）。而她父母则急切盼望她能嫁给这个德伯家的富少亚雷。亚雷明白苔丝对他存有戒心，就着意培养一种亲近感。这种亲近感消除了苔丝"起初对他的羞怯"（69）。尽管苔丝从来没有完全喜欢过，也没有信任过亚雷，但她"在他手里比在一般同事手里更有活力，因为她不可避免地要依赖亚雷的母亲，并通过她的相对无助进而依赖亚雷"（69）。如果她在信任方面出现差池，她就可能会失去与德伯家的联系，也就失去了挣钱的机会。苔丝不敢假设亚雷对她讨好和施予只是想霸占她的手段，毕竟她需要挣钱来弥补马被撞死给家庭带来的损失，因此也唯恐冒犯和歪曲自己的主人，以免被德伯家解雇，无法向父母交代。

在和同伴从镇上回去的路上，有一个醉汉试图袭击她，这时亚雷骑马赶过来，要她上马和他一起回家。但单独和亚雷一起使她感到紧张。"她感觉要晕过去了，危机感很强烈。差不多在她人生中任何时刻，她都会拒绝这样主动的帮助和陪伴，她之前已经拒绝过几次了……但在跨出去一脚就可扭转害怕和侮辱的关键时刻，面对这样的邀请，她屈服于自己的冲动……爬上了他背后的马鞍。"（79）即使在马背上，她也在极力反抗亚雷对她的骚扰。在迷迷糊糊中，她感觉亚雷的胳膊在搂住她的腰，她"防卫似的"醒来，并"推了他一下"，差点使他掉下马去。但她马上就为自己的行为感到后悔，于是十分客气地说："我请你原谅，先生。"但亚雷告诉她："除非你对我表示信任，否则我是不会原谅你的。""你能不能让我用胳膊搂着你，以此来表示你对我的信任？……我可不可以把你当作一个情人呢？"（82—83）苔丝"在马背上焦虑不安地扭动着"，嘴里喃喃说："我不知道——我希望——我怎么能够说答应你还是不答应你——"亚雷搂住她的腰，她"没有进一步表示反对"（83）。在树林中迷路之后，亚雷让苔丝下马，等着他找到回家的路。他"在一大堆厚厚的枯树叶中间，给她弄了一个床或是窝什么的"（84）。他回来后首先告诉她，他给了她家一匹马，给了孩子们一些玩具。这样，亚雷让苔丝以为她错怪了他，从而使苔丝逐步消除掉对他的戒心，他对她家庭的关心更使她多了一份感激。对于苔丝而言，她对亚雷的善举心存感激，但她又想与他保持距离。这两种想法之间存在着张力，这种张力使苔丝处于两难境地：亚雷为自己及家人付出了那么多，拒绝他的要求似乎是件很残忍的事情，但自己又不是很喜欢他。对亚雷来说，他通过培养与苔丝的亲密关系，逐渐使苔丝放弃戒心并开始信任他。从法律层面讲，这是性骚扰常用的策略。

尽管苔丝明白亚雷对她的感情只是一厢情愿，自己并没有表示接受，但她自己也很纠结，不知拒绝到哪种程度才算合适，因为亚雷的男性和上层阶级的身份也对苔丝产生了一定的影响。在苔丝说"我明天就会离开你的，先生"这句话时，亚雷蛮横地回答道："不行，你明天不能离开我！"（82—83）苔丝也只能乖乖地留在亚雷身边。另外，亚雷还以一种润物细无声的求爱策略迫使苔丝接受：

"我向你求爱，并没有常常惹你生气啊？"

"有时候你就是惹我生气。"

"有多少次呀？"

"你和我一样清楚——多着啦。"

"我每次向你求爱都惹你生气吗？"（81）

苔丝没有继续下去，这表明她对亚雷的求爱并不是每次都很反感的。她的沉默也暗示出，她需要在继续拒绝还是勉强接受之间进行选择。

值得注意的是，就像苔丝并没有被描写得特别无助一样，亚雷那天晚上也没被描写成一个有预谋的诱奸者，尽管他常常表现得玩世不恭。亚雷"已经骑着马随意走了一个多小时，见弯就拐，一心只想把陪着她的时间延长，他注意的也只是暴露在月光下的身体，而对路边的一切物体视而不见"（85）。亚雷没有急于把疲惫不堪的苔丝送回家去，但也没有什么明显的预谋，他只是想和苔丝在一块多待一会儿，他的注意力集中在她的美貌上，并不是故意迷路的。他还设法让苔丝感觉舒服和放松。当亚雷感觉她发抖时，他就把自己的衣服脱下来，"轻轻地披在她的身上"（85）。后来，当苔丝离开特兰奇的时候，亚雷告诉她："如果某种情形发生——你是明白的——在这种情形里你需要一点儿帮助，遇到了一点儿困难，就给我写几个字来，你需要什么，我就会给你什么的。"（92）后来当他得知苔丝的丈夫因她不是处女而抛弃她时，他对苔丝表示出了深深的同情："太悲哀了，苔丝。"（371）他对农场主格罗比粗暴对待苔丝也表现出自己的痛苦和愤慨，并质问她为什么不给他写信，寻求他的帮助。这些情节描述其实表明了亚雷并不是一个十恶不赦的坏蛋，他对苔丝是有感情的。

哈代并没有把亚雷描写为一个十足的流氓，这会引发读者去思考什么是强奸，什么样的人可以被称作强奸犯，强迫和自愿有哪些相似和不同。哈代的精心设计也为英国的法律提出一个难题。其实，违背另一方意愿的性不一定要采用暴力或其他非法手段，也不一定完全不考虑施暴者一方对受害者的某种补偿。这些在当时的法律条文中并没有明确的规定，苔丝也没有被描述成一个无助且易受骗的受害者形象，她有自己的判断和立场。这表明，即使意志坚强的人也会受到蛊惑，失去判断力，加上她对家庭的关心，即使亚雷不用预谋也可轻易地占有她。

有学者指出，虽然法律对强奸认定中没有要求必须有被害人反抗的事实，但很多法院在审理时仍要求提供反抗的证据。口头上的反抗无论多么坚决和强烈，都不足以构成强有力的证据。如果被害者因恐惧而失去抵抗的能力或者激烈的反抗会招致更大的危险，在这种情况下，可以不要求被害者必须做出反抗。① 在《德伯家的苔丝》中，哈代要讨论的是与强奸法有关的论述，即妇女负有保护自己贞洁的责任。有人甚至认为，如果她们冒险进入对她们来讲充满危险或无人陪伴的地方，那么，即使她们不幸遭到强暴，也不

---

① Marcia Baron, "Rape, Seduction, Purity, and Shame in *Tess of the d'Urbervilles*", in Martha C. Nussbaum and Alison La Croix eds., *Subversion and Sympathy: Gender, Law, and the British Novel*, New York: Oxford UP, 2013, pp. 126 – 149.

要去警察局报警。① 这些看法虽然有点极端，但也暗示出，苔丝本人对自己的失贞也负有一定的责任。

苔丝虽然在身体上没有被胁迫，但哈代的叙述使读者注意到胁迫的成分。其实苔丝没有表现出不恰当的信任或依赖，亚雷也不完全是个无赖。这样叙述者对苔丝和亚雷之间在亲密度方面"自由选择"的描述，隐现了苔丝选择上的"自由度"和亚雷的非强迫性。

苔丝未婚就失去贞洁，在当时来讲是受人诟病的。她的邻居们都疏远她，甚至婴儿夭折后，神父都不愿为婴儿超度。但有趣的是，哈代却把"一个纯洁的女人"作为小说的副标题，这明显指的是苔丝。那么，"纯洁"所指的到底是什么？它可以仅指与性有关的纯洁，也可以泛指其他方面的纯洁。哈代在1892年写给朋友罗顿·诺（Roden Noel）的信中，曾说到他这样做的原因。他认为，苔丝这个女主人公本质是很纯洁的——甚至比许多未被玷污的处女更纯洁。这其实表明了作者对苔丝的理解和同情，同时也是对苔丝在伦理方面的肯定。笔者认为，哈代所指的"纯洁"主要是指苔丝在家庭伦理道德和爱情方面的纯洁。

一是苔丝对家庭伦理责任方面的纯洁。作为家庭的长女，在父母不能为子女提供全方位保护的情况下，她认为自己有义务也有责任担负起家庭的重担。她去德伯家做工也是为了不违背父母的意愿，减轻家庭的负担。四年后，家庭的窘境又迫使她再次和亚雷在一起。她的父亲死后，她家租借的房屋和土地都被地主收回，全家人处于无家可归的境地。刚开始，苔丝依然拒绝亚雷的援手，但她第一次产生了对丈夫安吉尔的不满。她最后写给安吉尔的信在内容和情感上明显不同于她之前的信件。她在信中写道："我要努力忘掉你，对我来说，从你那里得到的一切都是不公正的！"（416）但即便如此，

---

① Marcia Baron, "Rape, Seduction, Purity, and Shame in *Tess of the d'Urbervilles*", in Martha C. Nussbaum and Alison La Croix eds., *Subversion and Sympathy*: *Gender*, *Law*, *and the British Novel*, New York: Oxford UP, 2013, p.141.

她依然没有向亚雷低头，她甚至没有告诉母亲亚雷来过他们家，更没有提及亚雷提供帮助的事情。当他出现在金斯贝尔的时候，他得知了苔丝租房的计划。然后苔丝预租的房子突然不出租了。虽然小说没有叙述亚雷是否从中作梗，但读者会倾向于认为他会这样做的。即便如此，苔丝还是再一次拒绝他的帮助，并让他走开了。但接下来，叙述者就讲到她母亲和孩子们都过着舒适的生活，苔丝又一次和亚雷生活在一起。这表明苔丝为了一家人的生计，在走投无路的情况下，只有屈服于亚雷的淫威。

另外，亚雷也着意强调了女性在社会中的"完整性"。当时社会传统认为，只有处女或寡妇才有资格结婚，即女人属于第一个与她发生性关系的男人。如果这个男人以后仍然需要她，她就必须在他与独身之间做出选择。亚雷实际上也是利用了这一点。在苔丝明确指出她已经喜欢上别人不能嫁给亚雷时，亚雷显得很吃惊："别人？但你难道没有道德上的对错感吗？"（370）对比与亚雷和安吉尔之间的关系，她其实与亚雷关系更紧密，毕竟她与亚雷有肌肤之亲，并且生了孩子；她与安吉尔虽然在教堂举行了婚礼，但却没有实质性的同房，在这种情况下，苔丝与安吉尔的婚姻是不作数的。对苔丝而言，可悲的是，安吉尔也是很看重这一点的。他认为，如果他们结婚的话，那么他们将来的孩子会因为苔丝的过去遭到社会的奚落。这便是他抛下苔丝不管不顾，只身远走巴西的根本原因。

还有一个因素同样值得我们注意。亚雷极力使苔丝认为，她对他太粗暴了，她应该信任他的。这使得她不知道该如何评价和对待亚雷。比如，由于亚雷侮辱她的丈夫，她动手打了他，但亚雷很大度地原谅了她。亚雷也提醒苔丝："如果你没有向我提出我能力之外的要求，我会考虑娶你的。"（388）在以后的谈话中，她告诉亚雷："在你了解我之前，我确实认为你会娶我的。也许——也许你比我以前对你的看法要好一点，善良一点。无论如何我会感激你的好意的，我会生气任何其他方面的。有时我揣摩不透你的意思。"（392）这表明，在亚雷的疯狂追求中，苔丝个人的尊严和人格完整与她对弟弟妹妹们的关心之间出现了张力。她逐渐认识到，满心盼望安吉尔会回到她的身边的想法是多么可笑，她保持自己的尊严，不屈服于亚雷的威逼利诱只是一种自我沉醉罢了。加之亚雷也在提醒她，她不再是"真正"纯洁的女孩子了："我曾经是你的主人……如果说你是哪个男人的妻子的话，你就是我的妻子！"（388）其实，苔丝也明白，与其说她是安吉尔的妻子，倒不如说她是亚雷实际意义上的妻子。即使在婚礼那天，离开教堂时，这个想法也一直纠缠着她。安吉尔到巴西几个月也没和她联系，这时亚雷不停地追求她，并不断声明她属于他。这一切都对苔丝的思想造成很大的影响。这种思想上的混乱和生活上的窘迫使她最后投入亚雷的怀抱。有意思的是，苔丝主动承担马被邮车撞死的全部责任，但却拒绝承担因自己放松警惕或者说意志不够坚定而失去贞操的责任。这二者间的对比其实说明了一个问题，即社会过分看重女人的贞操而忽视了她们对家庭的伦理责任。这在客观上造成了苔丝的命运悲剧。

在遇到安吉尔之前，苔丝生下了她与亚雷的孩子。虽是未婚生子，且要承受太多来自社会的压力，但她对孩子倾注了全部的母爱，孩子不幸夭折后，牧师不肯为孩子洗礼，她就自己为孩子洗礼。因为按照基督教的教义，如果不为死去的人洗礼的话，他是进不了天堂的。"孩子的双重不幸就是缺少洗礼，也缺少法律保护。"（110）这不仅侧面证明了她的善良单纯，而且表现出了强烈的责任担当。所以她作为未婚妈妈所遭受的苦难在很大程度上是由社会传统造成的。

二是指苔丝对安吉尔爱情的忠贞纯洁。孩子夭折后，苔丝逐渐从痛苦中摆脱出来，"她的灵魂是这样一个女人的灵魂，有了近来一两年的纷乱经验但是没有因此堕落"（117）。她希望把过去留在身后："她向自己发问，贞洁这个东西，一旦失去了就永远失去了吗？如果她能够把过去掩盖起来，她也许就可以证明这句话是错误的了。有机的自然都有使自己得以恢复的能力，为什么唯独处女的贞洁就没有呢？"（117）小说中苔丝的可贵之处在于，她的身体在生育之后已经复原了，看不出任何的创伤，她完全可以向安吉尔隐瞒之前的不幸，但她没有这样做，而是勇敢地向他坦白了以前发生在自己身上的一切。她天真地认为她原谅了安吉尔不光彩的过去，安吉尔也应该同样原谅她的过去。苔丝的纯洁表现在她不顾母亲之前的劝告，冒着失去幸福的危险，向安吉尔讲述了自己的故事。所以纯洁不单单指身体方面的贞洁，更多的是指行为动机和道德方面的纯洁。苔丝不会为了个人私利而撒谎，也不愿为了物质利益而出卖自己或靠婚姻达到个人目的。令她意想不到的是，安吉尔并没有接受她的坦白，他太在意苔丝之前的失身经历了。他似乎不能理解苔丝被强奸后还表现得很有活力的事实。安吉尔认为，苔丝经历的痛苦就像是一座监狱，没有人能逃出去。尽管苔丝没有显示出任何受害的痕迹，但安吉尔依旧把她看作另外一个人。他告诉苔丝："原谅不适用这类事情。你以前是一个人，现在变成了另外一个人。"（268）安吉尔的自私和狭隘辜负了苔丝对他的忠贞和纯洁，也成为后来苔丝杀死亚雷的幕后推手。

　　苔丝对安吉尔的爱还表现在她把自己的妹妹丽莎·露介绍给安吉尔，以延续自己对他的爱。这在当时是不被法律允许的，英国法律禁止丈夫与已故妻子的姊妹结婚，认为这是一种乱伦行为。根据教会的说法，婚姻使丈夫和妻子成为"一块肉"，妻子的姐姐或妹妹对于这个男人来说就是禁忌。① 直到 1907 年，经过长时间的争论，议会终于通过了已故妻子的姐妹婚姻法（Deceased Wife's Sister's Marriage Act）。根据法律规定，在妻子死后，丈夫可以合法地迎娶妻子的姐姐或妹妹。哈代在写作这部小说时，这样的禁令还没有取消。所以当苔丝让安吉尔迎娶自己的妹妹时，安吉尔拒绝她说："她是我的小姨子。"（405）不过，这项禁令当时执行得并不严格，就像苔丝说的："马勒村一带的人，时常有跟小姨子结婚的。"（405）小说最后描述了安吉尔和丽莎·露"手拉着手"在一起的情景。而丽莎·

① Mary Jean Corbett, *Family Likeness: Sex, Marriage, and Incest from Jan Austen to Virginia Wool*, New York: Cornell University Press, 2008, p. 9.

露"好像是苔丝的化身,只比苔丝瘦一些,却有跟苔丝同样美丽的眼睛"(409)。这样的结尾其实也表明了作者对苔丝悲剧命运的同情和对美好生活的良好祝愿。

对苔丝而言,这些所谓的选择在大多数情况下都是她被动的选择,她的悲剧命运是社会的综合因素造成的。在很多情况下,法律和伦理道德之间存在隔膜,在无法用法律约束的情况下,社会道德也处于缺失状态。苔丝的家庭窘境没有得到社会和人们应有的同情和帮助,反倒一步步地把苔丝推向万劫不复的深渊。然而,极具讽刺意味的是,在她杀死亚雷之后,代表国家机器的警察立刻就逮捕苔丝并处以死刑。这貌似"法不容情",但也充分表现出了社会的冷酷无情。哈代在小说中对苔丝的失身这一事实语焉不详,其用意就是要对女人的贞操这一话题进行模糊化处理。作者用"一个纯洁的女人"作为小说的副标题,其实就是对当时社会过多地看重女人贞操的一种反拨。这既表达了作者对当时社会现实的不满,同时也对苔丝给予了极大的同情,表现出作者对社会和家庭伦理道德的深切呼唤。

第四节 德伯家庭与克莱尔家庭

德伯一家总共 8 口人,其中 6 个孩子,最大的孩子苔丝也就十四五岁,这在当时绝对算是"大户人家",家庭负担可想而知。虽说他们是英国中古时期赫赫有名的武士世家德伯氏的嫡系后裔,但这个家族早在故事展开的"六七十年前就家破人亡了"(10)。小说哀叹道:"诺曼的血统,没有维多利亚王朝的财富作辅助,又算得了什么!"就连她"所有那种足以自夸的美貌,大半都是她母亲传给她的,因此和爵士、世家都不相干"(24)。苔丝的父亲是可怜的乡下小贩,但生性懒惰、愚昧无知,天天喜欢泡在酒馆里。他唯一的指望就是让苔丝嫁进一个富贵人家,借此改变整个家庭的命运。他的无能和懒惰使得苔丝不得不早早地挑起家庭的重担。因此他也就作为小说中的次要人物早早地退出读者的视野了。由于苔丝的弟弟妹妹们年龄尚小，没有叙述的必要。因此我们重点分析一下苔丝的母亲昭安。

　　苔丝的母亲昭安是一个头脑简单的家庭妇女，"从智力方面看，她母亲完全是一个嘻嘻哈哈的小孩子：在这一大家无知无识、听天由命的孩子里面，她不过是其中的一员而已，并且还不是其中最年长的"（41）。她没有受过正规的教育，习惯说土语。德伯太太少有的乐事就是"跑到酒馆里，去寻觅她那好吃懒做的丈夫。这是她在抚养孩子那种肮脏劳累的生活里，仍未消失的一件乐事。在露力芬店里找着了他，挨着他坐上一两个钟头。同时在这个时间里，把为孩子操心受累的事，一概撇开，不闻不问，这在她就感到快乐"（26）。但她对人生也有自己的看法，那就是相信命运。她对《命书大全》这本书有一种"奇怪的畏惧之心"（26），从来不敢把它整夜放在屋里，每次看完之后，都把它送到外屋去。她的世界观显得很幼稚，就像一个有完美结尾的浪漫故事。在和丈夫商量把苔丝送到自己的本家德伯家去做工，并希冀和他们攀上亲家的时候，她想象着在与占卜者沟通后能够知晓苔丝在德伯家的命运。但"苔丝在智力上要比母亲老道，所以德伯太太所抱有的那种关于她结婚的希望，她从没当一件正经事看。那个傻乎乎的女人，差不多从苔丝一出世那一年起，就一直在那儿认为，快要给苔丝找到好配偶了"（52）。她从没有考虑到她对苔丝说的话会造成什么样的后果，也不明白适用于什么样的场合。她让苔丝去德伯家做工，却并不了解德伯家的状况以及苔丝要做什么活。这表明她没有真正理解她在苔丝小时候唱给苔丝的一首"神秘的斗篷之歌"的真正意义："做过一回错事的妻子，就永远也成不了妻子。"（220）虽然苔丝不屑于母亲对迷信的崇拜，但当母亲外出时，她还是有意识地自觉把《命书大全》拿到外屋，并塞进草棚里。这也暗示出苔丝既有自己的想法，但同时也会是一个听话懂事的孩子。当苔丝坚持自己的看法，不愿意去德伯家干活时，孩子们叫道："苔丝不愿意去成为一个太太。"苔丝注意到，"她母亲也以同样的强调附和着"（51）。这为她今后听从父母的央求，去德伯家做工埋下了伏笔。她安静地对妈妈说："妈，你说怎么办就怎么办好了。"（53）在亚雷驾车来接苔丝时，苔丝和妹妹们手拉手走到亚雷的马车跟前，她的妈妈走在后面。"她们构成了一幅图画：前面走的是诚实的美丽，两旁围的是烂漫的天真，后面跟的是头脑单纯的虚荣。"（54）看到亚雷的车，德伯太太"像个孩子似的拍起手来"（55）。不过，在苔丝生孩子后，身体已经复原的时候，母亲告诉她，千万不要把这些告诉别人。但她却没有听从母亲的劝告，把这一切都告诉了安吉尔，致使安吉尔离她而去。这好像是与她之前的乖乖女形象大相径庭，其实这除了表现出她善良诚实的品质外，也暗示了社会现实的荒谬和伦理失序，注定了她的悲剧命运。

德伯太太昭安几乎没出过远门，对她而言，"布雷谷就是整个世界，谷里的居民就是世界上所有的人类"（40）。由于对神话和迷信的信任，昭安的"不成体系的宗教"就是"自然"，或者说"生命"，尽管她本人并没有意识到这一点。周围优美的环境常常使她乐不可支："一切烦恼和其他的俗事都一变而为玄妙空幻、无从琢磨的东西，只落得成了供人静观默察的精神现象，不像以前那样，为威楞逼人的具体之物，治得人心力交瘁了。……日常生活中绕膝嬉戏一类琐细，从这方面来看，原不乏可喜可乐之处。现在这位她以礼匹配的丈夫，当日向她求婚的时候，她也是在同一地方上，靠着他坐着，对于他品性上的缺点，一概闭目不问，只以意念中抽象的情人看待他；现在她和老伴儿一同坐在老地方的时候，她就又有点儿感到旧日的滋味儿了。"（26）德伯太太说："毕竟自然才是老天爷喜欢的。"（89）她所谓的"自然"（nater）是指在自然界生活中的孩子们的"自然"，即没有宗教信仰、充满活力、无拘无束。不过，这不会让上天，至少是基督教中的上帝喜欢。① 昭安也受到了自然界的报复，自然界并不以人的意志为转移，而昭安也是任性的化身，她就像自然界的变化一样反复无常。当苔丝向她诉说失去安吉尔的悲哀时，她认为这些就像天气的变化一样："刚才猛一听到这个消

---

① John Rodden，"Of Nater and God：A Look at Pagan Joan and Reverend James Clare in Hardy's *Tess of the d'Urbervilles*"，*English Studies*，（92），2011，p. 300.

息，德伯太太觉得有一阵儿失望，但是那一阵儿过去了，她就把这件事看得好像和苔丝头一次的灾难一样了——仿佛这件事只是过节碰上下雨，或者马铃薯没有收成似的，只是一种和功罪智愚无关的事，一种偶然外来、无法避免的打击；并不是一种教训。"（270）对她来说，生活本身就是无法预测、没有秩序可言的，就像她生育六个孩子那样，"老天生他们，也没问过，他们是不是不管在什么条件下，都愿意下世为人，尤其没问过，他们是不是在德伯家这样缺衣少食的艰难困苦中，也愿意下世为人"（27）。他们只是"自然的神圣计划"的一部分而已。她曾对苔丝在亚雷那里的处境产生过疑虑，晚上躺在床上的时候，她开始担心起苔丝。她暗自发誓，如果再有这样的机会，她一定要事先搞清楚亚雷到底是不是好人。不过这只是她短暂的理性而已。"在她回到村子的时候，她消极地相信老天保佑，一切会逢凶化吉。"因为她"总是想法不管在哪儿找点安慰"（56）。她幻想着亚雷能够娶苔丝为妻，她笃定亚雷"早不娶她，晚也要娶她的"（56）。当苔丝回到家里，向她倾诉失身的事情时，母亲就像一个做白日梦的懵懂女孩儿一样，全然没有母亲的身份。她埋怨苔丝为什么没让亚雷娶她："要是你真那样办了，你再回来，那就和故事里说的一样了。……你为什么光为你自己打算，你为什么就不能替一家人打算，做点好事呢……俺原以为你这一去能落点好处呢。……四个月前，看着你和他一起坐车走了，那时候，你们是多么好的一对呀。"（88）她得知苔丝与安吉尔的恋情后，就写信告诉苔丝，要她向安吉尔隐瞒自己的过去。她在信中写道："你即便问我一百遍，我也是这样回答你。"（204）读完这封信，苔丝明白了母亲"万事达观"的精神："对于日夜盘踞在苔丝心头的往事，对于她母亲，却不过是过眼云烟的偶然事件罢了。"（205）不错，昭安在病床上的苏醒和她丈夫的突然死亡都是偶然事件而已："德伯夫妻换了个位置：病得要死的那一位脱离了危险，而稍稍染病的那位却一命呜呼了。"（363—364）有意思的是，小说中的很多偶然事件却改变了人一生的命运。

父亲活着的时候，全家还可以在典当的房子里住。但父亲一死，房东立马收回了房子，因为契约正好到期。房东这样做的原因，一是房子短缺，房东早就想把房子租给长工们住，二是德伯一家人不合群，周围人都不喜欢他们，无论在贞操方面，还是在节制、嗜好方面都为人所诟病：德伯夫妇经常喝醉酒，孩子很少到教堂做礼拜，苔丝的行为又有伤风化。"当初德伯家是郡中望族的时候，也曾无数次把无地可耕的人毫不客气地驱逐出去。现在轮到他们自家后人了。本来天地之间盛衰兴替，一切全都一样。"（364）

如果说"自然"（nater）与什么神有关联的话，它也是异教徒的神，德伯一家的名字都来源于此。其祖先是征服者威廉12位武士当中的一个——裴根·德伯爵士。苔丝是在巨石阵的异教神坛被捕的，正如安吉尔告诉苔丝的那样，人们在这里是给太阳神而不是给上帝供牺牲的。安吉尔也动情地称苔丝为女神。在苔丝去找活儿干的路上，小说描述了她周围的地形："无数形如乳房的半圆形古冢，点缀在高原上面，老远看来，好像奶头累累的随布利。（古代希腊罗马神话里的大地女神，她的像，平常总是一个妇人，大腹便便，象征大地孕育一切，胸部奶头甚多，象征大地滋养万物。——引者注）"（294）苔丝在去塔布篱牛奶场的路上，小说对妇女的性格做了一番评论，使自然和上帝或者说社会间的区分变得明晰："本来这种半不自觉的高声狂吟，多半是用一神教作背景而表现的拜物心理；那些以户外大自然的形体和力量作主要伙伴的女人，心里所保持的，多半是她们邈远的祖宗所有的那种异教幻想，很少是后世教给他们的那种系统化了的宗教。"（114）这其实委婉地暗示了苔丝一家不为大家喜欢的原因：他们是异教徒的后裔。

昭安的生活范围只局限在布雷谷，而苔丝的活动范围却比这大得多，但她仍旧感觉要依靠母亲。虽然她有点抱怨母亲"糊里糊涂地给她生了那么多弟弟妹妹，她就像马尔萨斯的门徒一般"（41），但她很敬佩母亲，因为作为6个孩子的母亲，她要承受很大的困难和麻烦。在小说开始部分，当苔丝从舞会回到"无法表述的凄凉冷落的"家里，母亲辛苦劳作的场景深深地刺痛了她：

> 她母亲身旁围着一群孩子，正和苔丝出门那时候一样，弯腰俯身，站在一个洗衣盆边，盆里的衣服，本是星期一就该洗完的，现在却磨蹭到一星期的末尾，这本是经常现象。苔丝身上那件白色连衣裙，也是她母亲昨天刚从那个盆里拿出来，亲手拧干熨平了的；也就是那件白色连衣裙，她刚才在湿漉漉的草地上，漫不经心，竟把下摆蹭绿了；这使她想起来后悔难过，像蜜蜂蜇了一样。
>
> 德伯太太像平时一样，用一只脚在盆旁稳住身子，另一只呢，刚才说过，正忙着摇晃她那最小的孩子。那个摇篮，在那块石板铺的地上，已经承担了那么多小孩子的重负了，当了那么多年头的苦差旅，所以它的摇轴差不多都磨平了；因为这样，所以每次摇篮一摇，就有猛烈的一抖跟随而来，把孩子从摇篮这头晃到那头，跟织布的梭子似的。由于德伯太太虽然已经在肥皂沫里泡了一整天了，她唱起曲子来，还是很有后劲的，把摇篮拼命地用脚踩着摇晃。
>
> 摇篮咯吱咯吱地响；烛焰越着越长。开始上下飘动起来；洗衣水从德伯太太的胳膊肘上滴答滴答地往下直流，《花牛曲》很快唱到一段的末尾，同时德伯太太就一直老拿眼瞅着她女儿。昭安·德伯现在虽然挑着抚养一大群孩子的沉重负担，但是她对于唱歌，还是很喜爱的。凡是从外面流传到布雷谷的小曲儿，只用一礼拜的工夫，她准能把它的腔调学会。(23)

从以上的描述中可以看出，苔丝对母亲的观察细致入微，这也体现出母女间的亲密关系以及母亲从容应对繁重的家务劳动的态度。正如有人所说：昭安是"哈代所描写的一个最好的次要人物"。① 苔

---

① Desmond Hawkins, *Thomas Hardy*, London：A. Barker, 1950, p. 51.

丝也明白母亲宽厚仁慈的性格，她从没有因为苔丝不帮她干家务而责怪苔丝，也很少因苔丝未婚生育或者说忤逆父母的意愿，没有和亚雷结婚数落她，更没有向苔丝挑明：她父亲去世后，全家被房东赶出家门，这其中的主要原因是苔丝未婚生育，玷污了当地的风俗。

母亲和过去的经历对苔丝造成了很大的影响，她常常把在马勒村的家和过去在她身上发生的一切联系在一起。显然，她的母亲是她过去之中的一个主要部分。"很显然，她在那儿就永远不会真正地快活，那个地方见证了她的家庭试图与德伯家"连宗"的幻想破灭……逃离过去以及所有与过去相关的事情，就是把过去抛到脑后。而要做到这一点，就只能离开这个地方"（108）。要逃离过去，首先就必须脱离家庭、亲人。苔丝尽管对妈妈的一些想法感觉荒谬，但她还是愿意听从妈妈的话。不管她承认不承认，苔丝外表和气质都和妈妈很接近，她"所有足以自夸的美貌，大半都是她母亲传给她的，因此和爵士、世家等都不相干"（24）。确实，苔丝没有继承父亲一脉传承下来的东西，"奄奄一息的贵族留下来的日暮途穷的子孙"。她像妈妈，是"一个自然的新生儿女"（246），她对安吉尔的感情不是源自父亲而是源自母亲繁衍生息家族所提供的能量。

对于苔丝而言，她深爱着母亲和弟弟妹妹们。在安吉尔离开她之后，经济很窘迫，但她依旧把仅有的救命钱给了母亲。最后为了给家人找到栖身之所，在安吉尔杳无音讯的情况下，她不得不再次投入亚雷的怀抱。所以苔丝和母亲在性格特征上既存在矛盾，又有很多共同之处。她们都为家庭做出了很大的牺牲，且无怨无悔。

自然和社会对苔丝造成的影响可以说是起到了共谋的作用。如果说这部小说意在表现一个原本纯洁的女孩儿在受到自然公正对待的情况下，是如何被社会毁掉的话，哈代当然也同样给出了与此同样直接和简单的相反意见。人们倾向于认为，社会法律夺去了苔丝的生命，但自然不允许这样的法律存在。不过小说中一个重要部分就是，我们感觉到，自然本身也转向对苔丝的攻击。所以，"小说中有一些人为和自然的因素都在对苔丝造成不利的影响。如果说她被人造的打谷机伤害的话，她也同样遭受着阳光的伤害。这表明，宇宙可以毁掉它创造的一切，也可以夺去它曾经给予的生命……太阳升起的时候，警察出现了：苔丝是它们共同的牺牲品"。① 从某种意义上讲，代表着自然的母亲也促成了苔丝的悲剧命运。

克莱尔一家共有 5 口人：克莱尔夫妇、安吉尔和他的两个哥哥，其中克莱尔和安吉尔的两个哥哥都是神职人员。两个哥哥"都没见过真正的世面，没过过真正的人生。也许他们和许多别人一样，观察的机会不如表现的机会多吧。他们两个除了他们自己所过的以及和自己一流的人所过的那种风平浪静的生活，对于任何其他活动的复杂势力，全没有充分的认识。他们不知道局部的真理和普遍的真理有什么区别；他们不知道拿自己这种牧师和学者的态度从自己的内心观察事物所得的结果，和外面世界所想的有多不一样"（172）。他们看不起安吉尔，感觉他像农民一样从事着低下的工作。苔丝的母亲昭安和安吉尔的父亲克莱尔神父在社会阶层、教育程度以及道德伦理方面存在着巨大的差异，不过，他们对人生以及与子女的关系方面存在着相似性，他们都是哈代社会之网中互相联结的部分，他们之间既互相排斥同时又证实着对方的存在。

昭安迷信于一本神话书《命书大全》，她每天晚上都小心地把这本书放在外屋；而克莱尔则是一个虔诚的基督徒。他们笃信各自的"圣经"，在这方面有相似之处。也许克莱尔把上帝和人生之间的关系看得太严肃了，他的内心充满了各种教义和规矩，但他也和德伯太太一样具有孩子气，他的心智也停止了成长，外表是一个成年人，但在情感方面尚处于幼稚阶段。所以他是一个"信仰坚定的人，好像一篇没有正文的序言"（126）。小说的叙述者也经常深入两人的内心深处，用几乎同样的语言来反复表明二人的性格特征。这两个人物在小说中起着关键的作用，影响到了哈代对自然、上帝和社会的

---

① Tony Tanner, "Colour and Movement in Hardy's *Tess of the d'Urbervilles*", *Critical Quarterly*, 10, 1968, pp. 249 – 250.

看法，揭示出哈代艺术和思想观点。

二人之间的异同点可以看作是自然与上帝和社会间对比的具象化，也是形成一张"网"的组成部分，对他们的描述也是对苔丝和安吉尔之间张力的形象概括。

安吉尔对父亲的看法又如何呢？就像苔丝眼中的母亲形象一样，克莱尔对于安吉尔来说，"像孩子一般，认为什么事都有希望"（180）。他"带着一种像孩子般的天真甜蜜的笑容来欢迎他"（171）。他的教条可以和《命书大全》进行对比。"像克莱尔这样的牧师，近二十年来，在现代的人里面，差不多都绝迹了。……他在青年时期，一旦在深奥的存在问题上拿定主意，就再也不许对之更加推论引申。就是和他同时同道的人，都觉得他太极端……据他的理解，《新约全书》与其说是颂扬基督，倒不如说是颂扬保罗的史诗；与其说它要说服人，不如说它要麻醉人。"（169—170）克莱尔的极端思想使他与德伯太太之间有了进一步的联系。德伯太太喜欢饮酒，克莱尔笃信基督，所以《新约》和酒精一样，都能起到麻醉头脑的作用。

不像德伯太太那样迷信和缺少文化，克莱尔的行为举止还算正常，他看待事物都是直观的，不具备分析和理性思考的能力。当安吉尔告诉父亲对古老贵族的怀疑，并对光荣的历史传统产生好奇的时候，父亲不管是在神学还是日常对话方面，往往抓不住重点。"这种区别，尽管不能算是细致，但在老克莱尔看来，却是细致非常。他接着说与他有关联的故事了。"（179）克莱尔先生的世界观是超脱尘世的希望和梦想，"仍旧不自觉地根据了地球是万物的中心，头上最高处是天堂，脚下最深处是地狱的那种观念而来"。和安吉尔的观念比起来，"简直是和住在另一个星球的人做的梦一般。因为他近来所看见的，只是活泼的人生，所感觉的，只是生命热烈的搏动，没有主义、信条，加以矫揉造作，束缚牵扯。本来这种人生和人情，连智慧也只能稍微加以调节，决不是主义、信条所能防止堵塞的"（171）。克莱尔的处世态度与安吉尔的世界观有很大的差异，这也是安吉尔没有和哥哥一样成为神职人员的原因。

相比较而言，德伯太太和苔丝间的分歧在于她们受到的教育程度不同，而安吉尔和父亲克莱尔间的不同还表现在年龄上。克莱尔65岁，而安吉尔是他最小的儿子，二人间的年龄差距"好像不止差一辈儿"（125）。安吉尔意识到，在出外工作的过程中，他每回家一次，就越发觉察出自己和父亲间的代沟。"自上次回到牧师公馆以后，他觉得公馆里的生活，跟平时比起来，越发另是一番天地，和自己的全不一样。"（171）和父亲的教条相比，安吉尔"近来看到的只有生活"（171）。和苔丝一样，"安吉尔是一个复杂、具有现代性的人物性格，经历了自然的洗礼和变迁"。① 他的父母也注意到"他改变了很多，越来越和从前的安吉尔判若两人了"（171）。两个哥哥觉得，"他的一举一动，越来越像个庄稼人"（171），而他们"受过很好的教育，非福音教徒。丝毫不苟且，是合乎标准规格的青年，每年一批一批造就出来无隙可蹈的模范人物"（171）。不过安吉尔注意到："两个哥哥在心境方面越来越狭隘。……他们既没见过真正的世面，也没过过真正的人生……他们除了自己所过的以及和自己一流的人所过的那种风平浪静的生活，对于任何其他活动的复杂势力，全没有充分的认识。他们不知道局部的真理和普遍的真理有什么区别。"（172）他与两个哥哥间的矛盾更多地体现在世界观和人生阅历的不同。这样的家庭氛围促使他离开家庭，寻找其他工作。

像苔丝一样，安吉尔也很尊重父亲。"说实在的，安吉尔虽然满脑子异端思想，他自己却时常觉得，在人性方面，他和父亲最相近，那两个哥哥都不如他。"（180）"虽然他不信服他那种偏狭的教义，却不得不敬仰他那种身体力行的精神，不能不承认他外面是一个过度虔诚的牧师，内心却是一个勇往直前的英雄。"（180）当父母不明白他关于酗酒的说法时，安吉尔脸一红，感觉"他父母虽然缺乏感情是不对的，但他们的做法还是对的"（174）。他们的做法是指让安

---

① John Rodden, "Of Nater and God: A Look at Pagan Joan and Reverend James Clare in Hardy's *Tess of the d'Urbervilles*", *English Studies*, (92), 2011, p. 298.

吉尔对老板娘实话实说，他们把她送的脂血肠送给了穷人家的孩子，而且他们也不喝烈性酒。如果说苔丝佩服母亲对家庭的无私奉献的话，安吉尔也认识到父亲也把整个教区看作是一个大家庭，他也很佩服父母的博爱精神。克莱尔夫妇从没有在正式场合吃过晚餐，因为他们要么在组织教区的会众，要么在探访病人。牧师把安吉尔的布丁给了孩子们，而克莱尔太太把蜂蜜酒预存起来作药用，因为她发现酒劲很大。安吉尔还激动地发现，他父亲从不在意苔丝的家庭是富裕还是贫穷。虽然他们两个家庭都不富裕，但苔丝的母亲却希望为苔丝找一个有钱有地位的人家，而克莱尔则希望安吉尔找一个虔诚的信奉基督教的女人做妻子，因为这样可以保持精神上的富有。他向安吉尔建议迎娶他老朋友的女儿："一定得是一个真正的基督教徒，你出来进去的都能帮助你，安慰你，一定得是这么一个女人才行。除了这个，别的都没有多大关系了。我想这样的女人并不难找，说实在的，眼前就有。我那位诚恳热心的老朋友、老街坊向特先生。"（175）他称美穗小姐为"纯正、贞洁的女人"（175）。不过这种定义切合了小说的副标题，但也使苔丝处于尴尬的境地。因为苔丝虽然内心纯洁，但失去了贞操；而美穗虽是处女之身，但却心地狭隘、爱慕虚荣。与苔丝这个农家女相比，克莱尔更倾向于美穗。他认为，"农民的妻子首先是对于人类有保罗那样的看法，其次才是干农活的本事"（176）。他母亲也劝他说："安吉尔，不要那么担心一个仅仅是农家的孩子！"安吉尔责备其母亲冷酷，他反驳道："农家的孩子？我们都是农家的孩子。"（391）这反映出安吉尔在择偶问题上与父母间的分歧。虽然安吉尔在性情上与父亲很相似，但在信仰方面却相去甚远，因为安吉尔是异教徒，他只看重生活中的经验。他是个农民，而他父亲和哥哥都是神职人员。不过，他与父亲间的分歧并不像苔丝和母亲那样不能沟通，他能理解父亲，因为他接受了比较好的教育，而且比较独立，凡事有自己的立场，不像苔丝那样事事都要听父母的安排。

安吉尔对宗教的态度就像他对牧师的态度一样。他曾告诉父亲，他不能很好地理解神圣的秩序："我爱教会像一个人爱他父母一样。我永远要对他有热烈的爱。任何制度的历史，都没有像这种制度的历史那样使我敬慕。但是有一件，要是他的思想不能从没法拥护的'供奉上帝来赎罪'那种观念里解放出来，我就不能像我的哥哥那样，忠诚老实地受委做他的牧师。"（126）安吉尔认为，一个快乐的、无意识的生物远比一个披着道德外衣的人要好，而这种外衣就是由宗教和现代文化组成的。"也许将来经过若干世代之后，道德训练和知识训练那些办法都有所改进，因而能把人类不能自主的本能，甚至于不能自觉的本能，都显然有所提高或者大大有所提高，也未可知；但是直到现在，据他看来，文化可以说，对于受到它影响的那帮人，只在心灵的表皮上面有所触动罢了。"（178）对于安吉尔来说，苔丝按时做礼拜反映出一种"自动性的宗教信仰"，代表了"自然崇拜之中明显的非现实性"（177）。这其实反映出二人对宗教的不同态度，继而影响到他们对社会的认识。关键时刻，苔丝敢于担负起家庭和伦理责任，而安吉尔则选择消极逃避。

在第七章中，昭安在卧室反思，克莱尔同样也在床上反思。克莱尔反思自己拒绝让安吉尔上剑桥大学是不是有点欠妥。他的愧疚就像亚伯拉罕悔恨自己把命定该死的以撒带到山上一样。他在床上睡不着觉，一面为安吉尔叹息，一面又遏制自己的叹息，向上帝祷告。他想，如果他把这个不信上帝的儿子送到学校去，他一定会用学到的知识，来批驳自己宣传的教义。所以他有时候认为自己没把安吉尔送到大学还是对的。而昭安则用一种盲目的轻信来计划苔丝的将来。她没有为自己的不当做法感觉内疚。相反，克莱尔即使从技术层面认为自己并无过错，但他仍感觉到内疚。对于他来说，世界就是由痛苦、眼泪组成的。就像昭安和孩子们唱的那样："在世上，我们受苦受难，在世上，我们有离合悲欢；在天堂，我们永远不离散。"（370）他们唱的时候，神气非常冷漠沉着。昭安认为，如果一个人把问题早已解决了，而且解决得没有错，就无须再加考虑。

在苔丝家和安吉尔家的比较中，个人经历扮演着重要的角色。在成为一名"成熟的女性"之前，苔丝几乎没有什么生活阅历。和母亲的一样，她的整个生活是在布雷谷展开的。而安吉尔早早就远离自己的父母，他注意到自己的哥哥也没有"见过真正的世面，过过真正的人生"（172）。公正地说，德伯太太和克莱尔牧师都有点像小说中早期的苔丝和年轻的安吉尔，因为他们的父母都没有什么生活的阅历。

"安吉尔是一个比他父亲还要复杂的男人，他不关心什么社会救赎还是父亲信奉的教义所给予的救赎。"① 像苔丝一样，他也经历了重大的思想转型，只不过哈代在小说中并没有具体对这种现象进行描述。这种转型发生在他离开苔丝，去巴西开农场期间。在此期间他不仅质疑父亲的教义，而且也怀疑自己判断外部行为的习惯："他对于前人所讲的宗教，本来早就不信服了，现在对于前人评定的道德，也不信服起来。他觉得那种道德的评定，应该重新改正。谁能算是真有道德的男人呢？或者问得更切题一点，谁能算是真有道德的女人呢？批评一个人人格的好坏，不但得看这个人做过的事，还得看他的目的和冲动；好坏的真正依据，不是已成事实的行为，而是未成事实的意向。"（353）从这可以看出，他已经为自己的负气出走感到了懊悔，也理解了苔丝之前的行为和对自己的一片真心。这为他回国去找苔丝，也为苔丝杀死亚雷做好了铺垫：他是值得苔丝不顾一切去爱的男人。

小　结

苔丝的悲剧至少部分在于旧的家族制，在于她必须为祖先犯下的罪孽赎罪。苔丝与家族的联系会引发出更多的问题。比如说，她为什么要急切地同贵族们拉上关系？为什么必须让女人们付出代价？为什么她的命运一定是悲剧的？等等。要解决这些问题，我们还必

① John Rodden, "Of Nater and God: A Look at Pagan Joan and Reverend James Clare in Hardy's *Tess of the d'Urbervilles*", *English Studies*, (92), 2011, p. 305.

须回到男性社会中去考量。贾森指出，《德伯家的苔丝》是一部按照神话故事框架建构的小说，是一部关于弃儿的罗曼史。① 苔丝和安吉尔都依附于与他们有着紧密关系的贵族阶层。这使他们不仅优于他们各自的家庭，而且也优于周围的一切。亚雷当然是伪贵族。在这三人的叙事中，苔丝既是悲剧的牺牲品，也是悲剧性的英雄，而安吉尔和亚雷虽是男主角，但都被苔丝的形象遮蔽了。当苔丝愿意穿着男人的衣服时，她就已经开始向男性靠拢了。在小说最后，当安吉尔来找她时，她告诉安吉尔，她的衣服是亚雷给她"穿"的。苔丝消极地接受自己的悲剧命运是因为她错误地相信了父权英雄主义的可能性。在许多方面，苔丝都是哈代早期小说中的可怜人，被理想化为"一个女人幻想的代表"。安吉尔称她为"一个被忠实展现的纯洁女人"。作为一个悲剧的父权制辩解者，苔丝也是自己故事的作者，或者说至少是悲剧结尾的同谋。在叙事中，"女主人公比男性更有能力完成悲剧角色"。② 她最后还是屈服于男性社会，成为社会的牺牲品。

　　《德伯家的苔丝》常常被认为是一部关于社会的野蛮与随意的价值观同自然力量冲动相互抵牾的小说。从某种程度上讲，它是一部关于伦理价值观冲突的小说。但是，女主人公苔丝不可能只具备对立双方中自然的一面，理由很简单，她不可能对社会传统、道德以及阶级等级意识等具有免疫性。事实上，苔丝反复声明了自己对社会等级的关注，比如在对安吉尔中产阶级绅士般的行为方式和对亚雷举止谈吐粗鲁庸俗的看法，以及对其他下层人士的傲慢态度等。她没有道德意识的性冲动，对安吉尔的简单欲望以及后来对亚雷的刺杀行为也可以被看作是"纯洁的"（正如小说副标题中所说）或者说是自然的，然而，这也可以看作是她继承贵族基因的结果，因

---

① Marjorie Garson, *Hardy's Fables of Integrity*: *Woman*, *Body*, *Text*, Oxford: Clarendon, 1991, pp. 131 – 132.

② Marjorie Garson, *Hardy's Fables of Integrity*: *Woman*, *Body*, *Text*, Oxford: Clarendon, 1991, p. 115.

为苔丝的祖先曾野蛮对待那些比自己等级低的人。因此，可以说苔丝忽视了那些普通人秉持的传统道德观，认为他们比自己的主人低下。但是，苔丝毕竟出身于贫困家庭，不是一个真正的贵族，她必须恪守下等阶层的道德观。不过，她内心始终有一种潜意识，阻止着她努力去拥抱自己的幸福。总之，她在受着双重的束缚：一是她是一个女人，行为处事必须符合社会对女性的规定；二是她信奉英雄主义，特别是男性英雄主义，但这是她无法做到的。这些在某种意义上塑造了她分裂的人格。

正如托利尔·莫伊指出的那样："女人如果深陷父权意识形态之中，就很容易把这种意识形态内化于心……可能会悲哀地认同于她们自己的迫害者。"① 苔丝没有认同所有的压迫者，她只认同安吉尔。这是因为她内化的标准只是那些具有绅士做派的压迫者的标准。在与两位男性即安吉尔和亚雷的交往中，她只是根据他们表面是否符合她内心对绅士的评价标准来进行分类比较。在她意识到亚雷对她图谋不轨之前，她就感觉到他是一个无赖和诱奸者。相反，安吉尔表现得温文尔雅，具有十足的绅士范儿。她错误地把他的菲勒斯乏力视为具有骑士风度的自我节制。从一开始，苔丝就认为，安吉尔身上具有亚雷所没有的优秀品质："她不知道，在对像她这样的女人的爱情中，男人们可以做到那么无私、具有骑士风度而且思虑周全。"（296）不过叙事者颠覆了苔丝对安吉尔的理想化想象："在这方面安吉尔远非她想象的那样；确实，还差着十万八千里呢。"（246）叙事者承认，安吉尔"没有粗野的风格"，他的性冷淡与亚雷的"粗野"相比使他显得更为温文尔雅："这让苔丝感到震惊并对他入迷，她的不足挂齿的经验直到现在也显得差强人意。在对男性的反应中，她对安吉尔施予了太多的荣光。"（247）她根据自己的想象，把安吉尔看作是真正的具有贵族气质的男子汉。

---

① Toril Moi, *Sexual*, *Textual Politics*：*Feminist Literary Theory*, London：Routledge, 1985, p. 29.

当然，他们的关系刚开始的时候，安吉尔确实表现出一些绅士的派头，他把苔丝理想化为单纯、有涵养的女孩子，就像大自然的天使一样。他第一次注意到她时，就惊为天人："那个挤奶工多像一个新鲜、纯洁的自然之女呀！"（155）他们两个都根据各自的想象把对方具象化的身体抽象化为他们心目中的理想形象。当安吉尔称苔丝为阿尔特弥斯（月神与狩猎女神）和得墨忒耳（掌农业、结婚、丰饶之女神）时，这是要把她比喻为既多产又守身如玉的女人形象，但他又害怕苔丝在现实中是一个生育过的女人。

实际上安吉尔是一个虚伪的势利小人，他有点厌女症，整天耽于不切实际的幻想。他的势利表现在他告诉苔丝，他"在她的血统方面是很喜欢的"（242）。他的虚伪表现在，他把这个观点看作是社会性的。"社会都是毫无希望的势利，你的出淤泥而不染的事实不同于社会把你看作是我的妻子。在我把你打造成知书达理的女人之后。我母亲，一个可怜的人，会在这方面高看你的。"（242）当苔丝向他坦白以前和亚雷的交往时，他又一次背叛了中产阶级的观点。他的第一反应就是骂她是一个粗鄙的农村妇女、堕落的贵族后代。所以，"安吉尔有限的道德观使他比苔丝少了英雄气，甚至比亚雷少了同情心"。① 不像安吉尔，亚雷很快就认识到了苔丝的性取向。不过，不幸的是，这就是他看到的苔丝的全部：一个通过强有力的性来控制男人的纯粹的性生物。他经常责备她导致了他的堕落。他说，他在布道的时候，一看到苔丝，就立刻打乱了他最近的安排，重新开始了对她的痴迷。当他让苔丝发誓，不要再引诱他时，这表明他害怕他自己抵挡不住她的女性魔力的诱惑。他把苔丝视为内在邪恶的人，随时准备用女性的性诱惑来控制男性。这种害怕也表明了维多利亚时期的中产阶级对女性的不信任。

虽然亚雷和安吉尔都把自己的幻想投射到苔丝身上，但苔丝首

----

① Joanna Devereux, *Patriarchal and Its Discontents: Sexual Politics in Selected Novels and Stories of Thomas Hardy*, New York: Routledge, 2003, p. 117.

先想到的是摆脱这种纠缠。她拒绝成为亚雷想象中的荡妇，也不愿成为安吉尔眼中的女神。她掌掴亚雷，差点把他推下马去，最后又杀死了他。这一系列的暴力举动揭示出在苔丝消极被动的外表下隐伏着暴力的影子。苔丝是男权制度下的牺牲品，她被亚雷强奸或者说诱奸，又被安吉尔抛弃。她自己的人格尊严被这两个自私的男人直接无视，而且被肆意践踏。对他们来说，苔丝并没有作为一个有独立人格的人存在过。安吉尔知道苔丝过去的遭遇后，表现的不是同情和安慰，而是直接告诉她，他爱的女人不是她，而是长着和她一样容貌的另一个女人。苔丝消极地接受了安吉尔对真正的她本人的弃绝，这表明她也默认了当时男权意识形态对女性的塑形，没想过拒绝安吉尔对自己的冷酷行为。直到最后，她在给他的信中才开始表达自己的不满和绝望，因为她一直对他恪守忠诚而又要受到生存环境的严峻考验。在走投无路之际，她只能接受亚雷的帮助，重新投入他的怀抱。

因此，苔丝的分裂不仅仅在于两个男人对她的影响，更多在于，她要成为自己故事的主体，而非男性凝视的客体。这种强烈的自立愿望与自己无力逃脱男性影响之间的矛盾造成了她深层次的人格分裂。更重要的是，她囿于自己认可的价值体系之中不能自拔。可社会没有提供一个成功的女性形象供她效仿，她只能接受以男性为中心的世界观。于是，她不断地被男性化，继而也不断地被边缘化，沦为社会的牺牲品。有人认为，"当（苔丝）主动回击时，她采取的是男人的回击方式"。① 也有人指出了她身上的"男性气质"："在她忏悔后，拒绝了女性的歇斯底里和温柔策略，不想以此抓住安吉尔不放。她极力想使自己与传统的女性区别开来。所以，她将遭受的苦难归因于肉体上鄙视自己，鄙视自己的女性身份。"② 苔丝似乎是

---

① Peter J. Casagrande, *Tess of the d'Urbervilles*: *Unorthodox Beauty*, New York: Twayne, 1992, p. 126.

② Margaret R. Higonnet, "A Woman's Story: Tess and the Problem of Voice", *The Sense of Sex*, New York: Routledge, 2003, p. 22.

需要男性的权威和意识形态来使自己变得强大，甚至比小说中的男性更为"男性"。她靠牺牲自己的女性特质来实现成为男性的理想，所以她成了她自己的牺牲品。这并不是说她要改变性别，而是说她在小说中的角色不太符合女性的传统，而更符合男性的传统。由于找不到一个男人来拯救她和她的家庭，她只能自己扮演这个角色。但她认为能够承担如此重任的只有男性，这才影响她认识到自己的主体身份。

在小说开始部分，当有妇女取笑她父亲时，她总要出面维护父亲的尊严，尽管他确实一文不名。她这样做部分是为了自己的面子，而且也出于对整个家庭名誉的考虑。叙述者不断展现她的身体形象，但身体形象只能表明她个人生物层面的完整性。不像哈代小说中的很多女主人公，苔丝并没有聚焦于自己的美貌、痛苦及未来；相反，她总是先考虑别人：父母和弟弟妹妹们、朋友、恋人等。从这方面讲，苔丝确实是一名伟大的女性，甚至比男性更有社会责任感。男主人公以她为参照，从她身上观照到了自己不完整的自我。

不过，她的社会地位和女性身份在小说中也常被提及。她既不是男性也不属于中产阶层，但她是一个"危险的年轻女性"（102），因为她内化了父权对女性的话语。她几乎不考虑男性对她的态度，特别是她向安吉尔坦承过去的一切时，安吉尔抛弃了她。她把这一切归咎于自己应得的惩罚，尤其是在小说最后，她为了表明自己对安吉尔的爱，亲手杀死了亚雷，也把自己送上了断头台。这不仅仅因为她自己所处的特殊环境，而且更重要的是，她已经深陷父权价值体系而不能自拔，这个体系常常把男人的过错归咎到女人身上。她告诉安吉尔，她要报复"他通过我对你做的坏事"（491）。她几乎不抱怨安吉尔对她的种种不公，反倒指责亚雷对另一个男人的粗鄙行为，并且把自己看作是亚雷报复安吉尔的工具。

哈代在小说中审视了19世纪关于贵族的不同看法：苔丝虽然出身于农民家庭，但她却有着贵族血统。同时，与亚雷和安吉尔相比，她也能表现出特有的英雄行为，特别是在忍受安吉尔的冷酷和拒绝亚雷的情欲方面，她表现出了骑士般的风度和勇气。她的行为方式不仅体现了她对中产阶级意识形态的内化，而且也从侧面证明了她作为德伯家族后代的合理性。但是按照悲观主义的观点，她的出身背景只是证明了后天努力的徒劳无功。事实上直到小说最后，面对社会的残酷和不公，她才开始对自己的忍耐和坚持产生了怀疑。正如罗斯·希德勒所言，不管我们多么希望她能抵制父权社会的压迫，但"苔丝对安吉尔的爱使她甘于承担社会强加给她的父权压迫"。①苔丝的遭遇表明了父权社会的残酷冷漠和不公正，但她却无意识地拥护这种意识形态。所以我们可以这样认为，哈代塑造这样一个女性形象，其目的就是要引导读者思考如何看待父权社会问题。

---

① Ross Shideler, *Questioning the Father*: *From Darwin to Zola*, *Ibsen*, *Strindberg and Hardy*, Standford: Standford UP, 1999, p. 148.

第二章

《卡斯特桥市长》中的家庭伦理叙事

引　言

和《德伯家的苔丝》一样，哈代的另一部力作《卡斯特桥市长》也展现了主人公在社会变革中的人生遭际和宦海沉浮。在这部充满"巧合"的力作中，人物的活动区域历史性地跨越了荒原景象，展现了农业社会向工业社会发展过程中城乡的变迁。主人公亨查德是哈代笔下第一个形象高大的悲剧人物，也是英国小说史上少数几个堪与莎翁悲剧英雄媲美的性格人物。他走向没落和灭亡的主要原因，不是命运不济，而是自身"性格"的弱点——男性自我的孤独与占有欲。小说开始时，亨查德就在男性自我的冲动中犯下了贻误终身的错误：他作为一个割草工，带着妻子和女儿破落不堪地来到卡斯特桥市。在市场上，他喝了一个粥棚里私藏的烈酒。乘着酒性，他把妻子苏珊和女儿伊丽莎白卖给了水手纽逊。酒醒后，亨查德意识到了自己犯下的大错。自那以后，他时刻经受着内心空虚、孤独和道德败坏恶名的折磨，并发誓以后再不喝酒，从此开始了赎罪的艰难历程。

将近二十年后，奋发图强的亨查德凭着自己的奋斗，以成功粮商的身份当上了卡斯特桥市的市长，深得民众的爱戴。但在个人生活中，他始终对鬻妻一事无法释怀，虽然他与卢塞达相识相爱，但始终与她若即若离，无法将情感的需求上升为合法的两性关系。这时由于纽逊出海很久没有音讯，人们都以为他客死他乡了。亨查德的前妻，也就是已经成为纽逊妻子的苏珊，身穿丧服，带着女儿来到卡斯特桥寻找亨查德。亨查德内心压抑已久的自我欲望才找到了发泄的机会。为了掩盖道德过失，也出于男性自我的尊严，他抛弃情人卢塞达，恢复了同苏珊和伊丽莎白的合法关系。踌躇满志的亨查德似乎重构了完整的自我，获得家庭和婚姻伦理方面的解脱。但不幸的是，随着妻子的病故，他的人生再次经历重大波折。在妻子留给他的信中，他绝望地发现伊丽莎白竟然不是他的亲生女儿。此时男性个人主义转向了普遍的人性特征：即孤独感愈强，占有欲愈强。他自私地向伊丽莎白隐瞒了她的真实身份，并转而追求卢塞达。但此时的卢塞达竟然弃他不顾，心甘情愿地成为亨查德的管家伐弗雷的女朋友。这给本已孤独的亨查德男性自我沉重一击。亨查德妒火中烧，开始排挤和报复曾经视若知己的伐弗雷和卢塞达，偏执地走向孤独的深渊。但雪上加霜的是，水手纽逊竟奇迹般地回到卡斯特桥来认领女儿，这使孤立无援的亨查德几乎走到了绝望的边缘。虽然亨查德狡黠地骗走了纽逊，但他还是伤心地发现，卢塞达死后，他的女儿伊丽莎白竟然成为伐弗雷的未婚妻。接着由于卖粥老妇的揭发，他终于身败名裂，为自己的卖妻行为付出了沉痛的代价。这时候意识到被骗的纽逊又回到卡斯特桥来认自己的女儿。出于男性的自尊和农民的狭隘，固执的亨查德拒绝了善解人意的伊丽莎白和理智的伐弗雷的接济，在荒原农舍中孤独地死去，从而拉上了"性格"悲剧的帷幕。

第一节 鬻妻的社会伦理因素

哈代的很多小说因为内容常被人们诟病，曾引起过人们对其中性行为及道德描写的诉讼。不过，相比而言，《卡斯特桥市长》这部小说还是相对安全的，人们可以在家里读给孩子听。而且它也是哈代"第一部被英国考试委员会选进中学课程的小说"。① 在这部小说的开始部分，作者就向读者展示了一幅英国乡镇的荒原景象。割草工亨查德携着妻女苏珊、伊丽莎白·简狼狈地来到集市。他们在一个粥棚前停下，准备买粥喝。他看到帐篷外两个招牌。一个写着："上等家酿啤酒、淡色啤酒和苹果酒"②；另一个写着："此处出售香甜牛奶麦粥"（6）。在妻子的坚持下，他们来到第二个帐篷。但是招牌上的字掩盖了帐篷内真正售卖的东西——烈酒。烈酒是当时政府严禁出售的东西。就像亚当一样，亨查德被买粥老妪引诱喝了烈酒，然后就失去了对自己的控制。招牌语言的力量加上女性的配合就可以控制男性的行为，这其实就是亨查德的性格特点，也为他以后的悲剧人生奠定了基础。所以我们可以认为，小说从一开始就表明，语言是不可信任的，特别是与女性有关的时候。

对于亨查德来讲，粥棚、卖粥老妪和粥本身就像他命中注定的罪恶元素，注定要对他的人生造成影响。粥棚中私藏的烈酒表明这个粥棚已经从内部变质了，按照语言学理论，粥棚这个能指之下的所指已经被置换了，这样就造成了概念及概念之间的联结混乱。这表明整个社会都是以市场经济为旨归的，至于相关的伦理道德在利益面前可以弃之不顾。亨查德喝醉之后要卖自己的妻子。在此之前他就有喝醉后要卖自己妻女的举动，只不过没有成功。但是这次出现了意外，水手纽逊（Newson）（这个名字本身也象征着新秩序）出现了，他用"5 先令"（11）买走了亨查德的妻女，从而也结束了这场闹剧。

在这之前，观众们都不怎么把这场挑战当回事，直到看到有人真的如数给了钱应战，才知道事情已闹得非同小可。他们

---

① Peter Widdowson, *Hardy in History*, London：Routledge and Kegan Paul, 1989, p. 80.

② ［英］托马斯·哈代：《卡斯特桥市长》，郭国良等译，江西教育出版社 2016 年版，第 5 页。以下引文皆出自该书，只标注页码，不再详注。

的目光不由自主地盯住那几位主角的面孔，然后又盯着桌上压在先令底下的几张钞票。

　　直到此刻，虽然这男人一本正经地作出撩人心怀的表示，但谁也不能肯定他是真心实意的……他要钱，而有人真的照实付了钱，这无聊的玩笑便从此收了场。帐篷里弥漫着一股苍白暗淡的光晕，使里面的人面目全非，嬉笑从听众的脸上猝然消逝，他们全都目瞪口呆地期待着。(11)

　　当亨查德发现自己的损失时，他的第一个冲动就是责怪自己的妻子：“抓住她！我非要问个究竟，为啥她不多长个心眼而不叫我出丑呢！”（16）卖妻其实表达了男人的权力欲望。亨查德通过与另一个男人的金钱交易就可轻松地摆脱婚姻的羁绊。通过这种言不由衷的话语，他脱离了对他来说极为窘迫的局面。不过，他也马上为此感到了后悔和懊恼。在从卖妻的闹剧中醒悟过来之后，亨查德似乎意识到了话语的自动性。他发誓，“在以后的 21 年中他不喝任何的烈酒”（16）。不过他一直担心他当时是否跟别人说过他的名字，因为他害怕别人知道他卖妻的丑行后会影响他的好名声，所以尽管他很想知道妻女的下落，但他始终不肯向别人说出事情的原委。这也影响了他寻找妻女的结果。“虽说他已竭尽全力，无奈他守口如瓶，不愿说出他是在什么情况下才失去她的。”（17）他的性格缺点最终造成了他的命运悲剧。

　　鬻妻情节是小说中的中心情节，它引导并主宰了小说主人公亨查德以后的发展结局。不过，这看似荒诞不经的闹剧却是有法可依的。英国维多利亚时期的《普通法》规定，妇女一旦进入婚姻状况，就意味着法律上的“死亡”，她丧失绝大部分人权，就像当今的重罪犯进入监狱时一样。她没有权利支配她的劳动所得，不能选择自己的住所，不能合法地处置自己的财产、签署文件或充当证人。也就是说，妇女在结婚以后，就与罪犯、白痴和未成年人一样丧失了公民权，其法律地位是虚无的，女人必须在男人的强制下行事。所以，在被保护期间，她所做的一切，她的全部行为，在法律上是无效的。① 英国法律规定：丈夫不仅对妻子的财产有权拥有，而且妻子本人也成为他的财产。英国《普通法》剥夺了已婚妇女的法律独立性，妇女完全被置于丈夫的控制之下，只有在 1870 年、1882 年、1893 年的已婚妇女财产法中才得到部分的修改。法律把夫妻视为一个人，这个人就是丈夫，任何属于妻子所有的东西都同时属于丈夫，即使儿女也是属于丈夫的，"法律上他们是他一个人的子女；他是唯一有资格对子女行使权利的人"。② 他可以毫无理由地带走孩子或者把他们送到别处去抚养。所以，从法律层面讲，亨查德完全有权利处置自己的妻女，但即便如此，当时的社会伦理道德仍然倾向于同情弱者。家庭生活方式是一个表达人们在家庭中如何生活的概念，是指人们在一定的社会条件制约下和价值观念的指导下所形成的满足自身生活需要的全部活动形式与行为特征。夫妻情感状况主要依赖于个人性格和每个婚姻关系的内部机制。情感深厚亲密或者疏远冷漠的状况在所有阶级的夫妻情感中都是存在的，这一点是毋庸置疑的。但是一个阶级的社会地位、身份以及生活方式也是影响夫妇情感的重要因素。中产阶级的社会地位与身份以及生活方式就是影响其夫妇情感状况的独特因素。在工人阶级夫妇中，更多的是二人在同甘共苦、为维持生计共同奋斗中建立和维持的情感；而在中产阶级家庭中，有利于夫妇感情维持与发展的因素有崇尚家庭生活的家庭观念，信奉伴侣婚姻观，而且较好的家庭经济状况也为感情发展提供了安全保障。如劳伦斯·斯通所说，"贫困是一种既能腐蚀肉体美丽也能腐蚀感情关系的酸味剂"。③ 贫困可以磨灭婚姻生活的感情，而

---

① ［美］凯特·米利特：《性的政治》，钟良明译，社会科学文献出版社 1999 年版，第 103 页。

② John Stuart Mill, *On Liberty*: *The Subjection of Women*, Oxford: Oxford University Press, 1976, p. 451.

③ Lawrence Stone, *The Family*, *Sex and Marriage in England*, *1500 - 1800*, London: Penguin, 1990, pp. 140 - 141.

较好的经济状况可以为感情奠定物质基础。造成夫妇情感疏远与冷漠的因素在不同阶级中的共同之处是个性的差异和日常琐事的分歧，这在每个阶级、每个家庭中都存在。

从历史上讲，在欧洲，从 18 世纪末开始，情感的社会功效日渐式微，部分原因是法国大革命的影响。"在雅各宾恐怖影响下，人们开始相信，无原则的慈善和造福别人的想法会带来恶果，过分的热心也会使人不可避免地变得急躁起来。"① 除法国大革命外，还有工业革命的影响。由于工厂的工作开始取代农民在农村的劳作，大量的农民被迫背井离乡，来到城市的工厂找工作。由于雇佣与被雇佣的关系，工人和雇主之间的情感关系变得越发淡漠。雷蒙德指出，工人们被陌生的环境和陌生的人包围着，他们内心深处就会生出对社会的怀疑和不信任，他们之前对社会的积极体验逐渐与目前的消极体验形成鲜明的对比。② 在这样的社会背景下，亨查德一家颠沛流离，其内心的痛苦无法释怀，只能借酒麻醉一下自己孤苦烦躁的情绪。伊格尔顿指出，对于哈代来说，悲剧与反讽被绑缚在一起，而悲剧产生于事物随意混杂的方式，而不是它们预先决定的本质。每一件事物都与每一件别的事物巧妙捆绑在一起，这绝不是一种永远滑稽的观察方式。从某个角度看，一些事情可能至关重要，但如果换一个角度看，这些事情可能就不显得那么重要了。所以，即使悲剧性冲突也可以被建构成不同原因的冲突。一个需要解释的世界可能就是一个歪曲的世界。倘若生命形态不是有机地捆绑在一起的话，在这张大网任何地方的行为都会在人们最不期望的地方产生有害的影响。③ 伊格尔顿还指出，《新约》很少谈到家庭或者性、基督教保守派和激进后现代主义者各自的那些偶像，但是它对不得不谈到家

---

① Janet Todd, *Sensibility*: *An Introduction*, London: Methuen, 1986, p. 131.

② Raymond William, *The English Novel from Dickens to Lawrence*, London: Hogarth, 1984, p. 15.

③ ［英］特里·伊格尔顿：《甜蜜的暴力：悲剧的观念》，方杰、方宸译，南京大学出版社 2007 年版，第 122 页。

庭时所说的话显然怀有敌意。在涉及怜悯时，人们并不认为我们会给予我们最亲近的人任何特殊的优先权。无论如何，家庭内部的爱如同家庭外部的爱差不多同样是一种责任。①　洛克在《政府论》中把婚姻描述为一种被赋予共同利益与财产的契约关系，但并不赋予丈夫统治妻子的权力。洛克认为，父亲对子女的权力只是他养育子女责任中的一项副产品。它因此只是有限的、暂时的权威，当儿女成人便自动结束。这在伦理层面否定了丈夫对妻子和子女的支配权。康德曾经悲观地提出，人的自然欲求与社会的道德律令只能永恒地处于二律背反的矛盾之中。的确，自进入文明时代，有了道德，人类就无可奈何地卷入了个体欲求与道德律令的矛盾之中。在某种意义上，我们甚至可以说，一部文明的历史，就是人类在自然欲求与道德律令的碰撞中艰难前行的历史。因此，两千多年来，探索个体欲求与道德律令之间的矛盾，既是西方伦理哲学家试图解决的一个基本课题，也是西方文学家密切关注的问题。

传统的基督教伦理观认为，道德原则与个体欲求的冲突是绝对的，道德的崇高只能靠扼制个体欲求来实现。因此，节欲、克制、守序、安分被视为美德。而功利主义道德观却认为道德原则与个体欲求在根本上应该是协调一致的。英国19世纪功利主义哲学家边沁在《道德和立法原则》中写道："自然界把人类置于痛苦和快乐这两个至高无上的主宰的支配之下。只有痛苦和快乐才能指出什么是我们应该做的，并决定什么是我们将要去做的。一方面，正确和错误的标准，另一方面，原因和结果的连接，两者都维系于痛苦和快乐的统治。痛苦和快乐支配着我们所做的一切、所说的一切、所想的一切……功利原则承认这一隶属关系，并且假定它是制度的基础，而制度的目的就是借助于理性和法律之手建立一个幸福的组织。"②

---

①　［英］特里·伊格尔顿：《甜蜜的暴力：悲剧的观念》，方杰、方宸译，南京大学出版社2007年版，第178页。

②　［英］杰里米·边沁：《道德和立法原则》，转引自［美］汤姆·L. 彼彻姆《哲学的伦理学》，雷克勤等译，中国社会科学出版社1992年版，第121—122页。

另一位重要的英国功利主义哲学家穆勒说："功利或最大幸福原则为道德的基础。"① 在他们看来，趋乐避苦是人生的基本目的，追求幸福是人类道德的最高价值。而无论"快乐"还是"痛苦"，都只能是个人的感受，而且归根结底都与个人的欲求相关。因此，功利主义哲学家强调个人的权利和平等。

根据很多历史学家的观点，在 18 世纪，情感问题是社会的中心问题，而 19 世纪则标志着情感的终结。亚当·斯密在《道德情感论》中指出："人类曾被认为是何等自私，但在其本性方面有一些明显的特征，这使他对别人的命运感兴趣，给予他们幸福，他认为对于他来讲这是必要的，尽管除了看到这些很愉悦之外，他从中什么也得不到。"② 斯密还强调了人们对别人具有同情的欲望："被别人爱着，知道我们值得被别人爱着，这是多么幸福的事情。被别人恨着，知道我们值得被别人恨着，这是多么悲惨的事情。"③ 按照他的观点，我们都需要别人的看法来规范自己的言行以获得他们的认可。另外，这些看法在某种程度上也能保证社会的基本稳定和文明。

鬻妻事件是亨查德经历的一个"分离"事件，既体现出他的"男子汉"气概，也暴露了他内心的极端自私和虚伪。这是他对自己出身的极端否定。他的虚荣和自负的性格从内部颠覆了他的精神世界，使他无法从外部建立起一个新秩序来抵制内部的蜕变。他后来为此事发誓滴酒不沾，以弥补自己的罪过，这其实是改头换面的自我压抑和自我否定。鬻妻事件就像魔咒一样，沉沉地压在他的身上，并且无处不在。他总是逃脱不了那些对他不利的因素和条件。这一被他长期压抑的隐私最后也被妖魔似的卖粥老妪给揭发出来，使其

---

① ［英］杰里米·边沁：《道德和立法原则》，转引自［美］汤姆·L. 彼彻姆《哲学的伦理学》，雷克勤等译，中国社会科学出版社 1992 年版，第 112 页。

② Adam Smith, *The Theory of Moral Sentiments*, Indianapolis：Liberty Classics，1976，p. 47.

③ ［英］杰里米·边沁：《道德和立法原则》，转引自［美］汤姆·L. 彼彻姆《哲学的伦理学》，雷克勤等译，中国社会科学出版社 1992 年版，第 207 页。

无处遁形。从情节上看，纽逊的出现作为一个隐形线索预示了他以后跌宕起伏的人生变化，这种变化以伐弗雷的出场呈现出来。

第二节　亨查德与女性的关系伦理

亨查德从鬻妻事件中吸取教训，戒绝饮酒、努力拼搏，终于凭自己的才干和成就，以成功粮商的身份当上了卡斯特桥市的市长。但他身上具有旧式农民刚愎自用、简单粗暴却又诚恳耿直、倔强自傲的双重性格特征，在接二连三的"机缘巧合"中，他的男性自我和父系权力开始解体，直至在一定意义上失去了男性雄风，逐渐"阉割和毁灭了自己"。① 在与他人的关系上，他始终把握不好交往的方式和尺度，他情感上的缺陷使他犯下了一个又一个的错误，使得周围的人们在情感上与他渐行渐远。他最后在众叛亲离中结束了自己的生命。

科因·穆尔认为，亨查德的"主体性完全是表面的，因此也是有很大问题的"。② 吉耐特·金则指出，小说对人物持怀疑观点，人物特征是碎片化、偶然性的，缺乏自我连贯和整体性。③ 小说标题中的"性格"一词可能意味着"目的的强度""个体品质"和"名声"。（43）亨查德是一个性格人物，因为他具有公众形象：他被公众谈论，因此也被公众所建构。他存在于公众话语之中。

在亨查德的生活里共出现四个比较重要的女性：妻子苏珊、女儿伊丽莎白·简、卢塞达及卖粥老妪。她们在亨查德的不同生活阶段分别产生了不同的影响，这些影响决定了亨查德的最终命运。

---

① Evelyn Hardy, *Thomas Hardy：A Critical Biography*, London：The Hogarth Press, 1954, p. 342.

② Kevin Z. Moore, *The Descent of the Imagination：Postromantic Culture in the Later Novels of Thomas Hardy*, New York：New York University Press, 1990, p. 51.

③ Jeannette King, "*The Mayor of Casterbridge：Talking about Character*", *The Thomas Hardy Journal*, No. 3, 1992, pp. 42–46.

　　在失去妻子的日子里，亨查德吸取饮酒的教训，滴酒不沾，并凭着自己的努力，当上了卡斯特桥市的市长。他通过戒酒表明，他获得了他在失意中所缺乏的坚强意志和道德感，从而使他适应环境。他原本可以通过与患难中结识的卢塞达的男女关系，恢复自我的完整，但由于妻子杳无音讯，他受道德的约束，只能与卢塞达若即若离。当身穿丧服的妻子带着女儿回到卡斯特桥时，亨查德内心压抑已久的自我欲望找到了实现的机遇。为了掩盖道德过失，也出于男性自我的尊严，他抛弃情人卢塞达，千方百计地恢复同苏珊和伊丽莎白的合法关系。一家人历经磨难终于团聚，踌躇满志的亨查德似乎重构了完整的自我。为弥补过去的过失，他与苏珊重新举行了婚礼。但不幸的是，妻子向他隐瞒了两个重要信息：一个是她的丈夫纽逊只是出海未归，她不能证实他是否死亡；二是她生前向亨查德隐瞒了伊丽莎白·简的真实身份。这两个信息后来给亨查德带来了致命的打击，并导致了他的死亡。

　　其实苏珊对亨查德的荒唐行为也负有不可推卸的责任。她明知道亨查德在醉酒情况下说出的话，是胡言乱语，却信以为真，而且几乎未加阻拦。在水手纽逊答应出钱后，她竟然带着女儿和他一起走了。这令在场的人都目瞪口呆。与其说是她听从丈夫的话，毋宁说是她对亨查德失去了希望，想跟着纽逊碰运气。在纽逊出海很久杳无音讯之后，她马上就回头找亨查德了。在与亨查德共同生活不久，苏珊就生病离开了人世，可她仅有的识字能力也对亨查德的男性权威造成了致命打击。她给亨查德写的信上明显写着："亨查德先生：请到伊丽莎白·简结婚那天再启封。"（115）但是亨查德并没有听从苏珊的话，也没有显示出对妻子的任何尊重，大男子意识使他即刻就打开了信件，从而发现了伊丽莎白·简的出身事实。原来真正的伊丽莎白·简已经不在人世了，这个伊丽莎白·简是苏珊与纽逊的女儿。这表明了能指和所指间的不确定性，名字和具体的人之间的关系不是固定不变的，只有在极端专制的情况下，二者才是一一对应的关系，能指才需要固定自己的所指。如果这个条件不被满足，整个体系可能就会崩溃。在小说中，伊丽莎白·简的名字早于她本人而存在，她本人不是名字这个能指所指涉的对象而是它的效果。其实这种能指的任意性也体现在小说的题目"卡斯特桥市长"之中。这里的市长指的是亨查德还是伐弗雷？作者没有给出明确的答案，因为他们两个都曾是卡斯特桥市长，而且在卢塞达给亨查德的信中，对于能够在卡斯特桥待多长时间这个问题上，她是这样说的："至于待多久我还说不上来。他是一个男人、一个商人、一位市长，他是第一个有权接受我爱情的人。"（143）在这里，亨查德和伐弗雷都符合这些称谓，而这正是符号秩序的特点，即定义代替实体，名字取代所有者。卢塞达给予的这些称谓为后来亨查德和伐弗雷反目成仇埋下了伏笔，也为她的悲惨结局做好了铺垫。

苏珊留下的信件揭示出事情的真相，这从侧面反映出夫妻间缺乏起码的信任和关心。亨查德"把那张纸看作好像是一扇玻璃窗，透过它，可以看得很远很远"（122）。这个比喻暗示着这个消息对他的打击是毁灭性的："他的嘴唇颤动着，为了能承受这种压力，他的身躯似乎也在紧缩着。"（122）假如苏珊没有给他写这封信，假如他没有提前拆开看，那么他后来的经历可能就完全不一样了。虽然纽逊以后还要找来并宣布真相，但那时亨查德与女儿可能建立起了和谐的关系。苏珊故意隐瞒了伊丽莎白·简的身世，这点可以从简的名字上看得出来。她不是亨查德的亲生女儿，就不应该姓亨查德的姓，而应该跟随纽逊的姓。但苏珊生前没有把真相告诉亨查德，甚至也没有告诉伊丽莎白·简本人。可以说，亨查德以后的多舛命运都是因为这一因素引起的。另一方面这件事也暴露了亨查德的性格缺陷，他未能保持自己的威严和控制力，而威严和控制力在他看来是每个男人应该具有的品质。苏珊首先把他的话信以为真，和水手纽逊一起离开了他。这就严重伤害了他的威严和自尊。亨查德尽管粗鲁得配不上绅士的称号，但他具有责任感和荣誉感。当他决定向苏珊"求爱"复婚时，全市的人都注意到了他放弃了早先的威严："不久卡斯特桥人就窃窃私语了，后来，就公开议论起来。他们说这个狂妄专制的市长被那个温柔的寡妇纽逊太太俘虏了。"（80）他"根本没有煽起欲火情焰，或搏动着浪漫情怀——驱动他的只是三大决心：一是向备受冷落的苏珊赎罪补过；二是为伊丽莎白·简安置一个舒适惬意的家，给她父爱；三是用随这些赎罪行为而来的荆棘来鞭打惩罚自己，其中之一就是娶一个地位卑微的女人，以贬低自己在公众心目中的身份"（80）。他既然答应苏珊不提前拆看信件的内容，就应该恪守承诺。事实证明，亨查德的不信守承诺这一性格缺陷给他自己带来了无穷痛苦，也导致了他最后的悲惨结局。

具有讽刺意味的是，苏珊和亨查德都不擅于阅读，但他们却都能运用少有的话语给对方带来灾难性后果。不过伊丽莎白·简充分意识到了知识话语的力量。她尽其所能搜集和阅读大量的书籍。在亨查德和苏珊复婚后，简开始给自己买新衣服。她后来考虑是否"卖掉这些华丽的服饰，给自己买些语法书、字典和一本包罗万象的历史书"（94）。在和伐弗雷交往后，伐弗雷买了很多书送给她，帮助她成为一个有学识的女人。通过读书，她努力提高自己在待人接物方面的能力。即使亨查德后来知道真相后故意疏远和刁难她，她也试图用各种方法来获取亨查德的同情和理解。

小说中伊丽莎白·简在读书上遇到了很多麻烦。由于小时候没有受到很好的教育，她平时说话常常带有方言。"伊丽莎白平时爱用一些方言里生动漂亮的词，这可算是她的一大缺点，因为一般上流社会的人认为这是些不堪入目的野蛮人语音。"（126）对亨查德来说，这样的事情是绝对不能容忍的，他常常用刻薄的话来督促她改正说话习惯："这次尖刻的责骂她是永远也不会忘记的。当她要说'接合'（fay），她用'成功'来代替；她不再说'大马蜂'（dumbledores），而说'野蜂'（humble bee）；不说男人和女人'走在一起'（walked together），而说他们'订婚了'（engaged）；她开始把'洋水仙'（greggles）叫做'野风信子'（wild-hyacinths）；如果晚上睡不好觉，第二天早晨她也不会古怪地告诉仆人，她'折腾了一整夜'（hag-rid），而是说'消化不好'（suffered from indigestion）。"
（126）在英语中，这种方言在有身份的人看来是难登大雅之堂的。
除了方言之外，她的书法也是别具一格："她刚开始就把字写得很
大，这是她设计的一种粗大醒目的圆体书法。……而亨查德的信条
是：端庄大方的少女应该写小姐风格的字体，不仅如此，他相信高
雅的女性应该书写娟秀的小字，是女性固有的不可分割的一部分。"
（127）简虽然保持着对地方话和符号的自觉认知，但她还是认识到
了自身的"缺陷"，努力掌握"正确的"语法知识，即社会的专制
秩序和符号的能指秩序，以适应现实社会对女性的要求。"她居住在
这个具有罗马人特点的城市，在这种因素的刺激下，她开始学习拉
丁文。"（129）在见到卢塞达后，简马上被她迷住了，她感觉"她
的意大利语和法语都很流利"（147）。简的心里一直惦记着学习的事
情，"她对此几乎达到病态的地步"（147）。无论她是否把学习当作
社会晋级的阶梯，或者是因为喜欢学习而学习，学习对她来说代表
着资产阶级体面的来源和高度。

　　亨查德不理解也不愿分享简学习的喜悦；相反，他用自己的中
产阶级标准来看待简的言行。他认为简的土话和书法就像一个农民，
丝毫没有中产阶级的气质。当简说："我去了漫步街和墓地，我都快
累死了。"（131）亨查德吼道："我不许你这样讲话！从你的讲话，
人们会以为你是一个农民。我听到你在餐馆里做招待，今天又听到
你说话像个乡巴佬。我感到非常生气。"（132）

　　但当他后来得知简不是自己的亲生女儿，而他自己又无儿无女
时，"他就感到痛苦和失望。这在他的心里留下了一片感情的空白，
他不知不觉地渴望能弥补这个空白"（144）。因为"他恢复她母亲
的身份主要是为了这个孩子，而现在整个计划的结果，好似竹篮打
水一场空"（125）。他告诉简："是我给你起的名字。"（120）"你该
姓我的姓……根据法律这就是你的姓。"（120）他害怕简和他的对手
伐弗雷结婚，其实部分原因也是怕简抛弃他的姓。亨查德没有马上
告诉简她的出身情况，而是隐瞒了下来，继续以父之名维系着他们

间的父女关系。"在父权社会里，男人有命名的权利。"① 亨查德对姓氏的关心表明他对父权的渴望。其实父权的主题贯穿了整个小说的叙事过程。如果说伊丽莎白·简是个男孩子的话，亨查德绝不会让苏珊把她带走的。因为在当时男尊女卑的思想同样存在着，儿子会永久跟父亲的姓，而女儿出嫁后就该姓丈夫的姓。不过，伊丽莎白·简的名字上虽然没有体现出真正的父亲的姓，但父亲的基因其实就体现在简的面容上。当亨查德得知简并非自己的亲生女儿时，他从她睡觉时的面容上确定无疑地看到了纽逊的样子。这也体现出了能指与所指间的不对应，名与实的不符。在小说末尾，纽逊送给简一封未署名的信，约她到部德茅斯路见面，他相信简一定会赴约的，并且能猜到他的身份。这里虽没有在场的能指，但却规定了所指的唯一性。这表明了纽逊对自己身份的肯定和自信。相反，亨查德最后在自己的遗嘱上有两处留下了自己的名字。

　　迈克尔·亨查德的遗嘱

　　不要告诉伊丽莎白·简·伐弗雷说我死了，也不要让她为我悲伤。

　　不要把我葬入神圣的墓地。

　　不要请教堂司事为我敲丧钟。

　　不要让任何人来看我的遗体。

　　不要让任何人来为我送殡。

　　不要在我的坟墓上栽花。

　　不要让任何人记得我。

　　为此，我签上我的名字。

　　迈克尔·亨查德（324）

---

① Jeannette King, "*The Mayor of Casterbridge*: Talking about Character", *The Thomas Hardy Journal*, No. 3, 1992, p. 44.

这其实表明了，他生前没有留下什么，他害怕人们将永远抹去对他的记忆。因此，他要用名字这一空洞的所指来昭示自己的存在。但可悲的是，这种存在只能存在于遗嘱之中，其真实的存在将永远不复存在了。值得注意的是，迈克尔·亨查德在遗嘱中用伊丽莎白·简·伐弗雷这一称呼。这表明他承认对手伐弗雷取代了自己对简的父权统治。同时，他自己的名字在遗嘱的开始和结尾各出现一次，这也是自己对自己的挽歌。在小说中，亨查德曾经发誓戒掉酒瘾："我，迈克尔·亨查德……在上帝面前郑重起誓，在今后的二十年里，我戒绝各种烈酒。"（16）这和遗嘱一样在强调自己的名字。所以，在某种意义上讲，他最后除了自己的名字外，已经一无所有了。迈克尔·亨查德对"以父之名"的关心实际上是对"去创造"（de-creation）的一种焦虑。"他自从卖掉妻女之后，就成了一个自我放逐的男权主义者，哈代小说中惯用的没有父亲的女人模式，转换成了没有妻女的男人模式，这种男人并没有失去延续自己权力结构的繁殖力。"① 就像他相信，他仅仅靠给伊丽莎白·简以姓氏就能给她生命一样，他认为，他只用向纽逊说明简像她母亲一样死了，这样就能让纽逊从心里把简抹去。不过纽逊自己在努力为亨查德的谎言开脱："毕竟他说了不到十来句话，他怎么会知道我竟是这么一个傻瓜，会相信他的话呢？说是他的错，也同样是我的错，可怜的人！"（307）这似乎意味着，更多的话语会带来更多的伤害，亨查德的这种言语行为只是很小的伤害而已。纽逊还把这些归咎于自己轻信亨查德的话。他和苏珊·亨查德都把亨查德所说的话理解为就是他要表达的意思。亨查德首先用言语毁掉了自己的家庭，后来又"毁掉"纽逊的女儿。在小说最后，伊丽莎白·简也对亨查德的话信以为真。尽管她对亨查德表示同情，但还是听从了他在遗嘱中的话："凡是伊丽莎白·简做得到的，她都遵照着办理了。这倒不是说她认为遗言是神圣不可侵犯的，而是因为她有她独自的认识——写这些

---

① Joe Fisher, *The Hidden Hardy*, New York: St. Martin's Press, 1992, p. 122.

话的人一定要把他的话做到。她知道，这指示是跟构成他整个生命的素质完全一致的，因而不能妄自篡改，使自己得到宣泄哀伤的痛快，或给她丈夫一个宽宏大量的声誉。"（324—325）金认为："亨查德常常被自己的话语所束缚，即使他并没有打算像说的那样去做。"① 所以，他其实是活在空洞的社会符号中的人。

由于傲慢和对所爱的人强烈的占有欲，亨查德最后失去了所有亲人的关系。他对话语的恐惧，尤其是揭示出对伊丽莎白·简亲生父亲的话语的恐惧，增加了人物的悲剧气氛。正是错误时间的错误话语，未来得及说出来的真相或者说未经反思的谎言都导致了最后的悲剧。亨查德为了使纽逊离开卡斯特桥，谎称简已经死了。在伊丽莎白·简知道真相后，她质问亨查德："你这样欺骗过我——这样残酷地欺骗过我，我又怎么能够爱你呢！那说服我，叫我相信我父亲不是我父亲——这么多年你故意隐瞒真相，叫我糊里糊涂地活着；而且后来，他——我那热心肠的、真正的父亲——来找我，你竟撒了个弥天大谎，狠心地说我死掉了，又残忍地把他打发走了，几乎要了他的命。"（317）亨查德极力解释自己的动机，但却说不出话来："亨查德的嘴唇半张着，想要做个解释，可是立刻又像老虎钳子似的闭了起来。他一声不吭。此时此地，对于他所铸成的大错，就算他有千张嘴也说不清了。"（317）这样，他就失去了用言语拯救自己的机会。他身上的傲慢与恐惧结合起来，使他自始至终都与他人割裂开来。在他信守永不喝烈酒的誓言后，在大部分时间内，他也远离女性。他的自律和独立使他在社会上赢得了声誉和别人的尊重。他曾告诉伐弗雷："我这人生性就有点讨厌女人，所以和女性保持距离并不难。"（75）不过，在应付几个他生命中重要的女人方面，他未能保持自己的威严和控制力，而这些在他看来是每个男人应该具有的品质。

---

① Jeannette King, "*The Mayor of Casterbridge*：Talking about Character", *The Thomas Hardy Journal*, No. 3, 1992, p. 44.

　　有意思的是，伊丽莎白·简和卢塞达在小说中有很多共同之处：两个人都渴望得到别人的尊重。简虽然保持着对地方话和符号的自觉认知，但她还是努力掌握"正确的"语法知识，即社会的专制秩序和符号的能指秩序，以适应现实社会的要求。"她居住在这个具有罗马人特点的城市，在这种因素的刺激下，她开始学习拉丁文。"（129）卢塞达埋葬了自己在泽西的过去，为了安全，她避免使用任何法语单词，因为她是作为一个巴斯女人而不是泽西女人来到卡斯特桥的。只有说英语才使她感觉自己在融入卡斯特桥的社会之中。但在其他方面，两个人也形成了鲜明的对照：简发现有一个名字在等着她，而卢塞达却面临要忘掉以前名字的尴尬；简的理想是把自己的名字置于符号秩序之中，而卢塞达反复无常的性格却要破坏这一秩序；简在努力写字的时候，卢塞达却要毁掉她之前的笔记。如果从编年史的角度看，简好像来自符号秩序前期，试图在符号秩序中找到自己的一席之地；而卢塞达好像从符号秩序后期回来，重建失去的秩序。在哈代的小说中，海滨寓所常常是让人怀疑、陌生的地方，而泽西却是最具异国风情的地方。卢塞达描述自己的早期生活："我还是小女孩的时候，就随着父亲住在驻军的城镇和其他什么地方，在那里我养成了好动和反复无常的性格。"（147）卢塞达明白，出身环境对一个人的习惯养成至关重要。也是因为这个原因，她可以抹掉自己过去在泽西生活的痕迹。

　　如果说被符号化之前的主体未受到专制符号系统如道德伦理的濡染，那么被符号化之后就会成为模仿者和精神上的不稳定者。卢塞达就是不稳定的代号，在小说中，她有三个称谓：卢塞特、卢塞达·薮尔和泰姆普曼（Lucette/Lucetta Sueur/Templeman），这也表明她的身份是不确定的。小说中叙述的一件事颇耐人寻味。有人从伦敦给卢塞达寄来了两件衣服，她反复问伊丽莎白·简她穿哪件衣服合适："决定穿哪件衣服是件十分费劲的事"，卢塞达说，"你是这个人呢（指着其中一件衣服），还是那个完全不同的人（指着另一件衣服），在即将到来的整个春天里，你不知道穿这两件衣服中的哪一件会变成不受人欢迎的"（161—162）。亨查德认为，话语代表着中产阶级的地位和名声，在这一点上，他就很欣赏卢塞达身上"天生的优雅气质"（146）和"喜欢写信"（144）。就像他重新向苏珊求婚一样，苏珊死后，他的道义感也驱使他让卢塞达嫁给他："你在道义上不能拒绝我。"如果她要拒绝的话，他就会把他们之间的亲密关系说出来。"这对别的男人也公平。"（190）这种道义行为其实是指向别的男人而不是女人的。亨查德曾经告诉伐弗雷他与卢塞达的交往，以及她接二连三给他写的信。当卢塞达得知亨查德把这些信读给伐弗雷时，她自己惊呆了。"她自己的话竟然从亨查德的嗓音里传了出来，就好像幽灵从坟墓里迎面向她走来，向她致意一样。"（240）最后，这些信件间接地导致了卢塞达的死亡，约普为了报复她，就向社会公开了这些信件的内容。她无法再隐瞒她与亨查德之前的关系了，她与伐弗雷的婚姻也就成了泡影。

尽管卢塞达和简没有实质意义上的母女关系，但两人与伐弗雷的婚约在某种意义上讲违反了伦理禁忌。因为卢塞达与亨查德是有婚约的，简是亨查德的名义上的女儿，所以卢塞达也是简名义上的母亲。她们先后成为伐弗雷的妻子，按辈分来讲，她们又变成了姐妹关系。伐弗雷与卢塞达的婚姻发生在卡斯特桥市外面，卢塞达又是从外面来到卡斯特桥的，这可以看作是族外婚姻。而与简的婚姻却是在卡斯特桥举行，简是亨查德的名义上的女儿，所以可以看作是族内婚姻。德勒兹指出，有时候我们称呼母亲或姐妹，但并没有具体的所指；有时候我们有所指的具体的人，但是一旦我们破坏掉它们所承担的禁令，称呼马上就消失不见了。在家庭称谓和具体的亲属成员结合在一起的时候，也就是能指和所指对应起来的时候，就有可能产生乱伦。在乱伦中，是能指与所指发生了关系。① 但是他身边的这些女人并没有给他的声誉带来毁灭性的打击，最使他难以接受的是那个卖甜粥的老女人。她清楚亨查德的卖妻丑闻，并利用

---

① G. Deleuze and F. Guattari, *Anti-Oedipus*, London: Athlone Press, 1984, pp. 209 – 310.

这些丑闻把亨查德从高高的位置上拉下来。在亨查德的一生中，法庭里的一幕使他彻底从市长的位置上跌落下来。卖甜粥的老女人在法庭上陈述了亨查德的卖妻丑闻，并声称："这证明了他并不比我好到哪去，没有权力坐在那里审判我。"（195）亨查德同意说："从良心上说那的确证明了我不比她好！"（196）用这样的手段，卖甜粥的老女人从道德层面使亨查德和她处于同一水平。卖甜粥的老女人几乎是女人危险的原型，许多批评者认为她就像一个女巫，也就是男人所恐惧的女人的原始形象。在小吃棚里，哈代就描写了很多女巫的意象，以突出这个老女人的危险性。她是"一位五十来岁的老丑婆"，"她慢悠悠地搅拌锅里的东西，生怕烧焦了粥"（6）。乔·费舍尔把锅看作是挑战男性权威的意象："亨查德们生产的东西混合在巫婆的大锅里，各种种子在锅里搅拌（刮擦或者遭到潜在的破坏），好像它们都在子宫里一样。"[1] 在庭审之后，他从疯牛的冲撞中救了卢塞达和伊丽莎白·简。尽管这次是在救助而不是欺压女性，但又一次展现了他的男性力量和粗鲁作风。亨查德制服疯牛后，伊丽莎白只是把疯牛看作是像亨查德一样值得同情而不是可怕的对象。因为小说后面就出现了"笼子中的狮子"来指代亨查德。很明显，男性主动权的丧失标志着权力的丧失。没有男权体系来保护父亲的形象，亨查德只有靠自己身体的力量来维护自己的权力地位。如果身体也不行的话，就只能屈就于他曾经主宰的女性。亨查德言语方面的缺乏以及社会地位的丧失使他实际上处于有气无力的境地：他只是一个粗鲁的人而非一个真正的男人。失去了男性身份和话语权，亨查德成了一个没有归属感或者没有指称的流浪者。一旦他的父权代码被取缔的话，他就会失去自己的地位，被社会边缘化。这样，在被拒绝参加简的婚礼后，他就在人们的视野中消失了，最后人们发现的只是一具尸体。

　　亨查德所忠于的男权体系最终被话语所摧毁。而这些话语是遵

---

① Joe Fisher, *The Hidden Hardy*, New York: St. Martin's Press, 1992, p. 122.

照并服务于当今社会要求的。小说最后伊丽莎白·简情感的流露其实是"资产阶级对一个无情世界妥协的经典声明"。[1] 伊丽莎白·简"安静地接受"暗示了"生活在某个世界的感觉，在这个世界中，某种伟大消失了，也许永远消失了"。[2] 在小说末尾，读者的同情心都倾注在亨查德身上，有些评论者认为，小说是对男权体系的抨击，但它也可以被看作是对男权的道歉。同时，小说确实表达了对当时男权价值体系的焦虑。像李尔王一样，亨查德的悲剧在于他固守着过时的价值体系，虽然他最后逐渐明白了这一点，但也悔之晚矣。

女性批评把这部小说看作是对亨查德所代表的男性价值体系的无情抨击。肖瓦尔特指出，这部小说迫使男主人公"意识到自身性格方面的悲剧缺陷以及男子汉力量的不足"。[3] 她认为，小说的主要目的在于对主人公的"去男性化"，使其降格为女性水平。只有当他显示自己的女性特质时，他才开始获取生活中的幸福。对于小说中的男性悲剧人物而言，成熟关乎对女性痛苦的一种模仿和对女性的认同，这也是对深层自我的认知。不过，在小说结尾，亨查德逐渐与伊丽莎白·简取得了和解，也原谅了自己的对手伐弗雷。但他依旧陷于自己的痛苦之中，并与伊丽莎白·简分道扬镳。这不是出于对女性的同情或自我觉醒，而是出于固执的虚荣心。他的悲剧就在于，没有男子汉的价值体系，他就不能生存。

在《卡斯特桥市长》末尾，叙述者对伊丽莎白·简心态的评论使个人不公正的观念变成了普遍的认知：尽管很幸福地嫁给了伐弗雷，但她并没有因此感到满意。"不管对也好，错也好，她的经验就曾经给了她一种教训。在这个多苦多难的人世间，即使像她这样，

---

① Peter Eastingwood, "*The Mayor of Casterbridge and the Irony of Literary Production*", *The Thomas Hardy Journal*, 3, 1993, p. 68.

② Michael Millgate, *Thomas Hardy: His Career as a Novelist*, London: Bodley Head, 1971, p. 234.

③ Elaine Showalter, "The Unmanning of *The Mayor of Casterbridge*", in Harold Bloom ed., *Modern Critical Views*, *Thomas Hardy*, New York: Chelsea House, 1987, p. 179.

在半途中白昼之光突然照耀了她的生活途径，那些可疑的荣誉，犹如过眼云烟，转瞬即逝。她强烈地意识到，无论她或任何人类，得到的都比应得的要多。而这种意识也并未使她变得盲目，以至于看不见别的许多人得到的比本该得到的要少得多。因为她既然把自己列入幸运的人，她就不能不惊异那不可知力量的顽强，因为她这个人虽说在成年的阶段上享受到一帆风顺的安逸，而在年轻的时候，似乎已经得到了教训——幸福不过是一场痛苦的大戏剧里不时发生的插曲而已。"（325—326）这一段的评论其实在表明，生活中有太多的不如意和遗憾，幸运也好，背时也罢，人生本身就是一场悲剧，幸福只是其中的一个小插曲而已。这也鲜明地体现了哈代的消极人生观。

除了以上几位女性之外，亨查德和伐弗雷的交往是小说叙述的重点。作为新兴生产方式和经济秩序的代言人，伐弗雷代表着先进的生产和管理方式。他和伊丽莎白·简及卢塞达的感情纠葛组成了小说复杂的人际关系网络，反映出在社会转型期家庭、婚姻伦理的变化。

第三节 亨查德与男性的关系伦理

在早期和伐弗雷的交往中，亨查德具有一种受压抑的父亲欲望，他总是视伐弗雷为孩子或具有某种女性气质。就像拥有和控制生活中的女性那样，他同样想拥有和控制伐弗雷。和其他女人一样，伐弗雷起初服从亨查德，随后便逐渐开始抵制他的发号施令。当亨查德第一次见到伐弗雷，就对他留下了深刻的印象，要聘请他当经理。他自言自语地说："真的，真的，这小伙子可真把我给迷住了！我想我恐怕是太孤寂了。为了把他留住，给他三分之一的抽成我也在所不惜！"（53）

在与亨查德交往的过程中，伐弗雷和简一样，对话语持严肃的态度，他们都相信亨查德说的话。当亨查德告诉别人，"伐弗雷先生做经理的时间快结束了"（105），伐弗雷就信以为真了。实际上，当亨查德的嫉妒心过去之后，他对自己说过的话和做过的事感到十分后悔，特别是当他发觉伐弗雷完全是按照他的指示去进行游艺活动时，他的心里就更不安了。伐弗雷对生活的严肃态度也可从简的视角得到证明。简和母亲在"三水手"停留时，她注意到了伐弗雷。"她从高背长椅后面凝视着伐弗雷，认定他那一口谈吐充分表明他思想深邃，一如他那勾魂动魄的歌声表明他诚挚热烈、激情澎湃。她极为赞赏他对严肃事物所持的严肃态度。他不像卡斯特桥那帮醉鬼以捣弄恶作剧和胡说八道取乐。"（51）

具有讽刺意味的是，伐弗雷既是亨查德的对手，也是他爱的对象。他们在谷仓打架象征着他们截然相反的人生观。亨查德告诉伐弗雷："没有人会像我从前爱你那样一直爱着另一个人。"（265）因此，伐弗雷在某种意义上对亨查德的打击比卢塞达还要大，亨查德决定和伐弗雷来场决斗以洗刷伐弗雷带给他的耻辱："作为一个商业竞争对手，他曾经受他的损害；作为一个干日工活的，他曾经挨过他的训斥；而如今，他使他蒙受了前所未有的奇耻大辱——当着全城人的面，把他当作无赖似的抓着衣领摇晃着。"（262）伐弗雷这种公开否定感情、恩将仇报的行为对亨查德造成沉重的打击。

在那场决斗之后，亨查德貌似打败了伐弗雷，但他的男子汉气概似乎受到了打击。"他全然气馁了，一直一动不动地蹲伏在粮袋上。这种姿势不是一个男人所常有的，尤其是像他这样的男人；这是女性的柔情结合在非常刚强的男性气概的人身上所造成的悲剧。"（266）亨查德失去男性气概是一场悲剧，而非涅槃重生。"小说最终揭示的是这个悲剧英雄的菲勒斯完整的梦想。"[①] 亨查德男性气概的丧失标志着自我的分裂。他自比该隐，强调了他具有破坏性的男性身份以及对友爱理想的背叛。该隐是一个谋杀者，给家庭带来了极

---

① Marjorie Garson, *Hardy's Fables of Integrity: Woman, Body, Text*, Oxford: Clarendon, 1991, p. 129.

大危害。亨查德也是这样，他卖掉了自己的妻子和女儿，造成家庭
破裂。在对伐弗雷充满感情的时候，他不由得回忆起自己死去的弟
弟，这表明他认识到了自己犯的错误，并且怀有努力弥补过失的欲
望。他长期怀有妻离女散的愧疚，作为对自己的惩戒和警醒，他发
誓以后再也不喝烈性酒了，并且说到做到。

与亨查德固执的男子气概相比，伐弗雷的性格就不是很鲜明了。
但是，至少表面上他比亨查德更容易相处。这一点可以从对待阿贝
尔的态度上看出来。亨查德把阿贝尔从被窝里拉出来，并且不让他
穿上裤子就拉到街上羞辱他。伐弗雷阻止了亨查德的这种行为，并
告诉他这种行为很残暴，而且对自己也没什么好处。"这样做实在太
愚蠢了"，"我觉得这个玩笑开过头了"（97）。这时亨查德有点后悔
把自己过去的一切都告诉了伐弗雷，因为伐弗雷似乎取得了更多人
的信任，在影响上已经超过自己了。

亨查德性格虽然比较粗鲁，但是比伐弗雷慷慨大度。"伐弗雷从
别人那里得知：去年一个冬天亨查德给阿贝尔的老母亲送煤和鼻
烟。"（97）不像亨查德的冲动型性格特征，伐弗雷的好心永远具有
目的性。比如，当他和卢塞达看到雇工市场上，一对父子在找工作，
父亲"身材矮小，由于长年累月的辛劳，他的身子弯曲得很厉害"
（156）。雇佣者只想雇佣年轻人，或者说没有年轻人就不会雇佣老
人。但儿子在目前工作的农场里有自己的女朋友，他们不想分开。
就在进退两难之际，卢塞达表达了自己的同情。这时伐弗雷说："或
许我能使他们不分离，我需要一名年轻的车夫，也许我也要了这老
头。毫无疑问，我成全了他们，他总会为我做些事的。"（157）这样
他雇用了这对父子，从而也使一对恋人不会分离。他的这一行为赢
得了卢塞达的感情，也展示了他性格中浪漫和实际的特征。在小说
末尾，在找寻亨查德的过程中，他竭力劝阻简放弃寻找的计划，否
则就要在外面过夜，"那样的话就要花费一个英镑"（322）。这表
明，他的慷慨是有局限性的。在"三水手"旅馆，他第一次唱歌时
就显示了自己为了获得经济利益，可以随时摆脱情感的能力。不像

亨查德，他可以运用情感话语来博得大家对他的拥护。

亨查德在操控女人方面无疑是失败的，但伐弗雷则可以运用情感和自己在生意上的成功娴熟地操控女人。简首先被伐弗雷的"严肃认真"所吸引，而卢塞达则喜欢他的"好心肠"（157）。她夸赞他说："热情和冷淡——这两种气质在你身上同时存在。""你兴致高的时候，你就想着继续向前，过一会儿你不高兴时，你就想起苏格兰，想起你的那些朋友。"（155）亨查德认为，伐弗雷必须和卢塞达或苏珊结婚以补偿自己过去对她们的不公。而伐弗雷首先考虑到，他和伊丽莎白·简结婚是为了满足自己的情感和实际需要。亨查德曾写信告诉伐弗雷，如果他有心向伊丽莎白求爱，可以去看她。"一开始他对亨查德唐突的信并不理会。但是后来他做了一笔特别赚钱的生意，这使得他对所有的人都友好起来。他觉得只要他想结婚，那他就肯定能结婚了。而又有谁能像伊丽莎白·简那样可爱、节俭且在各个方面都令人满意的人呢？除了这些优点，这样的一种结合很自然地会使他同以前的朋友亨查德言归于好。"（154）这些暴露出伐弗雷精致的利己主义本质。

亨查德和伐弗雷在商业上的竞争体现了适者生存的法则。亨查德和伐弗雷在买卖小麦的交易中，天气是一个决定性的因素。伐弗雷依靠科学和对天气的应变能力，使自己的买卖立于不败之地。但是头脑充满迷信的亨查德缺乏适应能力，求助于预报天气的先知，结果导致事业的惨败。实际上，亨查德是被天气打败的，因为他的思想和行为不能顺应自然的发展，违背了自然规律。相反，伐弗雷则顺乎自然，因而获得了成功。在小说最后，哈代把金翅雀的死同亨查德的死联系起来，结束了一个在自然选择中归于毁灭的悲壮故事。

哈代在阐述社会的变迁和发展时，并不局限在生物进化论的狭义范围内，而更多的是在广义的社会进化论的基础上观察和认识世界的。因此，亨查德和伐弗雷不仅有着重要的象征意义，而且都是典型的代表人物。亨查德是旧的宗法制农村社会的代表，伐弗雷是新的资产阶级关系的代表。因而他们之间的生存竞争就不仅是个人的，而且是两大社会的竞争。根据适者生存的原理，亨查德和他所代表的社会终归毁灭，被伐弗雷和他所代表的新的社会关系取而代之。

亨查德和伐弗雷间的竞争体现在性格和管理方法的不同。他们之间的分歧具体表现在对两件事情的处理上。第一件事是如何对待阿贝尔上班迟到的问题。亨查德对他经常上班迟到很是恼火，他警告他说，如果再迟到，就要修理他。可是阿贝尔还是没能按时起床，再次迟到。亨查德到他家里，把他从床上揪起来，让他一丝不挂地游街。伐弗雷认为这种行为是在侮辱阿贝尔的人格，于是就不顾亨查德的反对，当众指出亨查德的行为是有违人性的，并让阿贝尔穿上衣服。亨查德对伐弗雷当众顶撞他感到非常恼怒。"他像个不高兴的孩子一样，喃喃地说：'这不是残暴，这是让他长点记性！'"（170）这表现出亨查德管理上的简单粗暴，也更能彰显出伐弗雷的管理更人性化，更有效率。但阿贝尔对此向简评价说："我们干活更卖力了，但不再害怕了。害怕常常使我本来就不好的头发变得更稀疏！没有突击检查，没有甩门，没有横加干预。虽然一周挣不到一先令，但我还是个富人，毕竟如果你的心态总是处于慌乱状态，世界会是怎么样呢，亨查德小姐？"（295）这种管理虽然很人性化，但剥削的程度更深——付出很多，得到的却很少。在亨查德的管理中，虽然方法简单粗暴，但是伴随着粗鲁行为的是仁慈和施予。"亨查德在过去的冬天里总是不间断地给阿贝尔年迈的母亲送取暖的煤和鼻烟。"（97）最终阿贝尔感恩亨查德这些年的关心照顾，愿意跟随穷困潦倒的亨查德四处漂泊。"你知道虽然他对我很粗暴……当我母亲就在这里的时候，他对她很好，送给她最好的船煤，几乎没有灰烬等，这些对她来讲都是必需的。"（323）亨查德以自己的实际行动诠释了自己的人格魅力。他虽然有各种各样的缺点和不足，并相继失去了身边的女人，但他正直、友爱的性格特征依然受到了人们的肯定和拥护。

第二件事情展现出亨查德与伐弗雷对社会秩序概念的不同看法。

这就是对"国家节日庆祝"（100）的组织方面的差异。亨查德的本能爱好是场面壮观而且无偿的室外狂欢，这是一种原始的夸富形式，强调的是技巧、力量、粗放和野性，而且具有侵略性、好斗性。但伐弗雷的安排更细致周到。虽然场面没有亨查德的壮观和吸引人，但是他搭建的"围墙"，或者说他所谓的"亭子"，给人们提供了一个内部空间。伐弗雷成为人们，特别是女人们关注的焦点。不过，更甚的是，他还收门票，每个到亭子里跳舞的人都要交费，美其名曰培训费。而且伐弗雷敏感地察觉到天会下雨，他的亭子就会成为人们避雨的场所。果然，下雨的时候，亨查德的场地垮塌了，而伐弗雷的安然无恙，人们在里面跳舞一直跳到深夜。天气的变化是自然界的客观行为，但如何利用天气变化，则是各自选择的结果。这一事件也再次证明了适者生存的道理，从而也暗示出亨查德失败的必然性。

亨查德和伐弗雷间一个很大的区别就是，伐弗雷擅长书写文件类的材料，比如账目、合同等，而亨查德不在意书写的规范和严谨。他们之间签订的第一份合同就是在一张便条上草签的。另外，书信虽然是一种交流的媒介，但它的规约要求了它的私密性和排他性。亨查德在处理书信过程中的"违约"和轻率也变相促使他走向没落。首先，苏珊死后给他留下信件，并嘱咐他要等到伊丽莎白·简出嫁时才能拆开看。但亨查德没有遵守诺言，强烈的好奇心促使他早早地把信打开，发现简不是他的亲生女儿，他对简的态度的变化最终导致父女关系发生了根本性的改变，也是导致他悲惨命运的一个重要原因。由于亨查德不擅长书写技巧和规约，致使卢塞达留下的信件落入约普之手："钢笔和诸如此类的东西在亨查德手里只是些笨拙的工具，他没有在火漆封口上加盖印章，他从来就不觉得这样做会有多少保密功效。约普在这方面绝不是外行，他用小刀割开一个封口，从开口处往里面看，他看出这是一包信件，高兴极了。他又用蜡烛把这一头的火漆化软了，重新封好，然后带着这包东西走出门去。"（246）这些信件是卢塞达和亨查德之间关系的见证，记述了二人的交往过程。所以属于私密。但这些东西被约普拿到后，就成了他报复亨查德的有力武器。他把信件内容曝光后，直接导致了卢塞达的死亡。因此，从某种意义上讲，亨查德也是造成卢塞达死亡的幕后推手。正如美国批评家希利斯·米勒所言，爱欲是死亡冲动的面具，生活是通向死亡的一条迂回曲折的旅程。哈代认为只有在死亡中——不是在与我的另一半幸福的结合中——我才能摆脱对某种失去的东西的不可抑止的欲望。① 亨查德的死亡也是他爱别人的结果，爱的伦理使他的"性格"缺陷得到了全面的体现，也使他成了一个悲剧英雄。

小　结

亨查德的死亡不仅是个人"性格"的悲剧，而且也是英国农村旧式农民和落后生产方式的悲剧。作为守旧的农民，他早已跟不上生产方式的变革。他故步自封，不仅缺乏科学的经营理念，而且不懂现代的管理方法，导致用他的麦子做成的面包总免不了耗子的气味。在社会进化的过程中，亨查德无法逃脱没落的命运。相比之下，朝气蓬勃的伐弗雷精明能干，富有科学头脑，代表了新兴的生产方式和经济秩序。在笃信"社会进化论"的作者看来，新生的力量战胜旧式的农民，先进的生产方式取代落后的小农经济，这就是大自然的"内在意志"。在情感与理性的矛盾中，通过对悲剧英雄亨查德的形象刻画，作者既寄托了小农经济解体时对旧式农民悲惨遭遇的深切同情，又表达了对"性格人物"不能适应社会进化的惋惜之情。如果"性格"不能适应"环境"，曾经的辉煌必定走向最终的败落。在背景化的"环境"衬托下，"性格人物"的悲剧具有突出的文学价值和广泛的社会意义。但作者在刻画亨查德和伐弗雷这两个人物

① ［美］J. 希利斯·米勒:《小说与重复》，王宏图译，天津人民出版社 2008 年版，第154 页。

形象时，倾注了更多的伦理关切。亨查德虽然犯过致命的错误，性格粗暴、固执，不守信用，但是在家庭伦理方面，他知错能改，并对家庭成员给予了充分的关爱。即使在明白简不是自己亲生女儿的情况下，依然对其倾注了浓浓的父爱。他对纽逊的谎言是可以被原谅的谎言，表现出对亲情的珍惜和依恋。他最后虽然没能参加简的婚礼，但他表达出了父亲对女儿的深深祝福。他的死证明了他不愿苟活于世的倔强性格和对亲人的热爱，他以自己的悲壮行为赢得了读者的同情。正如科瑞格·瑞恩所言："从策略上讲，根本的问题是在最后的章节中如何使亨查德成为一个被同情的悲剧人物，即使小说的大部分章节都在描述他是一个粗鲁、固执、刚愎自用、易受蛊惑且以自我为中心的撒谎者。"① 但笔者认为，正是这些缺陷才使他成为一个悲剧人物。就像李尔王一样，他因为犯错，因为失去了一切，因为醒悟太晚而赢得读者的同情。不过，除了这些缺点外，亨查德也有狂热的爱情追求和家庭责任。作为悲剧英雄不在于他做了什么，而在于他象征着什么，即失败的、错误连连的英雄男子汉。相比而言，伐弗雷无论在事业还是情感上都是成功的，他运用自己的才能取代亨查德成为卡斯特桥的市长，并在经济上取得了巨大的成功。卢塞达和伊丽莎白·简这两个亨查德最亲密的女人都先后嫁给了伐弗雷。但伐弗雷精明和务实的特点使他缺少了一些温情和家庭伦理责任。

正如批评家所言："尽管哈代的小说呼唤幸福和完美，但它的深刻却源于缺憾、混乱和无果而终。"② 尽管哈代一再追求事物的连贯性，但无论是社会的传统形式还是沿袭下来的信仰，交流方面的困难或者是身体的脆弱，这些都影响人们的欲望和追求。在他的作品中很少有实现的愿望，即使偶尔实现也伴随着些许的失望。

---

① Craig Raine, "Conscious Artistry in *The Mayor of Casterbridge*", in Charles P. C. Pettit ed. , *New Perspective in Thomas Hardy*, New York：St. Martin's Press，1994，p. 159.

② Gillian Beer, *Darwin's Plots：Evolutionary Narrative in Darwin，George Eliot，and Nineteenth-Century Fiction*, Cambridge：Cambridge UP，1983，p. 232.

　　哈代处理阶级变动的一个重要因素就是叙述者在他们所代表的等级社会中隐含的位置。比如，狄更斯小说中的叙述者的位置通常就是 19 世纪叙述者的位置：固定在中产阶级而且试图揭露出社会的弊病以引起同阶级人们的注意，其目的就是让上层阶级改变想法，对下层阶级施以恩惠。有批评家指出，与此相反，哈代的叙述者把自己看作是社会不同阶层中错误的一方，但声称跨越了中产阶级的边界。这种地位产生的混乱会生发出对那些有优越感的人群的愤懑，因为这些优越感对于那些不停迁徙的人来说不是贫富的界限而是二者间不可逾越的鸿沟。即不同阶层之间是无法通过婚姻或教育等消弭差异的。① 某些人物注定要受苦，接受失败的命运。他们往往由于偶然的变故造成个人的悲剧。机缘本身表示一种未曾计划的事情，但在哈代的小说中，它往往指一种不断重复发生的悲剧模式，而且是命中注定、无法逃避的悲剧。在《卡斯特桥市长》中，亨查德雇佣伐弗雷，结果却使自己失去了卢塞达，生意惨遭失败，而且自己市长的位置也被他取而代之。无独有偶，当年卖甜粥给他的老妇人也现身在他作为法官的法庭上。她向法庭陈述了亨查德当年卖妻的丑闻。这直接导致了他身败名裂、倾家荡产。同样的范式也发生在苔丝身上。苔丝经历了一系列的巧合，这些巧合分别给她带来了失身、重回亚雷身边以及后来杀死亚雷等后果。具有讽刺意味的是，当亨查德等到的是拒绝、孤独、死亡的时候，他还间歇性地认为，他在受某种神秘力量的摆布。这与苔丝的遭遇形成了对照。在她被处以绞刑后，叙述者评论道，正义完成了自己的使命。不错，从法律的角度讲，苔丝被处以绞刑维护了法律的权威。然而，以这种方式结束苔丝的生命是最不公正的表现。这也是哈代最后几部作品的写作范式：最受景仰的人物与他们悲惨的命运之间形成了鲜明的对比。

---

① Patricia Ingham, *Thomas Hardy*, New York: Oxford University Press, 2003, pp. 118 – 119.

第三章

《查泰莱夫人的情人》中欲望的伦理表达

引　言

人们普遍认为，《查泰莱夫人的情人》（以下简称《查》）是劳伦斯最有名也是最受争议的一部作品。作品通过一个贵妇人背着丈夫与仆人私通的故事，描述了无性婚姻的破裂和基于欲望的两性关系的发展。克利福德不是一个完整、健全的男人，他和康妮于1917年第一次世界大战期间结婚。即便是在新婚后的蜜月期，他们也很少有性生活。后来克利福德在战场上负伤，失去了性能力。他是一位有社会地位的男爵，经营着煤矿，天天和机器打交道，但也热衷于文学创作，偶尔会邀请一些文人到家里来进行交流。康妮是一个思想开放、欲望强烈的女子。在与克利福德结婚之前，她就与别的男人发生过性关系。由于无法忍受枯燥乏味，尤其是缺乏性的婚后生活，在百无聊赖之际，她遇见了克利福德的猎场守护人梅勒斯，并深深为他的健硕体格和男性气息所吸引，主动与他发生了关系，接下来便一发而不可收拾。作品对他们的性行为进行了详尽的描写，而这也是这部小说长期被禁的原因。他们之间的关系被发现后，二人都选择了与自己的爱人离婚，然后重组家庭，作品在离婚的等待中结束。在对这部作品的评述中，评论家几乎都聚焦于男女主人公的血性意识和对工业社会扭曲人性的挞伐。叶芝在1933年5月25日致奥利维亚·莎士比亚的信中写道：《查》是一部高尚的作品，其语言有时粗俗，但是全书充溢着火一般的激情，即使是性的部分的描述，也是为了反对一个腰身以下已经死亡的时代。[①] 美国评论家艾尔弗雷德·卡津在《查泰莱夫人在美国》一文中指出：劳伦斯写这部书是他最后做出的努力，企图把爱情作为我们社会的一种反实用力量，把做爱看作是一种神圣的象征。这对已经被工业化社会大大削弱了的个人来说，实在是太抒情化、太自若、太自由了。[②] 劳伦斯本人也声称，他写此小说的目的，就是要告诉世人，做爱是一个人的正当生理要求和权利，应该愉快地得到承认，而不应该被看作是淫荡。

　　纵观对这部小说的评论，很少有从家庭伦理层面对男女行为进行道德剖析的，而家庭问题是维多利亚时期的社会中心问题，很多文学作品也是围绕着家庭展开的。其实，小说在张扬性解放这个显性主题外，还并行着一个隐性主题，即如何建构家庭的伦理责任。威廉姆认为，作品的叙事貌似在为欲望找到一个开放的语境，以颠覆传统的伦理空间和秩序，因为在传统的婚姻和家庭的禁锢下，欲望只能得到部分的实现和表达，性只能与生育相关联。[③] 其实，在劳伦斯看来，没有人是正常的，当绝对的自我屈服于外部无休止的挑战时，自恋的自我就不会长时间地独善自身。这就是对劳伦斯而言的相对论。相对论也表明了，他笔下的人物不管对别人还是对自己而言都从来没有绝对和完整的。他在《无意识的幻像》中写道："天下所有的事情对于个体生物而言都是相对的，个体生物之间也都是相对的。"[④] 家是这种相对性表现最集中的地方。在家中个体努力呈现出自我状态，但家也是检视欲望形成过程的场所。劳伦斯把他笔下的人物置于千丝万缕的社会关系之中，通过家庭和社区这些社会

---

① 张中载：《二十世纪英国文学：小说研究》，河南大学出版社 2001 年版，第 123 页。

② 张中载：《二十世纪英国文学：小说研究》，河南大学出版社 2001 年版，第 131 页。

③ Raymond Williams，"Woman in Domestic Life"，*Magazine of Domestic Economy*，1，1836，p. 43.

④ D. H. Lawrence，*Fantasia of the Unconscious*，Harmondsworth：Penguin，1974，p. 182.

单元不断影响他们的个人生活和活动。这些人物常常是不囿于血缘关系的羁绊的，他们有强烈的社会意识，极力想在社会中实现自我。他既向往又排斥家庭，如果说传统小说习惯于以婚姻和家庭团聚为结局的话，劳伦斯则倾向于以自杀、家庭破裂或模棱两可作为人物的结局。这样的结局包含着强烈的伦理反思，体现出劳伦斯思想上的双重性。就《查》这部小说而言，我们应看到，小说在张扬个性解放、反对工业文明的同时，也在考虑家庭在社会中的作用和家庭成员间的关系以及人们生理性别之外的社会性别。

第一节　家庭结构与社会身份

康妮的家庭成员中有父母和姐姐四口人。她的父亲是皇家艺术学会知名的麦尔肯·瑞德爵士，她母亲则是颇有点拉斐尔前派风格的费边社成员。在艺术家和社会主义者之间，康妮和她的姐姐希尔达接受了一种带有审美意味的"非传统教育"。[①] 那么，当时的传统尤其是家庭传统又指什么呢？大家都认为，维多利亚时代是一个以家庭生活为中心的时代，和谐向上的家庭成为整个社会的价值核心之一。维多利亚文化就是以这种家庭观念为基础建构的。它要求人们重视神圣的婚姻和美好的家庭。中产阶级的家庭道德观念可以说是维多利亚文化的中心和标签。一篇曾刊于《家庭经济杂志》（*Magazine of Domestic Economy*）的文章中指出：大英帝国是一个以家为首的国度。国人对于保护家的温暖是认真和全力以赴的……因为家仍是一切之源。没有了家，大英帝国也不可能荣华。家庭结构和成员的变化深刻地影响着家庭伦理秩序，进而影响着整个社会的发展进程。

小说中几乎没有提到康妮的母亲，只是从只言片语中，我们了

---

① ［英］D. H. 劳伦斯：《查泰莱夫人的情人》，杨恒达译，中国友谊出版公司 2016 年版，第 2 页。以下引文仅标注页码，不再详注。

解到，她是一个不久于人世的"神经病患者"，她只想让她的女儿"自由"和"成就自我"。她是个有自己的收入和自己的行事方式的女人，在思想上或心灵中有她无法摆脱的"某些古老的权威印象"（5）。所以她并没有给康妮造成多大的影响，而且和丈夫的关系也不是很融洽，"他让他神经质地怀有敌意的刚烈妻子自行其是，而他则走自己的道路"（5），是"光会享受自己生活"（69）的自私的人。在家庭环境的耳濡目染下，康妮的行事风格更多地受到了父亲的影响。而她的父亲则是提倡自由的，包括婚姻方面。康妮在德累斯顿主修音乐期间，就与迈克利斯发生了性关系。在1913年回家过暑假的时候，希尔达20岁，康妮18岁，"她们的父亲已明显地看出来她们已经有过恋爱经历了"（5）。但当时的社会传统是不主张女孩子有婚前性行为的，不过父亲并没有对她们的行为提出什么异议。当然这种行为也不是奔着婚姻去的，而只是为了满足好奇心和生理需求。虽然后来康妮不时和迈克利斯偷情作乐一番，但这终究不会长久。在与克利福德结婚后，因克利福德的身体原因，无法与康妮进行正常的夫妻生活，她无法生育。她的父亲对她说："康妮，我希望不要让环境迫使你守活寡。"（17）后来，她的父亲又一次提醒她："康妮，你为什么不找个情人呢？也好享尽人间之福。"（20）知女莫如父，康妮的父亲和克利福德在一起的时候，对他说："我恐怕守活寡的生活不太适合康妮。"（17）在得知康妮已经怀了别人的孩子时，父亲告诫康妮："我的孩子，如果你想从我这里听到真话，我就告诉你：世界还会运转的。拉格比既然存在着，他就将继续存在。世界总是永恒的，表面上，我们要去适应这个世界。私下里，我的意见是：我们喜欢怎样就怎样。情感是变动的，你今年可以喜欢这个人，明年喜欢另一个。但拉格比还在，只要拉格比忠于你，你就要忠于拉格比。除此之外，你可以尽情让自己享受。但是如果你要把关系撕破的话，你是得不到多大好处的。"（332）可以说，父亲的"教导"是促使康妮婚内出轨，最终走上婚姻破裂道路的助推器。不过这些反传统的行为都是在黑暗中进行的，不可能公之于众，而合乎传统的行为则是公开进行的。

当时英国法律规定，不到 21 岁结婚需要父母的同意，超过这个年龄结婚则拥有较大的自由。也就是说，如果不满 21 岁结婚，首先需要得到双方父母的认可。小说特意提到了几个时间点，比如，1913 年时康妮 18 岁，而她和克利福德则是在 1917 年结婚。也就是说康妮是在 22 岁时结的婚，符合法定结婚年龄。1916 年，赫伯特·查泰莱阵亡，于是克利福德成为继承人，接受了准男爵的爵位和拉格比这份家产（8）。但 1918 年初，克利福德却一身伤残地被送回来，孩子不可能有了（10）。小说没有透露康妮嫁给克利福德的原因，但我们从年份上可以推断出，他们的婚姻是建立在经济利益基础上的，而且克利福德也是在婚后才上战场并负伤的。所以克利福德的瘫痪是婚姻关系的转折点。在此之前一切都是在遵循着当时的社会传统和婚姻伦理，因为门当户对，各方面条件相当是维多利亚中产阶级婚姻缔结中最经常的决定因素。克利福德比康妮更属于"上流社会"（7）。康妮是富裕的知识分子，而克利福德属于贵族阶层，他父亲是准男爵，母亲是子爵的女儿。地位不平等的婚配可以制造出很好的故事和戏剧，但是好故事和戏剧却不一定反映社会现实。尽管中产阶级的婚姻有经济上的谨慎性，但是远非是工具性的。他们的婚姻肯定对各方都有利，但绝不只是为了利益的婚姻，精明的经济考虑与浪漫之爱的理想并存。他们刚结婚时，除了在性的方面，两人表现得都很亲密。康妮甚至对克利福德结婚前的童子之身感到有点欣喜若狂。小说叙述道："性爱只是偶然的、附带的事，它只是奇特而陈旧的感官过程之一，以它自己的笨拙纠缠于人身而已，并非真正必要的事情。"（9）小说虽然以第三人称进行叙述，但读者还是可以看出，这反映了当时康妮的心理特征。在克利福德瘫痪之后的一段时间里，康妮仍抱守着对克利福德的忠贞。即使有男人对她表示明确的爱意，她也没有动摇过。"因为她知道如果她对他们略微表示一点轻佻，将使可怜的克利福德受到什么样的折磨，所以她从不给他们鼓励。她安静而淡漠，她和这些男人们没什么接触，也从来不打算跟他们有什么接触。克利福德很为自己感到自豪。"（18）

这充分体现出康妮在关键时刻的伦理选择。不过，在克利福德没有失去性功能之前，康妮内心深处还是想要个孩子的，因为"这样她就可以巩固自己的地位以对抗她的小姑子爱玛"（9）。按照当时的法律，如果她有了查泰莱家族的子嗣，就可以继承家产和爵位了，否则这一切就要由爱玛来继承了。康妮这样的想法无可厚非，但也折射出了她对经济和社会地位精明的考虑。

小说主人公的这些行为都是合乎当时的社会传统伦理要求的，而且也都是公开进行的。这既体现了劳伦斯的双重性，也为主人公的婚变埋下了伏笔。因为在康妮身上隐伏着的"斯芬克斯因子"正在进行着艰苦的抉择。

相比康妮的家庭，查泰莱家庭结构显得不太完整，有父亲乔弗利男爵、哥哥赫伯特·查泰莱和妹妹爱玛，一共四个人，以及家里的管家波尔顿太太。小说没有提及克利福德的母亲。他们相对比较封闭，很少与其他人来往。尽管有贵族头衔和土地，但由于父亲乔弗利男爵固执、封闭的天性，甚至与他们自己的阶级也有点疏离。与康妮家成员的选择不同，在第一次世界大战期间，克利福德的父亲乔弗利男爵全力支持战争，他把自己的树木全部砍掉用来修战壕，把矿上的矿工全部打发到战场上去。另外，他还慷慨解囊，支援战争。"他为国家花的钱比挣的还多"（7）。他甚至把两个儿子都送上了战场，结果一死一伤，糟糕的是，伤者还失去了生育能力。这一切使他自己在懊恼和绝望中死去。可以说，查泰莱一家为保家卫国付出了自己的一切。但劳伦斯在描述这些时，却运用了调侃的语气。他反复用"可笑"一词来形容这些变故。而且当瘫痪了的克利福德回到家乡时，"并没有一个令人愉快的家在等着这位年轻乡绅回来，没有庆祝活动，没有乡里人的代表来问候，甚至一朵花也没有"（10）。劳伦斯甚至用断子绝孙来暗喻这场战争给查泰莱一家带来的伤害，这充分表明了他当时对战争的立场，同时也对查泰莱一家的付出持否定态度。

小说虽然没有提及克利福德的母亲，但在他的生活中，管家波尔顿太太对他造成了很大的影响，在一定程度上，充当了他母亲的角色。

在战场上受伤回到家后，妻子康妮对他的态度日益冷淡，他一度对生活失去了兴趣。但在波尔顿太太的影响下，"他逐渐找到了归属感。一种新的自我肯定又回到了他身上"（122）。"从某种意义上说，波尔顿太太使他成为一个真正的男人，而康妮从未做到过。康妮的冷眼旁观，总是让他很敏感，让他时刻意识到自己的状态。波尔顿太太则让他只意识到外面的世界。"（125）由于乱伦禁忌，对母亲的欲望受到压抑，但从战场上回来的克利福德似乎增强了这种欲望。他把这种欲望投射到了波尔顿太太身上。在做管家的过程中，波尔顿太太担当起母亲的角色，使克利福德显得"生机勃勃"（126）。在得知康妮出轨的事情后，他恼怒之余，显得可怜无助。"他用双臂搂着她，像个孩子似的偎依着她。他的眼泪把她浆洗过的白围裙和浅蓝色的衣裳都弄湿了。最后，他终于完全地听任自己发作了。"（355）"她最终吻了他，把他搂在她怀里轻轻摇着。他甚至像个孩子似的睡着了。"（355）"他会把手放在她的怀里，抚摩她的乳房，并在那儿狂乱欣喜地亲吻，他已经成人，却还自以为是个孩子，这是一种反常的欣喜。"（356）他残缺的身体特征使他就像一个坐在摇篮中的婴儿，没有自己行动的能力。波尔顿太太除了管家的身份外，其实还成了克利福德的欲望对象。在克利福德无意识中，波尔顿太太兼具母亲和情人两种角色。因此，他们之间的爱触犯了无意识中的欲望禁忌。但是，"恰恰是他的被动和委身于伟大的母亲，赋予了他一种非凡的、超乎人性的力量"（357）。在《为〈查泰莱夫人的情人〉一辩》一文中，劳伦斯这样评价克利福德："克利福德是个纯粹的个性之人，与他的同胞男女全然断了联系，只同有用的人还有联系。他身上热情全无，壁炉全凉了，心已非人心。他纯粹是我们文明的产物，但也是人类死亡的象征。他善良的时候也不失刻板，他根本不知热情与同情为何物。他就是他，最终失去了他的好女人。"① 但在小说的叙述中，我们可以很容易地发现，克利福德

① ［英］D. H. 劳伦斯：《为〈查泰莱夫人的情人〉一辩》，载［古罗马］奥维德、［英］劳伦斯《奥维德、劳伦斯论性爱》，戴望舒、黑马译，团结出版社2006年版，第355页。

并非冷酷无情，也并非没有亲朋好友。而劳伦斯所谓的"好女人"康妮也只是在婚姻存续的初期对克利福德抱有一丝的爱意，但随着克利福德身体残疾，失去性功能，康妮就开始对他冷眼相待，并且在家里与昔日的情人进行苟合，与猎场守护员梅勒斯更是长时间地疯狂做爱。这些在婚姻存续期间发生的风流韵事，无论从社会伦理还是从法律层面来讲，都无法把康妮归为"好女人"。由于她的无情，克利福德只有从波尔顿太太那里寻求慰藉。劳伦斯这种互相矛盾的做法其实也说明了他思想上的双重性。正如他本人所言："思与行、说与做是两回事，我们过的就是一种分裂的生活。虽然我们的确渴望把二者合二为一，但往往是思而不行、行而不思。"①

第二节　生理性别与社会性别

美国思想家莱昂内尔·特里林说过，19世纪存在这样一种焦虑，即人能够不是人，人与世界的关系不再是一种人的关系。② 其意思是，工业文明的出现使人们逐渐脱离了与自然的有机联系，机械已经被充分地运用到一切工作之中，人们普遍感到，某些非人的力量已经占据了我们的大地与天空、男人与女人，更占据了我们的思想。特里林指出，我们倾向于认为，机器原则必然包含对僵死规章的屈从，导致一切自然冲动和创造力的丧失。这当然就需要一些暴力性的东西来震撼社会世界已经麻木了的痛苦，使它生动鲜活起来，以便将人类的精神从默然的非生存状态中拯救出来。③ 特里林赞许了《黑暗的心》中库尔兹的临终"壮举"：这就需要前所未有的行动力量，需要勇于作为的魄力，像库尔兹那样从光明纵身跳入黑暗。正是这种勇于作为的可怕之举让库尔兹有权断言生活的真实性，他通

---

① ［英］D. H. 劳伦斯：《为〈查泰莱夫人的情人〉一辩》，载［古罗马］奥维德、［英］劳伦斯《奥维德、劳伦斯论性爱》，戴望舒、黑马译，团结出版社2006年版，第308页。
② ［美］莱昂内尔·特里林：《诚与真》，刘佳林译，江苏教育出版社2006年版，第122页。
③ ［美］莱昂内尔·特里林：《诚与真》，刘佳林译，江苏教育出版社2006年版，第126页。

过表达恐惧做到了这一点。在《查》中，康妮似乎也有类似的"壮举"：她通过与猎场守护人梅勒斯的情感纠葛，冲破了传统社会的等级藩篱，从而为僵化、麻木的社会注入了新鲜的气息。然而，我们在为康妮的"勇敢"行为表示惊叹之余，如果再进一步深思的话，就会发现，康妮的行为有点矫枉过正了。她只顾张扬自己的生理性别，而忽视了社会性别的存在。换言之，康妮为了自然选择而抛弃了伦理选择。

在婚姻的激情期过后，康妮逐渐感受到了无性婚姻给自己带来的情感上的寂寞和虚无。"他们的婚姻，克利福德谈到的那种基于亲密习惯的完备生活，有些日子竟全都成了彻底的空白和纯粹的虚无。这只是些言辞，只不过是这么多的言辞。唯一的真实就是虚无，在其之上是伪善的言辞。"（55）劳伦斯也在小说中为康妮感慨道："虚无啊！接受这生命的虚无似乎成了生活的唯一目的。所有那许多繁忙而重要的小事，共同组成了这巨大的虚无！"（61）伊格尔顿指出，一种完全脱离了内容的纯粹之形式，就是空虚。虚无是世界上最柔弱的，同时也最无法突破的东西。自由精神的最终胜利将是整个世界的彻底消失。欲望最终只是为了虚无。① 由于精神上强烈的虚无感和生理上的欲望，康妮愈发注意自己的身体："她脱光了衣服，在一面巨大的镜子前看着自己赤裸的身体。她不知道自己在期待什么，观察什么，但她还是把灯拿了过来，直到灯照到了她的整个身体。"（79）她感到自己身体原本应该"稳健的、奔流的曲线"现在却变得"平板、粗糙"（79）了，"失去了光泽和活力"（80）。在康妮的内心深处，逐渐产生一种不公和受骗的感觉，肉体的不公感也随之被唤醒。当她意识到克利福德是人类温暖与性快感源泉干涸的罪魁祸首，他甚至还要为自己的瘫痪负责任时，她对克利福德产生了彻底的蔑视。

---

① ［英］特里·伊格尔顿：《甜蜜的暴力：悲剧的观念》，方杰、方宸译，南京大学出版社2007年版，第100页。

其实，克利福德和康妮之间并不是在瘫痪之后才停止了性行为，在之前就很少。所以，康妮的出轨不应该全部归咎于克利福德的残疾。二人的差别在于：首先，克利福德有点性冷淡，而康妮则性欲旺盛，在结婚之前她就频频与别人发生性关系。如果说做爱是动物的自然行为的话，很多动物特别是雌性动物只有在发情期才要交配的，其交配的目的就是繁衍下一代，而非为了激情和性欲的满足。其次，克利福德整天忙于管理自己的矿山，还要画画，而康妮只是一个阔太太，整天无所事事，没有正当的职业，又缺少丈夫陪伴。在这种情况下，如果有机会，极易移情别恋、红杏出墙。她与梅勒斯最初纯粹是性力的作用才走到了一起。

克利福德失去了性功能，不能和康妮过正常的夫妻生活，这对康妮来讲已经越来越无法忍受。在康妮看来，"'家！'……这是一个亲切的词，用于描绘那堆令人厌倦的房子。但现在它已是明日黄花。它不知怎的已经废弃了。在康妮看来，所有伟大的词汇对于她的一代人来说，都被废弃了：爱情、快乐、幸福、家、母亲、父亲、丈夫，所有这些伟大的、充满活力的词语，现在都奄奄一息，一天天地走向死亡"（69）。根据拉康的精神分析理论，语言是没有被满足的欲望的残留物，也是欲望的另类表达，欲望永远不会达到真正的满足。语言在意指上无可避免的失败，是对母亲欲望禁制的必然结果；这个禁制奠立了语言的可能性，同时也标志了语言指涉之举的虚妄性。① 上面引文中的词语如"爱情、快乐、幸福、家、母亲、父亲、丈夫"等，对于康妮而言都失去了意义，因为这些抽象词汇应反映的价值要么已经失去，要么已经改变了意义。我们知道，虽然索绪尔认为语言的能指和所指的关系是任意的，但他把这个任意的关系放在一个必须是完整的语言体系里。所有语言的词语都系于一个语言结构的整体性这个先决条件上，也就是说，任何一个词语

① Peter Balbert, *D. H. Lawrence and the Phallic Imagination*, New York: St. Martin's Press, 1989, pp. 58–59.

要产生意义，就必须预设这个整体，并隐含对它的召唤。离开了这个整体，词语也就失去了意义。[①] 在康妮看来，克利福德实际上就是一个被阉割的男人，他们之间的生理性别已经没有什么区别了，生理意义上的夫妻关系已经不存在了，承载这些词汇意义的社会婚姻也就名存实亡了，在这种情况下，她也就无须恪守妻子的伦理责任了。

女性主义者德·波伏娃指出，女人并非生来就是（be）女人，她是在社会中才成为（become）女人的。这表明了女人与社会间的关系，指出了社会对女人身份的规定性和女人身体的社会属性。同样，纯粹的天然性身体是不存在的，我们所说的"身体"，是"重重社会规范依赖社会强制反复书写、引用（另一种表述是：表演）自己的结果"。[②] 巴特勒在性别问题上指出，只有当生理性别在某种程度上被理解为与社会性别以及欲望有必然的关系的时候，性别才能指涉某种有关生理性别、社会性别与欲望的整体经验。[③] 这里的社会性别是指对自我的一种心理或文化上的定性，也就是满足社会对性别的规定，强调的是人在社会中的伦理选择。而欲望则是指异性恋欲望，通常指涉的是生理欲望，强调人的自然性别或在行动中的自然选择。

在小说中，克利福德"觉得自己欠了她太多的东西，所以给她以最大的尊重和体谅，而她却只给了他外表上的敬意。显然，他暗地里是畏惧她的。他心中新的阿喀琉斯的脚后跟还是有一个致命的弱点，在这里，他的妻子，康妮，能给他致命的一击。他对她怀着几分屈从的敬畏，对她非常谦和有礼"（127）。克利福德把康妮看作是阿喀琉斯的脚后跟，这表明了两层意思：一是克利福德对康妮的

① Peter Balbert, *D. H. Lawrence and the Phallic Imagination*, New York: St. Martin's Press, 1989, p. 54.

② 倪湛舸：《语言·主体·性别——初探巴特勒的知识迷宫》，载〔美〕朱迪斯·巴特勒《性别麻烦：女性主义与身份的颠覆》，宋素凤译，上海三联书店2009年版，第5页。

③ 〔美〕朱迪斯·巴特勒：《性别麻烦：女性主义与身份的颠覆》，宋素凤译，上海三联书店2009年版，第31页。

看重，把她视为自己的生命，因此小心翼翼地呵护她；二是他了解康妮的性情，随时会背叛甚至离开自己。为了留住她，他甚至主张她可以和别的男人生孩子，但条件是要姓查泰莱家族的姓。这种要求在当时是无可厚非的，而且也是符合社会伦理的。因为查泰莱家族为了国家已经做出了巨大的牺牲，而且克利福德的父亲生前的最大愿望就是克利福德有自己的孩子。所以，孩子这个虚妄的存在就像语言学概念中穿梭的能指，对应着一个个的所指，同时也反映着不同人物主体间的关系。在克利福德没有丧失性功能的时候，康妮盼望和他有个孩子，以防她的小姑子爱玛来分他们的家产；在克利福德丧失性功能之后，康妮的父亲反复游说克利福德和康妮，让康妮借精生子，以保持和克利福德的婚姻关系。他告诉克利福德为了婚姻，康妮必须要有自己的孩子。他告诫康妮："如果你要把关系撕破，你是得不到多大好处的。……给拉格比生个小男爵吧：这才是件让人高兴的事。"（332）康妮父亲的劝导虽显自私，但也体现了父亲对女儿的关心和爱护。但康妮和梅勒斯做爱怀孕后，康妮却想到了和克利福德离婚，然后和梅勒斯结婚，生下孩子。这给了克利福德"致命的一击"（127），给了查泰莱家族"一记大耳光"！（171）康妮的这种虚伪和自私的行为其实体现出劳伦斯的双重性。他既要赞美康妮的叛逆行为，同时也无意识地隐现了康妮"真实界的面庞"。

在见到梅勒斯之前，康妮对克利福德的谦和感到"恐惧"，认为他那种"崇拜的宣言"是"一种完全无能的残忍"。她觉得"她快疯了，要不就是她快要死了"（130）。康妮已经不满足于表面的尊重和谦和，她的生理需求已经让她无法忍受这种无性的婚姻生活。性欲望挑战着康妮之前自己能管控自己的认知，推翻了理想的、有意识的自我。有学者指出，性是自我的非理性力量，它强化了自我的对立面，使真正的自我从可意识到的自我中分离出来。① 康妮的自我是不连贯的、自我否定的，而且还互相矛盾的。她无意识中充溢着

---

① Linda Ruth, *D. H. Lawrence*, Plymouth：Northcote House Publishers, 1997, p. 16.

不安分的冲动，她后来与梅勒斯的性行为实际上标志着她对理性的完美主体的弃绝。反人文主义者认为，主体是受欲望和未知的力量所支配的，永远不可能完全是理性和自我控制的，而是受无意识欲望驱动，无意识控制主体而不是被主体控制。劳伦斯把无意识的"生命"作为决定行为的推动力，这有点类似于反人文主义。劳伦斯的无意识不是缺乏意识，而是被称作"血性意识"。

相较于克利福德和康妮，梅勒斯算是小说中的三号人物。他和克利福德一样，也是一位上过战场的老兵，一个"三十七八岁的男人"（77），有过失败的婚姻，受过高等教育，既会说德比郡的土话，也会说标准的英语。除此之外，小说没有过多披露梅勒斯的过去。作为克利福德家的猎场守护员，他过着一种田园式的闲适生活，住着小木屋，饲养着家禽，用着当兵时的毛毯和水壶。康妮的闯入打破了他平静的生活。不过，与康妮相比，他始终能够保持比较清醒的头脑，即使和康妮疯狂做爱，这对于他来讲，也只是一时的贪欢而已。他很清楚自己的处境和地位。"他不再想和一个女人接触了。他害怕，他曾经因为过去的接触而受到了很大的伤害。"（131）因此，在做爱之后，他最希望的就是她能离开，让他一个人待在孤寂中。"他畏惧她的期待，她的女性的期待，和她的现代女性的执着。而他最畏惧的是她冷酷的、上层阶级女性的轻率的自行其是。因为毕竟他只是一个佣人。他厌恶她出现在这里。"（103）他曾经问康妮："那要是人们知道了又怎么办呢？想想吧！你会觉得多么屈辱啊，我不过是你丈夫的一个仆人！"（145）他提醒康妮："你是查泰莱夫人，你在跟一个猎场守护人发生暧昧关系。如果我是一位绅士，事情就另当别论。是的，你会在意的，你不能不顾虑。"（145）梅勒斯的话语透露出，他明白康妮找他只是上层阶级女性一时兴起的轻率行为，他只是满足她欲望的性工具而已，而且她会在意他们间的阶级差别的。所以，梅勒斯担心他们间的关系会给克利福德带来巨大的伤害。作者貌似不经意地透露出梅勒斯的年龄，实则含有深意。他比康妮大了十几岁，这意味着他们间存在着代沟，也意味着他们间存在着乱伦禁忌。梅勒斯离开克利福德的狩猎场回到乡间，在农场找了份工作。他的想法是无论康妮是否能离婚，他都会离婚的。这表明，他离婚并不全是因为康妮，他对她是否离婚抱着怀疑的态度。另外，从法律层面讲，如果他们双方不离婚就结婚的话，就会犯重婚罪。这些都表明了梅勒斯性格上的成熟。在他们的交往中，康妮始终保持着主动，她只是在意自己的生理性别，很少去考虑自己的社会性别，也就是自己的社会伦理责任。克利福德对康妮的评价尽管有些刻薄，但也准确："你跟人不一样，你不合常规，你是那种半疯不傻，不正经的女人，成天追逐着堕落，对污秽之物念念不忘。"（363）作为一个有教养的贵族男士，对自己的妻子做出这样的定论，也可以看出他对康妮是多么的失望和愤怒。

有些女性学者评价说，在性爱过程中，作者详细描写了梅勒斯的主动行为，体现了作者的男性中心主义思想。她们控诉这些男性具有"男性至上的投机主义和冷淡的操纵欲望"[1]。有人指出，梅勒斯这一人物形象不仅表明了作者对自然人性和原始再生力量的充分肯定，而且还使作者在人物画廊中树立了一个足以能够与以克利福德为代表的摧残人性、扼杀生机的邪恶势力抗衡的形象。所以梅勒斯是现代工业制度下迫切回归自然的"文明人"的化身。[2] 这些评价只是看到了小说的显性层面，而忽视了其蕴含的深层意蕴，忽视了人物性格的双重性，忽视了作者思想上的双重性。劳伦斯在《为〈查泰莱夫人的情人〉一辩》一文中写道："我要让男人和女人们全面、诚实、纯洁地想性的事。即使我们不能尽情地享受性，但我们至少要有完整而纯净的性观念。"[3] 劳伦斯在这里似乎在为性开放摇旗呐喊，在为自己与老师的妻子私奔一事开脱。但实际上劳伦斯在

---

① Peter Balbert, *D. H. Lawrence and the Phallic Imagination*, New York: St. Martin's Press, 1989, p. 146.

② 李维屏：《英国小说人物史》，上海外语教育出版社 2008 年版，第 283 页。

③ ［英］D. H. 劳伦斯：《为〈查泰莱夫人的情人〉一辩》，载［古罗马］奥维德、［英］劳伦斯《奥维德、劳伦斯论性爱》，戴望舒、黑马译，团结出版社 2006 年版，第 308 页。

强调性开放的前提条件，即要有"完整而纯净的性观念"。这里的纯净指的是摒弃虚伪、自私等消极因素。但他消极地指出，"没有哪个时代像我们的时代这样人与人之间如此不信任"。① 他认为："真正的悲剧在于：我们不是铁板一块，并非完全虚伪也并非完全爱的真切。"② 我们从这些可以看出，劳伦斯也认识到人的双重性和复杂性，他所赞美的"完整而纯净的性观念"是不存在的。他还说过："我们正在极其痛苦地反抗着婚姻，激情地反抗婚姻的束缚和清规戒律。事实上，现代生活中十有八九的不幸是婚姻的不幸。无论是已婚者还是未婚者，没有几个不强烈地仇视婚姻本身的，因为婚姻成了强加在人类生活之上的一种制度。"③ 但是，他却给康妮和梅勒斯安排了婚姻的美好前景。《查》描述了无性婚姻的破裂和基于欲望的两性关系的发展。不过，在小说结尾，康妮并没有嫁给梅勒斯，尽管她已经怀了他的孩子，尽管他们对未来的家庭充满了向往，但最后还是分开了，只能靠写信维系关系，好像他们之间的关系也只有靠信件存在了。不过对于劳伦斯本人，他倒是在和有夫之妇私奔后结婚了。在和弗里达私奔不久，他在一封信中写道："我和弗里达经过一段困难时期，现已进入纯粹的蜜月期……我爱也同时被爱着——我付出了也得到了——这就是永恒。噢，只有人们在正确地选择对象，我才相信婚姻。"④ 在写这封信的两年之后，他与弗里达走进肯星顿登记处正式登记结婚。所以劳伦斯虽然极力反对婚姻，但也是婚姻的践行者。正如有人指出的那样："性激情与守护人的社会意识间存在着矛盾。即使作者意图用心理、宗教或性来掩饰阶级和社会问题，

---

① ［英］D. H. 劳伦斯：《为〈查泰莱夫人的情人〉一辩》，载［古罗马］奥维德、［英］劳伦斯《奥维德、劳伦斯论性爱》，戴望舒、黑马译，团结出版社 2006 年版，第 319 页。

② ［英］D. H. 劳伦斯：《为〈查泰莱夫人的情人〉一辩》，载［古罗马］奥维德、［英］劳伦斯《奥维德、劳伦斯论性爱》，戴望舒、黑马译，团结出版社 2006 年版，第 321 页。

③ ［英］D. H. 劳伦斯：《为〈查泰莱夫人的情人〉一辩》，载［古罗马］奥维德、［英］劳伦斯《奥维德、劳伦斯论性爱》，戴望舒、黑马译，团结出版社 2006 年版，第 331 页。

④ Harry T. Moore ed. , *The Collected Letters of D. H. Lawrence*, New York：Viking，1962，p. 441.

但这些社会和性之间的矛盾始终没有被妥善解决。"① 劳伦斯的世界观时常受到第一次世界大战、1917 年的布尔什维克革命以及第一次世界大战前后不时发生的工人罢工等历史事件的影响。困扰劳伦斯的不是性也不是心理，而是社会。他在信中写道："比起性本能来说，我考虑更多的是社会本能，社会压抑更具破坏性。"② 性本能突出主体的生理性别，而社会本能则强调的是主体的社会性别。伊格尔顿指出："理性越是与其身体相脱离，身体就越碎裂成纯感官的无意义碎片。"③ 这里的理性可以指社会规范、法律制度等。主体可以自由支配的身体一旦脱离理性约束的藩篱，就会变成纯粹生理性别意义上的"行尸走肉"，其社会性别也就消失殆尽了。这样看来，劳伦斯的思想里深藏着一种伦理悖论：他既要号召人们打破婚姻，甚至法律和伦理的禁锢，追求一种纯净的、无拘无束的性爱，同时又给予主体回归婚姻的期盼。这也充分说明了劳伦斯思想上的双重性。

小　结

很多伦理学家都认为，人是有理性的动物，在人类活动的发展过程中，人的理性不断得到发展，人必须利用理性和知识来发展人的社会性和社会情感，使人的社会本能和爱他人之心不断增强，使个人情感、利己本能服从于社会情感和爱他本能，把个人和社会结合起来，自觉地服从于社会道德。④ 萨特认为，道德主体是个体的自我，自由的道德主体具有多种存在特性和存在结构。认识这些主体

---

① Peter Scheckner, *Class, Politics, and the Individual: A Study of the Major Works of D. H. Lawrenc*, London: Associated University Press, 1985, p. 13.

② Harry T. Moore ed., *The Collected Letters of D. H. Lawrence*, New York: Viking, 1962, p. 990.

③ ［英］特里·伊格尔顿：《甜蜜的暴力：悲剧的观念》，方杰、方宸译，南京大学出版社 2007 年版，第 111 页。

④ 冯俊：《当代法国伦理思想》，同济大学出版社 2007 年版，第 11 页。

存在的特性和结构，是理解人的伦理意义、行动和关系的密码。① 在
《查》中，劳伦斯试图以性的方式来激活人们麻木、异化的心灵，鼓
励人们重返自然乐园，但这样伊甸园式的生存状态全然忽视了社会
伦理和社会规范。不过，劳伦斯在叙述过程中，也隐隐暗示出性的
欲望与人的社会本能间的冲突。人的社会本能要求，作为个体的人
必须生活在一定的社会之中，遵守社会伦理规范。性爱如果失去了
应有的理智、严肃和认真，也必然会给社会和个人带来伤害。人非
动物，性爱不可能超脱一切。康妮个人欲望的表达也需限制在一定
的伦理规范之内，否则人类赖以存在的社会文明就会分崩离析。作
为社会单元的家庭是每一个社会成员的栖身之所，构建和谐稳定的
家庭伦理秩序是文明社会健康发展的基石，也是人类区别于其他生
物的根本标志。就像习近平总书记讲的那样，不论时代发生多大变
化，不论生活格局发生多大变化，我们都要重视家庭建设，注重家
庭、注重家教、注重家风。唯其如此，才能保持健康稳定的社会伦
理环境，才能保证人的健康发展。

---

① 万俊人：《萨特伦理思想研究》，北京大学出版社 1988 年版，第 23 页。

第四章

《儿子与情人》中的家庭伦理叙事

引　言

　　家庭是社会组成的基本单元，家庭生活方式是人们在一定的社会条件制约和价值观念的指导下所形成的满足自身生活需要的活动形式与行为特征。英国维多利亚时代是一个以家庭生活为中心的时代，和谐向上的家庭成为整个社会的价值核心。家庭和谐的基础在于家庭成员之间能够互相关爱，而"爱就是伦理性的统一"①。作为社会镜像的文学作品是"特定历史阶段伦理观念和道德生活的独特表达形式，文学在本质上是伦理的艺术"②。所以对文学作品进行伦理分析就显得特别重要。劳伦斯的代表作《儿子与情人》就是一部关乎家庭伦理的文学作品。它主要围绕着家庭矛盾和保罗与母亲间的情感纠葛展开故事情节，而父母间的矛盾则是整部小说故事情节发展的幕后推手。作品通过莫罗一家在英国由农业社会向工业社会转型过程中所经历的经济、情感及社会地位的变化，曲折地反映了家庭成员之间的伦理关系。长期以来，人们在评论这部作品时，主要从心理分析入手，重点分析了主人公保罗的恋母情结以及与米拉

---

　　① ［德］弗里德里希·黑格尔：《法哲学原理》，范扬译，商务印书馆 1961 年版，第 175 页。
　　② 聂珍钊：《文学伦理学批评：基本理论与术语》，《外国文学研究》2010 年第 1 期。

姆和克拉拉两位女子的感情纠葛。也有人结合作家劳伦斯本人的经历，把这部作品看作是作者的自传。还有些评论认为这部作品反映了当时下层阶级的生产和生活现状，抨击了当时的社会制度。当然，也有很多评论分析了作品中的色情描写并与劳伦斯的其他作品进行比较，指出劳伦斯"血性意识"的人本思想。在这些评述中，鲜有对家庭伦理的评述。而小说中的家庭伦理叙事是贯穿整部小说的一条隐形的主线，通过它，我们可以较为客观地管窥到小说主体人物的发展过程和作者的伦理立场。基于此，本章拟从夫妻关系伦理、父母与子女关系伦理两个方面，结合当时社会发展状况，对小说中的家庭伦理进行分析解读，以揭示出作品中的人物发展变化和伦理关切。

第一节 夫妻关系伦理

作品中的莫罗是一个煤矿工人，他没受过什么教育，说话满嘴俚语土话，做事简单粗暴，经常在外酗酒。但他从事的工作却是家庭生活的主要经济来源。他凭一己之力支撑着整个家庭的日常生活。他的太太格特鲁德则出身于中产阶级家庭，受到过良好的教育。不过，她没有什么工作，只是一个家庭主妇，没有任何经济收入。他们的结合在当时是有违传统的，因为按照当时英国社会对婚姻的认知，门当户对、各方面条件相当是婚姻缔结中的主要决定因素。人们总是倾向于选择与自己在教育、种族、宗教、社会阶层以及价值观等方面情况相似的异性为配偶。同样的文化背景、同等的教育水平、同样的生活方式或地位会更符合社会对婚姻的期待。当然，也有人提出所谓的"婚姻梯度理论"，即男性倾向于选择社会地位较低的女性，而女性往往更多地要求配偶的受教育程度、职业阶层和薪金收入等高于自己，也就是婚姻配对的"男高女低"模式。从这两个方面看，莫罗夫妇的婚姻算不上美满婚姻。莫罗太太当初看上莫罗纯粹是被他身上洋溢的男子汉气息所吸引。莫罗是一名煤矿工人，整天工作在矿井下，但他为人随和、热情，喜欢和人喝酒、跳舞。他跳舞时的动作潇洒飘逸，充满魔力，面庞就像身上的一朵花。他"敏感的生命火焰"中"微黑的、金色的柔软部分"属于工人阶级的特质，但格特鲁德却把这些放大了，认为是"超越她的奇异的东西"①。劳伦斯用"火焰"一词来隐喻性的觉醒和高涨。"性的力量能够激活纯粹男性和女性能量中神秘的、真正的他者性。恋人们在性自我间形成的张力中找到平衡。对劳伦斯来说，理想的爱情冲动包含着存在的先验主义。"② 格特鲁德不顾当时的阶级差异，甘愿下嫁给莫罗，这虽然有悖当时的婚姻传统，但按照文学伦理学的观点，人的特性中包含有斯芬克斯因子，而斯芬克斯因子由兽性因子和人性因子组成。兽性因子代表人的动物性因素，是所有动物都具备的特征；而人性因子则反映人受社会规范约束的伦理表现，具有排他性特征。格特鲁德当初喜欢上莫罗就是人性中的兽性因子在起作用，潜意识中的动物性本能使她迷恋莫罗健壮的身体而忽视了阶级差别和个人素养。这也可以从保罗和米拉姆的交流中得到证明。保罗告诉米拉姆："我母亲刚开始还是从我父亲身上真的得到了乐趣和满足。我认为，她爱过他，所以才一直跟着他。不管如何，他们毕竟还是相依为命的。""我妈开始就像拥有人生在世的所有必需品。她一点都不感到枯燥无味。"（396）斯芬克斯因子中的兽性因子就像一种黏合剂，会永远把原本要分开的生命牢牢结合在一起。当莫罗伤心地认为自己成了一个瘦皮猴时，他妻子反倒感觉"他的身体仍然富有青春活力，肌肉发达，一点赘肉都没有。皮肤光滑干净。看上去像一个二十八岁男人的身体"（245）。她告诉莫罗："你身子骨像铁打的一样，如果光看身体的话，没有人比得上你。"（246）她还向在场的保罗模仿丈夫过去英俊的体态，这时莫罗反倒有点不好意思。

---

① ［英］D. H. 劳伦斯：《儿子与情人》，陈良廷、刘文澜译，人民文学出版社 2017 年版，第 27 页。以下引文只标记页码，不再详注。

② Peter Balbert, *D. H. Lawrence and the Phallic Imagination*, New York：St. Martin's Press, 1989, p. 27.

"莫罗忸怩地看着她。他又一次看到了以前她对他的热情。这种热情在她身上闪现了一阵子。他却扭扭捏捏，有点受宠若惊，不敢抬头的样子。不过他还是重新感受到了自己过去那种得意的心情。"（246）这个时期他们之间的交流洋溢着轻松、愉快的气氛，同时也含有浓浓的爱意。莫罗太太的话语表明，他们的婚姻曾经是建立在两情相悦基础上的。不过，劳伦斯在叙述中用过去完成时"had had"来揭示出这种状况的非延续性，暗示他们之间目前的关系已大不如从前了，莫罗身上也逐渐失去了过去的那种能吸引太太注意的男子汉气概。

从他们之间的交流可以看出，劳伦斯试图为欲望找到一个开放的语境，以颠覆传统的伦理空间和秩序，因为在传统的婚姻和家庭禁锢下，欲望只能得到部分的实现和表达，性爱只能与生育相关联。从文化差异上讲，莫罗太太是被她不熟悉的社会文化拉进婚姻的，她缺乏她成长环境之外的经验。她意识到，莫罗纯粹是感性的动物，缺乏文化和社会知识。她天真地认为，她能按照自己的意志改造莫罗，使他具有道德和宗教意识。不过，在下嫁给莫罗之后，她也感受到了性别（gender）的社会建构。美国学者盖尔·卢宾将社会性别定义为一种由社会强加的两性区分，是性别的社会关系的产物。它与生物学所描述的性别（sex）的区别在于它是一种获得的地位，这一地位是通过心理、文化和社会手段建构的。[1] 具体来说，社会性别是指人们由语言、交流、符号和教育等文化因素构成的判断性别的社会标准，是一整套有关男人和女人的行为规范。社会性别体制是一套以父权制为特点的、具有自身运作机制的人类社会制度，它与经济、政治、文化及个人的性生活相关联，使女性从属于男性。维多利亚时期关于男性为养家糊口者，女性为家庭天使的观念就是当时复杂的社会关系制度共同构建的社会性别的结果。"很可能你比你的丈夫有更多的才能，有更高的成就，你也可能很受尊敬；但这

---

① 王政、杜芳琴：《社会性别研究选译》，生活·读书·新知三联书店1998年版，第81页。

与你作为一个妇女的处境毫不相干，作为一个妇女必须低于男人。"①
莫罗太太尽管出身于中产阶级，但她还是接受了这种"男主外、女
主内"的性别分工模式，安心地从事家庭内部事务，莫罗本人也很
享受这种惬意的家庭生活。

> 在早上6点之前，她就听到他吹着口哨下楼了。他有一种
> 吹口哨的愉悦方式，充满活力且具乐感。他几乎总是吹着赞美
> 诗。他曾经是一个有着美妙嗓音的唱诗班成员，在南威尔教堂
> 做独唱。他早上的口哨声打破了静寂。
> 他妻子躺在床上，听着丈夫在花园里忙活，他一边锯着敲
> 打着东西，一边吹着口哨。孩子们还在睡觉，她在明媚的早上，
> 听着丈夫声音给她一种温暖、祥和的感觉。(24)

作者还经常用"火"一词来展现出莫罗的生命活力。他的"生
命感知的火焰，就像蜡烛的火焰一样，是从自己的身体里发出的"
(14)。这好像是展现给自己或他人的指示器，红色的火焰弥漫了他
劳作的地方，这也象征着他的生活充满着热情和活力。再比如在他
做早餐时，屋子首先响起的声音就是拨火棒和铲子的碰撞声。"他准
备了一堆火，高兴地坐了一个小时。他用叉子烘焙培根，用面包接
住滴下的油，然后把熏肉夹在厚厚的面包片里，用刀切下一块，把
茶倒进茶碟里，感到很高兴。"（35）小说还描写了他快乐地在家缝
补着鞋子的情景："他在铁鹅上敲打着烧软了的、火红的东西，使其
变成他想要的形状。他或者呆呆地坐着，焊东西。他的孩子们会兴
奋地看着金属是如何突然变软的，如何对着焊铁的鼻子锻造东西，
而房间充满了燃烧的松脂和灼热的锡金属的气味。"（79）在他修鞋
的段落里，"兴奋"（joy）是个中心词。虽然这个词经常作为抽象名

---

① Judith Flanders，*Inside the Victorian Home：A Portrait of Domestic Life in Victorian England*，
New York：W. W. Norton & Company，2004，p. 14.

词使用，但在这一段中，它总是与具体的细节描述联系在一起，从而赋予这一抽象名词以具体的指称，代表了具体的行为和具体的事物。这使得莫罗的劳动给全家带来的温暖既具有物理性也包含着情感价值。

小说的第一部分还为我们呈现了一个相似的场景：母亲也出现在火炉旁准备做家务。"她经常用她表面不平的烙铁给他（指威廉——引者注）熨衣服，直到它们在她胳膊的压力下变得发亮为止。"（68）"她向烙铁上啐唾沫，沫子在熨斗上跳跃着，争相掉落下黑乎乎的、发亮的表面。她然后跪下来，用力地在壁炉的毯子上擦拭熨斗。在红色的炉光里，她感觉很温暖。"（82）在这里，热与光的意象展现出了父母的情感价值。不过，它们也隐喻了这种情感存在的短暂性。毕竟，他们之间太多的不同决定了他们对社会和家庭的不同看法和态度。莫罗太太逐渐意识到，男人仅仅成为一名身体上的男子汉是不够的，他还需要有家庭责任感。也就是说，在这个阶段，兽性因子的影响力日渐式微，人性因子逐渐取得了支配地位，主体更多地关注起家庭生活和社会政治经济关系。莫罗的性格"纯粹是感性的，而她则要求他有道德和宗教意识"（20）。莫罗的同事巴克虽然身体并没有莫罗强壮，但莫罗太太更愿意称他为男子汉，因为在他妻子生孩子期间，他承担了妻子以前所有的工作。这样，莫罗太太对男子汉的定义从身体层面升华到了社会伦理层面，开始重视社会的道德律令和禁忌。不过尽管莫罗看似放荡不羁、藐视权威，但他依旧代表了社会中的某种惯例和规则，以及某些带有局限性的、僵化的标准和价值；而莫罗太太则代表了试图改革或取消这些"陈规陋习"的力量。小说中的一个场景可以诠释他们之间的矛盾。莫罗有一天喝完酒回到家，送给他妻子一个椰子（10）。但她对这件礼物的反应不是激动而是恼怒和责备。这看似莫罗太太不解风情，其实她恼怒的原因在于，莫罗在外面寻欢作乐，而妻子却在处于社会底层的家里操持家务、照看孩子。尽管椰子代表了莫罗对妻子的关爱，但这并不是妻子需要的礼物，更不能补偿她在家里的辛勤付出。这暴露

出他们之间缺乏沟通和相互体谅：一方面莫罗在井下繁忙、枯燥的
劳动间歇寻求一些快乐，并把这些快乐分享给妻子；但在另一方面，
他的妻子却在家里承担另一种工作，经济拮据，社会地位低下，没
有自由和快乐可言。所以，他们家庭相聚的时刻常常就是矛盾和压
力集中爆发的时刻，工作和家庭的矛盾碰撞集中呈现了工人阶级在
社会中的生存境况。这种呈现是非个人化的，它从整个社会层面揭
示出莫罗夫妇之间矛盾的实质和症结所在。也就是说，他们之间的
矛盾冲突是由当时的社会家庭伦理和经济状况造成的。他们争吵的
内容实际上是社会家庭伦理冲突的内容。夫妻伦理和家庭经济伦理
在这里形成了一个伦理结，即夫妻间的相亲相爱与经济窘境之间形
成了矛盾，精神与物质之间难以共生共荣。我们可以从夫妻二人对
他们第一个孩子的态度和做法中看出社会对他们之间关系的影响。
在孩子身上，他们分别投入了不同的情感。小说叙述了莫罗修剪威
廉卷发时的情节：

> 在星期天的早上，莫罗太太躺在床上，倾听着楼下父亲和
> 孩子的私语声。然后又睡了过去。当她下楼时，炉膛里的火烧
> 得正旺，房间里很暖和，早餐随便放着，莫罗坐在自己的椅子
> 里，靠着烟囱，显得很拘谨。孩子站在他两腿之间，像个绵羊
> 似的露着头，以一种奇怪的眼神看着她。报纸铺在小炉毯上，
> 上面有许多月牙形的卷发，就像菊花花瓣一样散落在红彤彤的
> 火光里。(20)

这个情节显示出母亲对孩子的影响，而父亲也需要向人证明自
己的男性气概，证明他的孩子不是一个女孩，而是一个男子汉。莫
罗理掉了才一岁的威廉头上的卷发，让他的妻子遭受痛苦。而孩子
就像一个待祭的羔羊，红彤彤的炉火似乎也加剧了情感冲突："（莫
罗太太）双拳紧握，抬起来，向前方挥过去。莫罗赶紧往回缩。'我
要杀了你，我！'她因为愤怒说不出话来，两个拳头高举着。"(20)

火光作为场景的亮点，使读者注意到场景的重要性。莫罗太太"一辈子都记得那个场景，一个她遭受重大打击的场景"（21）。这里的冲突是一种伦理冲突，涉及传统、身份以及社会价值。莫罗太太试图培养孩子一种超越现实社会传统的价值观和伦理标准。莫罗剪掉孩子头发的举动不仅是传统行为，即孩子要符合社会对他形象的要求，而且也表明他有权利这么做。不过，他的紧张显示出他清楚自己在做一件"非同寻常"的事情：他在挑战他妻子的价值观。她的本能反应是愤怒和痛苦，因为她的梦想被打碎了，她的孩子现在看起来和别的孩子没有什么两样。这种价值冲突也表明，莫罗试图建立一种集体的模式和传统，而他妻子则要极力使孩子们摆脱传统的羁绊，使他们独立于集体生活之外。

其实在小说的前半部分，莫罗太太就经历了被异化和孤立于集体之外的过程。有一天莫罗喝醉酒回到家，与妻子发生争吵，一气之下就把妻子推到门外，锁上门。而叙述者则对莫罗喝酒跑到诺丁汉的行径给予了同情和理解，但他出行的后果则是让妻子一整天都是在焦虑和失望中度过的。所以她对他的酗酒行为极度反感和鄙视，而这又招致了他的暴力。莫罗太太在被推到门外后，与屋外的世界进行了心灵上的沟通，想以此排解内心的失望和孤寂。

莫罗夫妇的对立还表现在语言上。莫罗满嘴俚语、土话，显得感性而又刻板，这是对外界情感反应的直接描述。而莫罗太太说话"带着南方口音，而且是一口纯正的英语"（13）。他们之间的对立还表现在对事物的认知上。她不仅具备丈夫的具体分析能力，更具备丈夫没有的抽象分析能力，能够超越现在，对过去和将来进行总结和预测。"她最喜欢跟一些有学识的人辩论有关宗教、哲学或政治问题。"（13）而莫罗的"天性完全要感官上的享受"（20）。莫罗的工作几乎全是体力劳动，是在别人的指挥和机器的运转下进行的，几乎没有什么自由发挥的意识空间和机会，只有在家里做些缝补或修理的活时，才依稀有一点主观意识的成分。不过这些都是业余行为，他只是一名矿井工人而非匠人。矿上的脑力劳动几乎都由那些管理者来完成。他们是受过教育的群体，他们的指令和计划都是由莫罗这样的工人去完成的。因此矿井上的管理者和工人之间的分工其实就是按照脑力劳动和体力劳动进行的。

劳伦斯认为，这种分工是工业社会的主要特色，而且在他的作品中反复出现。在19世纪，随着经济活动的大规模展开，工业自动化也使得工人的工作过程碎片化，工人越来越从工作过程中分离出来，工人之间的联系也越来越机械，缺乏温情关怀，个人成了机械化生产过程中的一个组成部分。他们的工作没有创造性可言，工作成果也没有持久的价值，因为他们挖出的煤很快就被消耗掉，那些贫穷和地位低下的人经常在车站或酒店遭到工作人员的呵斥，好像他们的生存需要恩赐似的。保罗对当时的社会体制感觉恐惧，他每次替父亲领工资时都觉得害怕和羞辱。他第一次走出校门找工作时，就曾踟蹰于有着严格和无情的价值体系的商品社会中，因为这意味着他就要受这一体系的禁锢，服从其管理和运行规则，不许出现有悖于体系规则的个人欲望。

在对莫罗的叙述中，不可避免地要把他置于社会维度之中进行考量。他人生中的失败更多的要归咎于社会而非他个人。莫罗太太对婚姻的失望其实是带有阶级歧视的，她出身于中产阶级，在内心深处是看不上莫罗这个矿工身份的。在婚姻的浪漫期过后，他们之间的人格冲突变得越来越强烈，她简直无法忍受莫罗的粗鲁、虚伪和酗酒行为，对他产生了极度的憎恶。在她的第三个孩子出生时，两人之间的隔阂就已经无法弥合了。莫罗太太甚至害怕孩子的降生，心中怀有一丝愧疚和罪恶感。她决心赎罪，她要竭尽全力去弥补把他带到这个无爱的世界所遭受的苦难，她要一直爱他，让他沉浸在自己的爱河之中。她不仅极力帮助孩子们解决经济窘迫的问题，而且更是不遗余力让他们摆脱矿井落后、严酷的工作条件，更重要的是摆脱目前莫罗世世代代的阶级身份。她教育孩子们要在政治、经济及社会地位方面实现自己的社会价值，步入中产阶级行列。莫罗夫妇间的矛盾和冲突其实反映了不同阶级间的矛盾冲突，也反映了不同阶层人们的价值取向。他们间的纠纷"与其说是私人感情上的纠纷，倒不如说是在特定的社会与历史背景下男人与女人之间的必然冲突"。① 在劳伦斯看来，现代工业社会按照既定的价值观念为男人和女人设定了许多不合理的规则。正是这些"社会规定性"导致两性间的不和谐以及家庭问题的产生。

第二节　父母与子女关系伦理

莫罗虽然在经济方面是家庭的顶梁柱，但在情感上却被家庭的其他成员抛弃，在家庭活动中没有自己的位置和角色，变成了一个隐形人和多余的人。社会和家庭分工的不同是造成这种结果的部分原因。莫罗是一名矿工，是体力劳动者，大部分时间是在煤矿工作，和家人在一起的时间相对比较少，沟通也就更少了。而莫罗太太则是家庭的亲情维护者和劳动力生产者。她几乎整天在家里做家务和照看孩子。这种分工使得孩子们与母亲更加亲近。另外，工作的艰辛使莫罗在孩子面前变得粗鲁和急躁，教育的缺乏也使他头脑简单，很难向孩子们表达情感。为了弥补自己在工作中的低级身份，莫罗试图靠暴力改变自己在家庭中的失语状态，但这只会招来更多的反感，他与孩子们的情感关系愈发冷淡，没有人愿意回归由男性主导的传统家庭关系中去。"对于幸福的家庭来说，他好比一台运转平稳的机器的障碍……家人把他拒之门外，他是不受欢迎的。"（77）这样，联结家庭内外的纽带就成了对男性主导家庭这一传统的反拨。小说描述了在狂风肆虐的夜晚，孩子们躲在被风刮得吱吱乱响的房子里，惊恐地听着醉酒的父亲用拳头击打房门的咆哮声和母亲低低的回应声。保罗一到晚上就紧紧地依偎着妈妈，等着父亲回来发泄他的暴力。他经常在心里祈祷："上帝呀，让我的父亲死吧。"（75）有一件事给他留下的印象特别深。爸爸有一次把妈妈的眼睛打黑了，

---

① 李维屏：《英国小说人物史》，上海外语教育出版社 2008 年版，第 271 页。

这时的威廉已经长大成人，他不能容忍父亲这么欺负母亲，威胁说要替母亲惩罚父亲。保罗心里暗自高兴，因为这也是他的想法，但他自己无法实现。

保罗对父亲的冷漠还表现在他到矿井告诉父亲威廉死讯的情景描写。劳伦斯用一种平静且带有悲痛的语调，有节奏地写道："莫罗走了几步，就靠在一辆货车旁边，用手蒙住眼睛。他没有哭。保罗站着，四处望望，等待着。一辆货车慢慢滚过过磅机。保罗看着周围，就是没看他父亲。莫罗靠在货车上，像是累了。"（169）这段描述表现出莫罗对失去儿子的锥心之痛，但保罗并没有注意父亲的感情变化。他没有观察父亲，这不是因为他不愿看到父亲痛苦的表情，而是因为即使在家庭遭遇悲剧的时刻，他依然没有和父亲有什么关联，他似乎认为父亲是局外人，他只是从母亲那里得到这个消息并把它传达给父亲而已。

在维多利亚时期，英国社会奉行的是"男主外，女主内"的家庭管理策略，莫罗在家庭不受大家的欢迎，成为一个局外人，这样的家庭结构是不正常的，不能保证家庭的健康稳定发展。有学者指出，如果父亲不能守住他的"家"，如果他的家不是他的"城堡"，如果他唯一的权力就是离开自己的家，与情人出走或者是整天泡在酒馆，那么，他在家庭的权力地位就会被颠覆。① 毋庸讳言，莫罗是一个失败者，虽然他偶尔靠自己的手艺使全家参与，可以与家庭保持有机的联系，从而使整个家庭成为一体，但这只是昙花一现，因为他是一名矿工，他的主业就是下井采煤。他的手艺对他而言也只是生活的衍生品而已。这其实反映了社会达尔文主义的主旨，即他的不负责任使他无法得到上帝的恩典，也无法得到上帝的拣选，只能被社会淘汰掉。所以，莫罗的失败也是男子阳刚之气的失败，隐现出阴盛阳衰的家庭结构不正常现象。这些为保罗偏爱自己的母亲

---

① Frank Kermode, "The Writing of Sons and Lovers", in Rick Rylance ed., *New Casebooks of Sons and Lovers*, London: Macmillan, 1996, p. 47.

做好了铺垫。

孩子们与父亲之间存在着矛盾的俄狄浦斯关系。首先，他们无意识中把父亲作为与自己争夺母亲的对手，但他们也试图寻找出使父亲不受自己无意识伤害的途径和方法。其次，尽管保罗憎恶矿工们逼仄、粗暴的生活和工作空间，向往中产阶级的意识形态，但我们从莫罗太太身上可以看出中产阶级意识形态的双重性：既有自己的价值诉求，也对一切持消极否定态度。莫罗"否认身上有上帝的存在"，不过我们很难感觉到，这种权威似的声明真的能站得住脚，因为小说告诉我们的是一回事，但显示给我们看的却是另一回事，即讲述和显示是截然不同的。小说向我们显示了莫罗的生活轨迹，但不影响我们弄清楚叙事结构与他的消失之间的关系，以及叙事重点是：如何从他转到儿子身上的。而且当莫罗"否认身上有上帝的存在"时，小说实际上是在抨击给他造成影响的资本主义制度而非他本人。社会制度使他成了资本主义生产机器中的一个小部件，没有很好地体现他的价值。所以，莫罗表面上从小说的大部分章节里"消失"了，但他营造的世界依然影响着家庭生活。保罗虽然极力想从父亲的世界中抽身，然而却不能正视这些事实。所以，劳伦斯不仅仅是在描写工人阶级，而且也是在描写保罗如何脱离工人阶级。

劳伦斯在 1927 年的自传中强调了非个人化的重要性："女人至少可以从精神上从丈夫的控制中摆脱出来，获得自由。然后她就会成为巨大的机构，拥有塑造性格的能力，成为我们这一代的母亲。我肯定，我们这一代男人性格中的十之八九都是由母亲养成的。"①在家庭中，话语的力量可以营造出真实的生活感。孩子们都仰仗与母亲的交谈："在与母亲交流之前，他们身上不会发生任何事情。"（77）反过来，母亲也需要通过与孩子们交流获得生活的存在感。因为威廉很早就去世了，所以小说中最重要的情节就是保罗成长过程

① D. Edward ed., *Phoenix：The Posthumous Papers of D. H. Lawrence*, London：MacDonald, 1936, p. 818.

中与母亲的感情纠葛。保罗每天晚上回到家里，都要向母亲谈起一天当中发生的事情："就像《一千零一夜》一样，他每天晚上都要向母亲讲述他的人生经历，这差不多就像她自己的经历一样。"（138）母亲通过交谈来巩固与保罗的关系："晚上她等着他回到家里，然后放下一切心事向他讲述当天发生在她身上的事情。他坐下来，热切地听她说话。这两个人在分享着生活。"（141）这样，母亲和保罗一起通过话语交流创建了共同的现实。劳伦斯在给爱德华·加内特的信中写道："一个有性格、有教养的女人进入下层阶级，在生活中没有满足感。她曾经对丈夫有激情，她的孩子都是激情的产物，并且充满活力。但随着她的儿子成长，她把他们视作情人——首先是长子，然后是第二个儿子。儿子们被迫在生命中注入回报给母亲的爱——不断地被迫。但是当他们真正成为男子汉，他们却不会爱了，因为他们的母亲在他们的生命中成为最强大的力量，控制了他们。"① 小说呈现了一幅"男女关系上有机的混乱"② 画面。其实她对儿子感情扭曲的主要原因是"她本人女性身份的不安全性"③。多产的莫罗太太可以很尽心地养育孩子，但在她内心深处却始终隐藏着一种压抑感，那就是她不是一个男性，无法超越社会对她女性性别及母亲身份的限制和规定。从这个意义上讲，保罗被母亲着力培养成一个有用的、肯为自己做事的男性代言人。所以，他必须要成为一个真正的男子汉，但要符合母亲制定的男子汉标准。他受母亲的影响，拒绝从事父亲在煤矿上的工作，并通过自己的艺术职业，建立了一个由母亲主导的社会化的男子汉身份，即符合社会关于男性行为举止和事业成功标准的男子汉身份。保罗意识到，母亲不仅鄙视父亲的工作，

---

① Linda Ruth Williams, *D. H. Lawrence*, Plymouth: Northcote House Publishers, 1997, pp. 476 – 477.

② Dorothy Van Ghent, *The English Novel: Form and Function*, New York: Harper, 1955, p. 247.

③ Peter Balbert, *D. H. Lawrence and the Phallic Imagination*, New York: St. Martin's Press, 1989, p. 22.

而且也极其憎恶父亲在家里营造的不和谐气氛和不称职的丈夫形象。保罗知道从母亲那里流溢出来的失望的爱所包含的激烈情绪，他不希望这种情绪波及他。所以，他还必须扮演起母亲心目中的家庭男子汉角色。

对孩子今后所从事职业的争论反映了不同价值观之间的冲突。莫罗太太的社会理想就是让孩子脱离矿区生活，进入中产阶层。但有意思的是，小说中只有矿工没有矿主，只有对矿工生活的描写，却没有提及任何的中产阶级社会和文化。也就是说，小说没有提供中产阶级的现实图景，这似乎暗示了其奋斗目标的乌托邦色彩和非现实性。不过小说并没有让这种"缺席"影响社会的整体性。劳伦斯运用现实主义的写作手法描写社会现状，不仅没有回避社会阶层间出现的矛盾和冲突，而且使人物试图面对和解决这些矛盾和冲突的各种努力前景化、戏剧化。从某种意义上讲，小说对中产阶级的回避其实能深刻地揭露和批判资产阶级虚幻的意识形态和社会价值。

保罗和母亲之间的关系一开始充满了欢乐和浪漫。他总是希望母亲出现在自己身边，一看到她，"保罗心里就洋溢着爱的情愫"，母亲就是他的密友和亲人。他做的每件事都是为了母亲，比如为母亲摘一朵花，在学校获得的各种奖励等。当莫罗在矿井受伤住院时，保罗高兴地担负起丈夫的角色："我现在是这所房子的男人了。"（108）实际上保罗对母亲的态度也只是对母亲态度的回应而已。"他的心里充满了对她痛苦的爱"，就像当初她总是"感觉到在她对他的爱里混合着痛苦一样"（269）。母亲和儿子成为一体，莫罗被他们从生活中抹去或只是作为对立面存在。

母亲的影响使所有的其他人陷入虚幻之中。叙述者对此做出了少有的评论："他回到了母亲身边。在他的生活中，母亲与他有最紧密的联系。当他陷入沉思，米拉姆就从他心中消失了。对她有一种朦胧的、虚幻的感觉。没有人更重要。世界上只有一个地方坚固且实在：那就是母亲所在的地方。对他来说，其他人都是影子，甚至不存在，但她不能。这好像是他生活的轴心和枢纽，他无法逃离。

轴心就是他的母亲。"（278）其实母亲的做法令人同情又让人不屑，她极力用母亲的身份占有儿子的情感世界，使他不能专心地与他的女友米拉姆来往。

> 他起身去亲吻母亲，母亲用胳膊搂住他脖子，把脸靠在他肩膀上，啜泣着。这很不像她的做派。他愤怒地扭动身体："我受不了了。我可以让另一个女人——但不是她，她没有给我留一点空间，一点都没有——"
>
> 他突然憎恨起米拉姆来。
>
> "我从没有——你知道，保罗——我从来就没有丈夫——真的没有——"
>
> 他抓住母亲的头发，把嘴巴放在母亲的喉咙上。
>
> "她极力想把你从我身边拉走——她不像个普通女孩。"
>
> "噢，我不爱她，母亲。"他低声说，并把头低下来，悲伤地把眼睛藏在她的肩膀上。母亲激情地、长时间地吻着他。
>
> "我的孩子！"她用一种颤抖并带有狂热的爱意说道。（266）

在母亲的影响下，保罗不愿意与米拉姆保持像自然界一样的有机关系。有人指出，保罗和母亲间的俄狄浦斯情结唯一缺乏的就是性关系，否则就是乱伦。因此，这种乱伦禁忌需要找到一种不背叛母亲的发泄途径，比如说自慰或者是同性恋，而与其他人的感情比如说与米拉姆和克拉拉都代表了对母亲的背叛。① 米拉姆是他母亲的情敌或者说是母亲的化身，因为她给予的爱是人与人之间的爱，是斯芬克斯因子中人性因子的集中体现；而克拉拉给予的爱则是任何生物都有的性爱，体现的是斯芬克斯因子中的兽性因子。因此，保罗对母亲体现出一种伦理混乱，即母子关系与情人关系之间形成了巨大的伦理张力。这使他对母亲爱恨交加，因为她占有了他的爱，

---

① Gamini Salgado ed.，*D. H. Lawrence：Sons and Lovers*，London：Macmillan，1969，p. 148.

使他不能全身心地去爱别的女人。他恨父亲是带有弗洛伊德式的妒忌，因为他占据了"以父之名"的位置。但他也爱父亲，因为他质朴、直率。他对父亲的处境感同身受，因为他和父亲一样都被母亲的行为毁掉了。劳伦斯在小说中借此间接抨击了 20 世纪的英国工业文明和社会传统给人们带来的精神创伤。劳伦斯虽然主张自然的性爱，但他也同样认为，成熟的两性关系不仅建立在肉体的愉悦上，更是建立在自尊和自立的基础上。主体得到的尊重更多地来自他们在社会中所扮演的角色以及社会对其扮演角色的重视和认可程度。

涉及小说中的因果关系，劳伦斯还要平衡莫罗太太对保罗破坏性的爱与保罗性格中从母亲那里继承来的坚强性格之间的关系。这让保罗能够勇敢地接受母亲去世的事实，并能很快从悲伤难过中解脱出来，这是母亲最后赋予他的能力。其实早在小说的开始部分，劳伦斯就描述道："从母亲那里他得到了生活的温暖，即生产的力量。"（58）这些温暖成为他后来不断进取的动力来源。母亲的去世好像使他浴火重生一般，开始寻求新的生活道路。

小　结

小说通过对家庭伦理的叙述，展现出作者对工业社会和现代文明的忧思。有人指出："《儿子与情人》是关乎洗罪（purgation）的，不过'整个文明的病态'是真正的主题。"① 小说所关注的两性关系从来就不是对立的，性是强大的黏合剂，伟大的统一体。只有在人的本能生活受到破坏的情况下，性才会成为致命的武器和分裂者。保罗与母亲畸形的两性关系是由严酷的现实造成的，它破坏了他们的本能生活，现实的伦理禁忌使他们无法解决爱欲与伦理之间的矛

---

① Seymour Bestky, "Rhythm and Theme: D. H. Lawrence's Sons and Lovers", in Gamini Salgado ed., *D. H. Lawrence: Sons and Lovers*, London: Macmillan, 1969, p. 143.

盾冲突，"两性冲突已经成为主体健康成长的极大障碍"。① 母亲最后只能走向死亡，才能消弭掉这个伦理结。劳伦斯在小说中反映了对原始社会本能也就是人的社会性的极度压抑。社会本能比性本能隐藏更深，社会压抑对主体也就更具破坏性。社会本能和性本能之间的张力是造成主体分裂的重要原因，也是这部小说的主题所在，反映出作者对和谐稳定的社会伦理关系的深切呼唤。

① 李维屏：《英国小说人物史》，上海外语教育出版社 2008 年版，第 272 页。

下　编

殖民行为对家庭伦理的影响

　　维多利亚时期是英国历史上一个重要的发展时期。这一时期的一个重要特征就是英帝国的对外殖民活动，建立起庞大的"日不落帝国"。英殖民者在殖民过程中除通过武力征服外，还从理论层面为其殖民掠夺寻找合适的借口，企图使殖民行为合理化，从而为野蛮行径蒙上一层温情脉脉的面纱。达尔文进化论认为，人类不同的种族都有共同的祖先，因此，人性应该是一致的。但随着社会学和人种学或者说民族学的发展，人们开始关注种族间的差异。赫伯特·斯宾塞等把达尔文的生物进化论运用到社会学领域，把社会与生物有机体进行类比，将优胜劣汰、适者生存的自然选择原则移植到社会学和人种学理论中，认为种族之间是有优劣之分的，白人是当然的优等种族，黑人则是劣等种族。这就从理论层面支持了西方殖民者的论调，即白人对黑人的文明教化是促进整个人类发展的必由之路。社会学家本杰明·基德（Benjamin Kidd，1858—1916）指出："盎格鲁－撒克逊民族通过实施一些不亚于战争影响的律法，除掉了那些与之抗争的劣等民族。仅仅通过互相接触，劣等民族就可在优等民族前消失……盎格鲁－撒克逊民族凭着其内部的文明力量逐渐开发其领地的自然资源，其结果不言自明。同样的历史也在南部非洲重演，用当地殖民者的话说，土著要么必须离开，要么就必须在我们准备开发的土地上辛勤劳作。"①

　　理查德·波顿（Richard Burton，1821—1890）认为，非洲人"不如思维活跃、凡事讲究客观的欧洲人，也不如主观且善于思考的亚洲人。他们具备了低等的东方人的大部分特征——思维迟钝、行为懒惰、道德低下、迷信且易于冲动"。②他把土著人的信仰崇拜看作是巫术和邪恶崇拜。除波顿之外，还有很多维多利亚时期的作家都认为土著人的崇拜仪式是黑暗的、超验的，完全是在荼毒心灵。

---

① Benjamin Kidd, *Social Evolution*, New York：Macmillan, 1894, pp. 49 – 50.
② Richard Burton, *The Lake Regions of Central Africa*, 2 vols, New York：Horizon, 1961, p. 326.

在他们的作品中，非洲的国王被降格为"头领"，所有的非洲神父也都被称为"巫医"。① 波顿认为，野蛮人是需要文明者来领导的，"广袤的热带地区仍旧需要劣等种族的人来清理和打扫，这样才能适合文明人来落脚"。② 还有人明确指出："如果没有来自工业化国家的管理和统治，非洲确定无疑地要沦落到懒惰和野蛮的地步。"③ 以上这些观点和言论代表了英国社会对非洲进行殖民的基本立场和态度。除了非洲大陆大部分地区都是英国的殖民地外，南亚地区特别是印度也是英国重要的殖民地。英国统治印度 100 多年，攫取了大量的财富，种族歧视和压迫也给印度人民带来了无尽的痛苦。印度著名诗人拉宾德拉纳特·泰戈尔（Rabindranath Tagore，1861—1941）认为，正是"为了激发我们的热情，英国人像印度教大神毗湿奴的人间使者一样，撞开破门，进入我们的寓所。只要英国人尚未获得成功，只要我们不接受世界的种种邀请，和他们一起向前迈进，英国人就会不停地折磨我们，决不会让我们舒舒服服地睡大觉"。④ 以英国为代表的西方殖民主义者认为自己担当起了世界的使命，以军事征服和商业扩张的手段大肆入侵印度等东方国家，并将西方文化传播到世界各地。泰戈尔并不否认西方文明的先进性，但是，令他深感困惑的是，已经存在了 200 多年并变得越来越复杂的西方和东方的关系，不但没有实现西方殖民主义所标榜的世界主义和国际主义，而且，正好相反，东方和西方之间却处于越来越明显的冲突和对抗之中。为什么先进的西方文明会在世界上造成如此不安的居民呢？泰戈尔辛辣地讽刺了西方文明的虚伪和贪婪。他说，

---

① Richard Burton, *The Lake Regions of Central Africa*, 2 vols, New York：Horizon, 1961, pp. 347 – 348.

② Richard Burton, *Two Trips to Gorilla Land and the Cataracts of the Congo*, New York：Johnson, 1967, p. 311.

③ Samuel White Bakery, *The Albert N'yanza*, *Great Basin of the Nile and Exploration of the Nile Sources*, 2 vols, London：Sidgwick & Jackson, 1962, p. 211.

④ ［印度］拉宾德拉纳特·泰戈尔：《泰戈尔全集》第 23 卷，河北教育出版社 2001 年版，第 144 页。

正当"我们曾准备消灭文明与文明之间的不平等"时,"高尚的教师们却合上他们的《圣经》说:东西方之间的不平等是神圣不可侵犯的!"① 当然,东西方文明是互相影响的,很多英国人长期工作生活在英属殖民地。他们的行为方式和世界观逐渐发生了变化,或者说在蛮荒之地,失去了所谓西方文明的羁绊,他们逐渐显露出了真实的面庞。对外殖民除对政治、经济的影响外,对文学领域也起到了一定的引领作用,很多英国作家在作品中都直接或间接地反映了这一时期的殖民过程。作为时代的镜像,这些作品运用想象和记录的方式艺术地再现了英国在殖民地的殖民活动,体现出作者本人的殖民观点和价值评判。通过对这些作品的解读,我们可以勾勒出英国的殖民路线图,管窥到殖民时期的社会发展状况和殖民者在殖民地的行为及思想变化,从而在文学层面建立起清晰的殖民谱系和思想变化脉络图。不过作为帝国话语的一部分,这些文学作品对殖民地的描写多半是维多利亚人的臆想。这种臆想是在政治和经济的双重影响下形成的。即使反对殖民主义的作家们在他们的作品中也不可避免地带有种族差别的痕迹,他们笔下的殖民地好像是一面镜子,一方面映射出维多利亚人想看到的英雄、神圣的自我形象,另一方面也能暴露出他们内疚且倒退的魅影。这也表明了西方文化是带有种族色彩的,种族平等只是一种乌托邦话语而已。在这些殖民作品中,很多人忽视了殖民者的家庭伦理建构。其实他们的殖民行为或隐或现地受到家庭因素的影响,或者说他们的殖民行为本身就是一种家庭伦理叙事,二者互为影响,构成了一幅殖民行为下的家庭图景。

本编共分为四章,分析解读了康拉德的几部小说中的家庭伦理叙事及人物悖论,重点解读了其代表作《诺斯托罗莫》中家庭伦理的变化和主体的分裂过程。在分析吉卜林的《基姆》时,本书摒弃了对基姆身份寻求的传统观点,通过缜密的论证,指出小说表面上

---

① [印度]拉宾德拉纳特·泰戈尔:《泰戈尔全集》第23卷,河北教育出版社2001年版,第127页。

是在描写基姆的身份寻求，可实质上应该是基姆的家庭焦虑。福斯特的《印度之行》有一显一隐两条主线。一条明显的主线是殖民者和印度人之间的矛盾，关乎不同种族间的"联结"问题。隐蔽的一条主线是家庭叙事问题。这两条主线有机结合，共同构成了家庭伦理叙事的殖民表达。

第五章

康拉德小说中的家庭伦理叙事及人物悖论

引　言

英国维多利亚时期是一个以家庭生活为中心的时期，家庭是社会稳定的基石，和谐稳定的家庭成为整个社会的一个核心价值观念，是构建社会伦理和文化的重要内容。"大英帝国是一个以家为首的国度。国人对于保护家的温暖是全力以赴的……因为家是一切之源，没有了家，大英帝国也不可能荣华。"① 英国文学评论家沃尔特·何顿也明确指出："维多利亚时期的社会是以家庭为中心的。"② 同时，维多利亚时期是英国工业文明快速发展的时期，经济的发展和对外殖民扩张给人们带来了深刻的思想变化。许多人并未生活在本土，而是长期在海外殖民地工作和生活，对他们而言，家庭意识和家园观念是他们关心的一个中心话题，而在异域他邦寻找"家庭"的感觉则是英国小说要反映的主要问题。

"家庭"一词既指物理意义上的私人空间，也指抽象意义上的精神家园以及家国情怀。家庭伦理主要关乎家庭意义上的伦理表达，

---

① Raymond William, "Woman in Domestic Life", *Magazine of Domestic Economy*, 1, 1836, p. 66.

② Walter E. Houghton, *The Victorian Frame of Mind*, *1830 – 1870*, London: Yale University Press, 1957, p. 341.

比如家庭成员间的关系、婚姻状况、家庭责任、家庭与外界的关系等，当然也指涉精神家园和家国情怀的伦理建构。社会伦理学家列维纳斯认为，人在社会中的存在是一种道德存在，体现出主体和他者间的依存关系。这里的他者既包含作为个体的他人，也包含作为组织结构的社会。"几乎维多利亚时代的所有小说都关注个体与社会、个体与个体间的关系。"① 不过，在一定时期内社会环境是相对固定的，小说家更关注个体变化的可能性。在个体和社会的冲突中，读者考虑更多的是社会环境如何影响个体行为，个体行为如何遵守"人性法则"以及组成人性本质的内容等。②

康拉德是维多利亚时期伟大的作家，相比同时代的其他作家，他有着独特的出身背景及个人经历。他的很多作品都是根据他个人的生活经历写成的，表达了作者对人生、对社会的独特思考和人文关怀。康拉德最大的贡献在于对"现代文明社会的揭露和对现代人心理活动的解剖"③。他笔下的人物是"西方帝国主义和殖民势力十分猖獗以及传统道德秩序全面解体时期的产物"④，揭示出"现代西方人的道德困惑和精神危机"⑤。因此，弗吉尼亚·伍尔夫指出："康拉德表面上所关心的只是向我们显示大海的夜色之美，谁要是在那相当呆板而低沉的音乐中听不出它的意蕴、它的骄傲、它的广阔而不可改变的完整，感觉不到善比恶更好，而忠诚、正直和勇气正是善的表现，那么他一定是真的没有把握住康拉德文字的意义。"⑥他"为英国小说及道德传统带来了新的心理和道德力量。他认识到

---

① Josephine M. Guy, *The Victorian Social-problem Novel*, London：Macmillan Press, 1996, p. 68.

② Josephine M. Guy, *The Victorian Social-problem Novel*, London：Macmillan Press, 1996, p. 81.

③ 王佐良、周珏良主编：《英国20世纪文学史》，外语教学与研究出版社2006年版，第129页。

④ 李维屏：《英国小说人物史》，上海外语教育出版社2008年版，第259页。

⑤ 李维屏：《英国小说人物史》，上海外语教育出版社2008年版，第261页。

⑥ Virginia Woolf, *On Novels and Novelist*, trans. Qu Shijing, Shanghai：Shanghai Translation Publishing House, 2009, p. 184.

了人们在应付被压抑的欲望、无意识动力和莫名的冲动中所起的作用"①。在康拉德的很多小说中都有对家庭的情节描写。但是，很少人注意到，家庭情节对故事主题发展及人物形象塑造所起的重要作用。因此，本节通过分析作品中的家庭伦理叙事来揭示出作品人物的心路历程和伦理指向。

有学者指出，康拉德笔下所谓的英雄人物都是"反英雄人物"②。诚然，康拉德的很多作品如《黑暗的心》《吉姆老爷》《间谍》《走投无路》和《进步前哨》等都呈现出悖论式的人物性格特征。悖论指的是在逻辑上可以推导出互相矛盾的结论，但表面上又能自圆其说的命题或理论体系。产生悖论的根本原因是把传统逻辑形式化、绝对化。悖论思维有助于我们更好地理解小说人物和主题。康氏小说中的人物多呈悖论式的性格特征，即在他们虚伪、贪婪、自私的负面性格背后隐藏着经常被读者忽略的家庭伦理责任。本章选取康拉德的五部作品作为分析对象，它们分别体现了家庭中的婚姻及父子、姐弟、父女之间的亲情伦理，涵盖了家庭伦理的基本要素，反映出康拉德本人对家庭伦理的看法和理解。

第一节 婚姻伦理

在《黑暗的心》中，叙述者马洛讲述了自己刚果之行的经历和感受。马洛从姑妈那里得到帮助，得以从欧洲乘船前去非洲腹地探望神话般的英雄人物库尔茨。库尔茨的"母亲是半个英国人，父亲是半个法国人"，"整个欧洲都对库尔茨的成长做出过贡献"。③ 然而库尔茨前去非洲的最主要原因并不像外界宣传的那样，作为西方文

---

① John Richetti, *The Columbia History of the British Novel*, Beijing: Foreign Language Teaching and Research Press, 2005, p. 685.

② Norman Page, *A Conrad Companion*, London: The Macmillan Press, 1986, p. 71.

③ ［英］约瑟夫·康拉德：《黑暗的心》，薛诗绮等译，长江文艺出版社2006年版，第64页。本章相关引文均出自该译本，以下只标注页码，不再详注。

明的使者去非洲蛮荒之地进行文明教化的。康拉德在小说中用一种看似不经意却含义很深的话语，委婉地指出他未婚妻的亲属嫌他不够富有，也不是什么重要人物，不太满意这门亲事。众所周知，在19世纪的英国，家庭门第和金钱至上的观念是很强的，经济和地位决定着人们之间的婚姻关系。尤其是中产阶级为了维护其社会地位和经济利益，在子女配偶的选择上采取现实的态度是必然的，缔结可以带来经济收益的婚姻是他们的必然选择。"一个女儿最高尚的行为就是缔结一门能增长家庭财富的美满婚姻，至于新郎的年龄、道德品质及知识才能与亲事毫无关系。"① 这就像《傲慢与偏见》开篇所说，每个人都要找到理想的伴侣，女人想找一个有身份有家产的丈夫。库尔茨为了与未婚妻结婚，只有设法赚到更多的金钱，提升自己的社会地位。在当时的社会背景下，迅速致富的捷径就是到非洲淘金，搞到更多的象牙，而且作为殖民者的代表，他还可以在非洲做出一番事业，提升自己的社会地位。所以库尔茨不完美的家庭背景和婚姻的现实要求是促成他远赴"蛮荒之地"的原动力。

叙述者马洛溯流而上探寻库尔茨的叙事背景是家庭背景，因为他本人的刚果之行全仗他姑妈的帮助。所以家庭及婚姻因素是促成库尔茨和马洛非洲之行的重要原因，而始作俑者就是女人。萨义德明确指出了女人、财富等在男性成长中的重要作用："康拉德作品中的男性人物在某一阶段，都受到了外在的真实有形客体的强烈影响：即女人、财宝、船只、土地，等等。在大多数情况下，这些客体起初只是消极地存在着，随着事情的发展，它们逐渐地被赋予了支配男性的力量。"② 有学者指出："婚姻通常是一种增加一个人的声望和增加另一个人财产的方法，它能确保个人在世

---

① Joan Perkin, *Women and Marriage in Nineteenth-Century England*, London: Routledge, 1989, p. 56.

② Edward W. Said, *The World*, *the Text*, *and the Critic*, Beijing: Joint Publishing Co. , 2009, p. 195.

界上的成功。"① 不过，小说中有一个情节颇值得玩味。马洛回到国内后去见库尔茨的未婚妻，告诉她有关库尔茨在非洲的事情。未婚妻问及库尔茨的临终话语时，马洛显得急迫而惶恐："他的最后一句话——我要靠她活下去，您不了解我爱过她——我爱过她——我爱过她呀！"（102）马洛不忍伤害她，便违心地告诉她，库尔茨临终时喊的是她的名字。未婚妻立马表现出"不可想象的胜利和难以言喻的痛苦的叫喊"："我早知道这个——我早有把握的！"（102）女性主义者常常把这看作是对女人的伤害和歧视，因为库尔茨的临终呼喊是"吓人呀，吓人！"（92）这就相当于和未婚妻的名字画上了等号，表明女人在男人的事业中起到了消极的作用。殊不知，在维多利亚时期的婚姻中虽然存在着严重的门第意识和经济考量，但是其中还有很重要的一点，就是浪漫婚姻观，也被称为伴侣婚姻观。社会学家阿伦·麦克法兰认为："一个适当、幸福的'对话'是婚姻最高贵、最主要的目的。'对话'当然不仅仅是语言交流，还包括身体、感情和心灵方面的交流。"② 维多利亚时期，浪漫主义运动遍及欧洲大陆和英国，"爱——浪漫的爱"在婚姻理想中的重要性得到了巩固和发展，进一步强化了以爱为基础的婚姻观。在当时，人们把柔弱、善良、纯真、优雅的家庭妇女称为"家庭天使"（the angel in the house），女人要成为"家庭天使"的女性观成为中产阶级家庭的核心内容。③ 康拉德在小说中没有赋予这个女人真实的姓名，只是以库尔茨的未婚妻来代替。这除了表明女人是男人的附属品之外，同时也说明女人是属于家庭的，男人所做的一切都是为了家庭。英国作家约翰·拉斯金（John Ruskin，1819—1910）认为，家不是

---

① ［美］约翰·巴克勒：《西方社会史》，霍文利译，广西师范大学出版社 2005 年版，第 78 页。

② Alan Macfarlane, *Marriage and Love in England*: *Modes of Reproduction*, *1300 - 1840*, Oxford: Blackwell, 1986, p. 157.

③ 李宝芳：《维多利亚时期英国中产阶级婚姻家庭生活研究》，社会科学文献出版社 2015 年版，第 31 页。

一个地方，而是一个女人的工程。对一个男人来说，"真正的妻子在哪里，家就在哪里"。① 库尔茨的母亲去世时，只有他的未婚妻在场，她成了库尔茨家庭存在的隐喻，承受了全部的家庭延续的压力，她作为库尔茨欲望客体的地位随着他的死亡也永远固定了下来。

如果说《黑暗的心》中的女人常常超越男人的话，《吉姆老爷》中的人物则呈现另一种悖论式的表达。布朗是一个无恶不作的海盗，经常在海上干些杀人越货的勾当。为增强讽喻效果，作者特意在布朗名字前面加上了"绅士"二字。然而就是这样一个恶贯满盈的海盗却有着不一般的儿女情长。小说特意提及他和传教士的妻子私奔，这似乎又有点亵渎神灵之嫌。当时这个女人已经罹患重病，无法为布朗做任何事情，但布朗仍不离不弃地照顾她，直到她死在船上。布朗伏在她的尸体上"悲痛欲绝"。② 这表现了他虽身为强盗却充满人性的一面。从这个方面讲，他确实有点"绅士"风度。

与布朗相比，吉姆与玉儿的关系显得更真实、更合理。但是布朗有勇气去追求并爱护自己的女人，而吉姆却时时受到玉儿的保护。在他来到帕图桑不久，玉儿就整夜地守护着这个粗心得不知道身处危险之中的外来者，并在危急时刻把他从梦中唤醒，与他一起反击偷袭他的人。在维多利亚时期，男主外、女主内的家庭关系被视为构成和谐家庭的根源。一旦男女之间的角色分工出现混乱，就容易导致和谐家庭的破裂。从这方面讲，吉姆和玉儿的关系扭曲了社会的传统家庭伦理。吉姆曾信誓旦旦地发誓要和玉儿一起："当你明白你的存在对另一个人来说是必要的——绝对必要的——时候，你就会对自己的行为有不同的看法。"（304）玉儿也告诉马洛："当我们孤独地在那里的时候，（吉姆）发誓说永不离开我，他对我发过誓的。"（313）然而，在小说的末尾，吉姆为了虚妄的名声，背弃了对

① ［英］约翰·拉斯金：《拉斯金读书随笔》，王青松等译，上海三联书店1999年版，第70页。

② ［英］约瑟夫·康拉德：《吉姆老爷》，蒲隆译，上海译文出版社2008年版，第260页。本书相关引文均出自该译本，以下只标注页码，不再详注。

玉儿的承诺，使玉儿过着一种死亡般的生活。从家庭伦理角度来讲，男人能够保护自己的家人是男性气概的核心，吉姆显然背叛了自己的身份。单就家庭伦理而言，布朗对自己心爱女人的态度远比被尊称为"老爷"的吉姆更真诚。这也显示了人性的复杂和多元，从而也增加了小说人物的多面性和可信度。

《间谍》中的夫妻关系呈现的是一种尔虞我诈、互相利用的畸形关系，严重背离了维多利亚时期的家庭伦理观。这是一部家庭悲剧作品，社会和经济矛盾构成了小说的中心问题，人类的道德心理需求和社会秩序之间的矛盾贯穿了整个叙事过程。小说中的每个人物对其他人物都不了解，所有的人物都是孤独的，即使夫妇之间也是貌合神离。不同阶层、不同行业的人们都处在一个疯狂的世界里，家庭这个小社会也不例外。维洛克夫妇的婚姻就建立在相互利用、互不了解的基础上，是当时整个社会的缩影。

小说叙述围绕着家庭纠纷展开，主要讲述了维洛克与妻子维妮及其弟弟思迪威之间的关系纠葛。维洛克是一位受雇于无政府组织的间谍，他的妻子维妮纯粹是为了自己的智障弟弟思迪威才嫁给维洛克的，她本身并不爱他。维妮从小就知道照看弟弟，她最关心的就是弟弟今后的生活。为了保护和抚养弟弟，她承担起所有的生活重担，甚至在以后的爱情婚姻道路上，她也常常以对方是否接受弟弟作为交往的条件。她的人生哲学就是"任何事情都经不起寻根究底"①。至于维洛克在从事什么活动，她一概不关心，只要事情对她和弟弟有利，她根本不会对生活"寻根问底"。她"始终保持一种深不可测、满不在乎的态度"（3）。维洛克是一个极端自大且冷漠的人，他也没有真正地去爱维妮，更不可能去爱维妮的弟弟和母亲。在他眼中，思迪威就像"家里养的狗一样"（166），随时供他差遣，他根本不理解维妮的"单纯"而"高尚"的生活目标就是照顾好弟

---

① ［英］约瑟夫·康拉德：《间谍》，张健译，外国文学出版社 2008 年版，第 159 页。本书相关引文均出自该译本，以下仅标注页码，不再详注。

弟，而和他的婚姻只是能够照顾弟弟的手段而已。维洛克执行任务
失败后打算带维妮潜逃到国外去，可在这个时候她仍在为弟弟着想。
她不愿意带智障弟弟到国外受苦，为博得丈夫的欢心和同情，她
"靠在丈夫的肩膀上，用力地吻着他的前额……出人意料的缠绵"
(173)。"她像拉家常一样谈这件事，从各方面提出了反对意见。"(174)
然而她并不知道弟弟已经被维洛克利用炸成了碎片，她更不知道维
洛克对思迪威的死麻木不仁。可一旦她得知弟弟死亡的真相，这副
使她安身立命的盾牌立马失去了作用。她用水果刀毫不留情地杀死
了维洛克，"发泄了她出身寒微，在小酒店中含辛茹苦，在酒吧间忍
气吞声，蕴藏在她胸中的怨仇大恨"(236)。这种结果也就是康拉德
所谓的"母性激情"(maternal passion) 所带来的。

在经济利益至上的家庭关系中，夫妻双方都违反了各自应有的
伦理规范，没有给予对方应有的关心和爱护。在维妮刺杀维洛克的
过程中，作者用了几个动词如"skim"（掠过）、"had passed"和
"had vanished"等，这些动作的行为者往往是物而不是人，突出了
行为发生的自动性。这也在某种意义上减轻了行为主体的谋杀责任，
体现出作者对维妮的同情心理和道德立场。

第二节　亲情伦理

在《吉姆老爷》中，道德责任与个人行为间的矛盾表现得特别
明显。吉姆的道德责任来自他从小就受到家庭基督教的影响和"责
任、服从、文质彬彬的忠诚、不带虚饰的勇敢等英国传统观念的熏
陶"①。他的父亲是一个宗教徒，"对不可知的事物具有相当广博的
知识，所以能够培养小屋居民的正义感，却又不扰乱受万无一失的
天意安排的大厦住户的安逸心绪"(3)。对吉姆而言，"他父亲的形

---

① ［美］希利斯·米勒：《小说与重复：七部英国小说》，王宏图译，天津人民出版社
2007 年版，第 31 页。

象表现为家庭、国家甚至上帝的形象"①。所以，"吉姆的主体身份构成主要来自两个方面：一是家庭特别是他父亲对他的影响；二是传奇文学以及资本主义社会对他的同化"②。由于受父亲的影响，他后来的一系列行为除了虚荣心作崇外，都包含着一定的爱心、正义感和同情心成分。

《间谍》中维妮的母亲是个特别敏感、有自尊的人。为了使维洛克不嫌弃思迪威，并对自己的女儿好一点，她决定从女儿家搬到济贫院生活。济贫院当时是供那些身份和地位低下，没有亲人照顾的人生活居住的。而维妮的母亲则是有着高贵的"法国血统"（144）的老太太。叙述者评论说这是她"勇敢而巧妙、不惜牺牲一切而做出来的决定"（144）。然而在去济贫院的路上，坐在破烂马车里的母亲心里非常难过。她的心中有难言之苦：她担心此后与儿子思迪威难以相见，也担心"维洛克先生的好处"（141）是否能够持久。这些不确定因素和自己的处境不禁使老人"老泪纵横"（141）。母亲的身上体现了一种"自我牺牲精神"和"在困厄中维护尊严"的勇气。③ 拉威尔指出，康拉德在作品中多次用"英雄"来形容她，而且在给友人的信中，他也提到维妮的母亲是个"英雄"。④ 不过，当时维多利亚女王利用不同的宣传手段，刻意在人们心目中树立起"国母"的形象，象征着整个英国就如同一个以女王为一家之长的"大家庭"。但是康拉德塑造的这个母亲形象似乎对女王形成了反讽：她没有能力庇护自己的儿女，只能选择离开他们，以期不给他们带来麻烦。

在《走投无路》中，惠利船长是一位经验丰富、责任心强且极

---

① Rosemary Marangoly George, *The Politics of Home*: *Postcolonial Relocations and Twentieth-Century Fiction*, Cambridge: Cambridge UP, 1996, p. 82.

② 李长亭：《康拉德小说主体研究》，吉林大学出版社 2013 年版，第 46 页。

③ 陆建德：《〈间谍〉中译本序》，［英］康拉德《间谍》，张建译，外国文学出版社 2002 年版，第 8 页。

④ S. Raval, *The Art of Failure*, Boston: Allen & Unwin, 1986, p. 103.

富爱心的老船长。他的妻子早早地去世了，他对女儿艾维关怀有加，尽管"在他的女儿结婚前的那一年，他就正式宣布他自己对海洋厌倦了"①，然而，他依然关心着女儿的婚后生活，因为觉得女婿不够能干。他退休后，买下"美人号"船，赶紧接受一次到澳大利亚去的货运买卖。这趟买卖可以说是无利可图，他只是为了借这个机会去看看在那儿安家的女儿艾维。在那里，他看到女儿生活拮据，就千方百计地想法在经济上帮助女儿，"要用最好的办法牢牢掌握住他必须留给他女儿的每一个钱"（334）。随着视力的下降，他渐渐地看不清任何东西了，但对女儿的爱使他坚强地克服了一系列困难，尽自己最大的努力为女儿的幸福铺路。他在最后给女儿的信中写道："我最亲爱的孩子，趁我还能用清楚的字迹写信给你的时候，我写这封信。我费了很大的力气为你存着省下来的钱；我保留着这笔钱，无非是为了更好地帮助你。钱是你的。它绝不会受到损失；它不会被动用。"（481）弗罗姆说："只有一种情感既能满足人们与世界结合的需要，又能使人获得整体性与个性的统一，这种情感就是爱。……对爱的体验使人们对幻想的需要不复存在，它无须夸大别人或抬高自己，因为主动地去爱与分享能使人超越个体化的存在。"②正像弗洛姆说的那样，在金钱至上、个人主义盛行的维多利亚时期，惠利船长这种舐犊情深的利他行为实在难能可贵。

《进步前哨》围绕两个来到非洲贸易管理站的欧洲白人凯亦兹和卡利尔展开故事情节。故事的结局是由于争吵，一个人杀死了另外一个人，然后自己也自缢身亡。作品的情节是悲剧性的，但对人物的描述却充满了喜剧色彩，体现了作者的写作立场，而且作品的标题本身就含有深刻的讽刺意味。但是，如果从家庭伦理的层面讲，凯亦兹和卡利尔纯粹是为了家庭才不辞辛苦到非洲来的。凯亦兹是

---

① ［英］约瑟夫·康拉德：《康拉德小说选》，袁家骅等译，上海译文出版社1985年版，第329页。本书相关引文均出自该译本，以下仅标注页码，不再详注。

② Erich Fromm, *The Sane Society*, trans. Jiang Chongyue, Beijing: International Culture Publishing House, 2007, p. 34.

想在非洲殖民地挣一大笔钱，以便为女儿购置嫁妆。他对卡利尔说："要不是为了我的梅丽，你不会在这里看到我。"（5）卡利尔原先在国内游手好闲，家人不愿再受他剥削，设法把他送到非洲来"自食其力"。他抱怨说："如果有一位好连襟，为人厚道，就不会到这儿来了。"（5）这表明，在当时的社会，个人的家庭欲望也就是对家庭的依赖和责任依旧停留在传统的伦理维度之中，虽然受到工业革命所带来的物质追求、向外扩张等社会现象的影响，但仍然保持了自己的独立性和特殊性，没有与社会同步发展。在小说末尾，作者用讽喻的口气指出，凯亦兹"在他们最后真实的亮光中"（25）看到了他的希望和价值。

阿切比在分析《黑暗的心》时，把康拉德比喻为彻头彻尾的种族主义者，因为他无视非洲人取得的文化成就，不把非洲人看作是真正意义上的人，而是有四肢和会转圈的眼睛的动物而已，拒绝给予他们语言功能，把非洲当作欧洲的化石。但小说在描述一起黑人打死白人的事件上，康拉德却是表现出了不同的叙事风格。马洛的前任弗莱斯莱温因为两只母鸡与村子里年迈的黑人村长发生争执，他一怒之下打死了村长。村长的儿子为父报仇打死了弗莱斯莱温。村长被打时，作者称他为"nigger"（黑鬼），这是一个对黑人歧视性的称谓。其实，在小说中黑人有很多称呼，阿切比认为康拉德喜欢使用"nigger"这一称谓，而实际上这个称谓共出现了9次。在这里我们关注的不在于这一称谓使用的次数，而是使用它的语境。作品中被称为"nigger"的黑人都受到非人的虐待，但他们在遭受不公平待遇时只会呻吟、惹人可怜，从来不敢反抗。虽然都是黑人，然而为父报仇的村长儿子却被称为"man"（男子汉），其他村民则被称为"people""men, women and children""the population"（7）等。称谓的变化体现出作者对村长懦弱性格的嘲弄，对村长儿子敢于为父报仇的正义行为的赞美。与库尔茨相比，村长是靠自己的儿子为自己撑腰打气，而库尔茨的未婚妻却是支配库尔茨去非洲冒险的精神动力。这样的情节形象地体现出当时非洲和欧洲社会的现状。非洲虽然原始落后，但充满着健康、野性的力量，有着正常的家庭伦理。
康拉德对他们动作举止的描述是他们更接近自然，更具生命力的表
征，而且作为社会单元的家庭成员间的关系也是健康的、合乎生存
发展要求的。他"赞美团结和勇气，摒弃不负责任、心地卑劣、为
人残酷等行径"①。相比而言，欧洲社会中的家庭关系则呈现出日渐
式微的苗头。在库尔茨的家庭背景中有一个明显的特征就是没有提
到库尔茨的父亲，他的母亲也只是在行将死亡时被提及。父亲的缺
席使家庭缺乏菲勒斯动力，不能健康发展。所以《黑暗的心》是
"现代人用文学的方式表现对真实关心的一个典范"，是"对欧洲文
明的一次尖锐而彻底的批判"②。

康拉德本人也深受家庭环境的影响。在康拉德年幼时，他的祖
国波兰正处于沙皇俄国的统治之下，他的父亲是当时的波兰贵族，
他狂热地追求国家独立，不顾个人需求，使康拉德在情感上倍感孤
独。特别是随父母流放西伯利亚的经历和为父亲送葬的场景，让他
深深地感受到革命给家庭带来的影响。"忠诚于自己的信仰就意味着
对另一种的背叛。"③ 这里的"另一种"指的就是家庭的团圆和幸
福。康拉德把他早期的精神创伤在作品中展现出来，希望通过作品
去反映和把握那些在现实中无法掌控的事情，展现出他在家庭伦理
方面的矛盾心理。

小　　结

人们通常以人物的显性表现来主观判断其性格特征，但这种判
断却无法证伪其反面的隐性特征，从而导致逻辑上自相矛盾，无法
自圆其说。通过以上对康拉德作品人物的悖论式分析，我们可以看

---

① Cedric Watts, *Joseph Conrad: A Literary Life*, New York: St. Martin Press, 1989, p. 7.
② Lionel Trilling, *Sincerity and Authenticity*, Nanjing: Jiangsu Education Press, 2006, p. 9.
③ Cedric Watts, *Joseph Conrad: A Literary Life*, New York: St. Martin Press, 1989, p. 8.

出他们身上具有的家庭责任感和道德意识。列维纳斯认为，人在世界中的存在是一种道德存在，我们和他人的关系显现是一种最根本的存在，它是不可认识的东西，并先于任何意识而存在。[①] 对于整个社会而言，人与人之间最亲密的关系就是家庭成员间的亲情关系。康拉德的意图很明显，他就是要以家庭这一具体的社会单元为窗口去观察殖民行为、工业文明以及社会变革给当时的社会和民众带来的种种影响，揭示现代西方社会的通病和隐患，探索现代文明人变异、扭曲的灵魂，引发人们对文明的忧思。

---

① 冯俊：《当代法国伦理思想》，同济大学出版社 2007 年版，第 148 页。

第六章

《诺斯托罗莫》中的家庭伦理叙事

引　言

　　《诺斯托罗莫》通常被公认为康拉德的代表作，是"英国最优秀的历史小说之一"[①]，可以与托尔斯泰的《战争与和平》相提并论。小说以虚构的南美共和国柯斯塔瓜纳为背景，讲述了从19世纪80年代中期到20世纪初在该国的西部省萨拉科城发生的一系列重大事件。故事以桑·托梅银矿的兴衰为主线，揭示了物质利益对个人和社会的巨大诱惑力和腐蚀力。小说的故事情节跌宕起伏，牵涉人物众多，小说叙事打破了传统的叙事手段，采用时空拼叠的叙事手法，叙事结构让人感觉颠倒混乱，在小说的中间部分是故事的开端，而故事的结局则被放在小说的开始部分，读者必须费力地在看似不相关的材料中搜寻故事线索。但是，"这是一部给予那些辛勤的读者以丰厚回报的作品，细心的读者会在曲径通幽处体味到个中玄奥"[②]。小说的叙事结构也彰显宏大叙事特征。

　　小说的主要事件都是围绕着桑·托梅银矿展开的，以"银子"

---

　　① Terry Eagleton, *The English Novel：An Introduction*, Oxford：Blackwell Publishing, 2005, p. 246.

　　② Terry Eagleton, *The English Novel：An Introduction*, Oxford：Blackwell Publishing, 2005, p. 311.

为象征的"物质利益"对人的道德腐蚀是小说要表达的主题思想。康拉德在写给一位名叫厄恩斯特·本茨的信中非常明确地谈到了小说的主题问题："《诺斯托罗莫》并非为海滨故事里的那位英雄而构思。银子才是众多道德和物质事件的中枢，影响着小说里每个人的生活。毫无疑问，这是我有意使然。我将这一意图的第一丝意味以特别的形式赋予在第一部分的题目里，称之为银矿，然后讲述了阿瑞厄拉岛上那个被施咒的宝藏的传说，严格地说，这个传说与小说的其他内容关系不大，银子这个词几乎出现在每篇故事的开端，我还有意在故事的最后一段用了这个词，或许不用那个包含了这个关键词的短语可能会更好些。"① 毫无疑问，银子是整部小说的中心线索，其中每个人物的发展变化都与银子密切相关。

桑·托梅银矿不仅吸引了胸怀理想的高尔德和他的合伙人美国资本家霍尔罗伊德，那位会"把自己的上帝当作是一个颇具影响力的合伙人，在给教会的捐款中得到自己的那份利润"② 的人，还吸引了形形色色的各怀私利的欧洲人：丹麦人、法国人和德国人，他们被称作"物质利益的代表"（145）。银矿的银子成了他们"一个共同事业的标志，象征着物质利益至高无上的重要性"（199）。柯斯塔瓜纳国内的官员更是将银矿看成他们取之不尽的"世界金库"（368）。银矿对于腐败的政府来说是"财政上是一笔不可小觑的资产"，而对于许多地方官员来说更是他们"中饱私囊的财源"（305）。

小说虽以人物的名字作为标题，但在叙述过程中并不以诺斯托罗莫作为唯一的中心人物。除他之外，查尔斯·高尔德、高尔德太太和马丁·德考得等都是小说中的主要人物。诺斯托罗莫原是米歇尔船长手下的一名意大利籍船员，意大利名叫吉奥瓦尼·巴第斯塔·菲甲·扎，但由于米歇尔船长的错误发音，萨拉科城的欧洲人都习惯

---

① Joseph Conrad, *Joseph Conrad: Life and Letters* (Vol. 2), ed. G. Jean-Aubry, London: Heinemann, 1927, p. 296.

② ［英］约瑟夫·康拉德：《诺斯托罗莫》，刘珠还译，译林出版社 2001 年版，第 53 页。以下引用仅在文中标注页码，不再详注。

地称他为诺斯托罗莫（意为："我们的人"）（33）。在意人利老人乔治·维奥拉的劝说下，诺斯托罗莫决定上岸来碰碰运气，他先从工人做起，后来在一家轮船公司工作，成了码头工人的工头。诺斯托罗莫是港口工人中声望极高的工长，他体格健壮、一身豪气，骑匹灰色大马，颇像个传奇英雄。在许多人眼中，诺斯托罗莫是个"忠诚、勇敢、拒腐蚀的人"（356）。高尔德出生在柯斯塔瓜纳，是英国人的后裔，他的父亲得到了桑·托梅银矿的开采权。但经营过程中遭受政府种种"不义、迫害和矿山的暴行"，银矿开发失败。父亲临终前写信告诫远在英国的高尔德说矿山是个"永恒的毒咒"，"永远不要去碰它，绝对不要走近它"（43）。但是，高尔德违背父亲遗训，带着妻子艾米莉娅来接管父亲去世后留下的桑·托梅银矿。他采用新的开采技术，在美国资本家霍尔罗伊德的帮助下，决心重振濒临倒闭的银矿。高尔德是个理想主义者，他希望他的银矿能给长期饱受内战和压迫的萨拉科带来政治和经济上的安定和繁荣，并最终在当地实现欧洲式的文明。在他的努力下，银矿开始不断盈利，吸引了越来越多的外国投资者。他与铁路和轮船公司合作，还在复杂的社会关系中与政客周旋，逐渐成为掌控柯斯塔瓜纳政治和经济生活命脉的人。高尔德通过开发银矿来实现自己的理想，为达到目的他不惜采用诸如贿赂等卑鄙手段，高尔德对理想的追求逐渐演化为对物质的追求。高尔德太太在萨拉科办学校、医院等慈善事业，她的性格之中"甚至连合法的物质主义的痕迹都找不到"（56）。高尔德全身心投在桑·托梅银矿的"物质利益"上，以致冷落妻子，与妻子的关系逐渐疏远，只有莫尼汉姆医生暗中理解并忠于高尔德太太。像高尔德一样，德考得也出生在柯斯塔瓜纳，但大多数时间与家人在巴黎度过。柯国动乱期间，他回了国，当上了该国的记者。德考得爱上了与他从小一起长大的安东尼娅。安东尼娅是德考得的教父唐·约瑟·阿维拉诺尔斯的女儿，她在英国接受过教育，是个有政治激情的女子，此时她陪着同样有革命热情的父亲生活在萨拉科。为了取悦女友及其父亲，德考得也卷入柯国的政治中，主张两部省应当独立。德考得其实是个对政治、信仰和人生都充满怀疑主义思想的人，同时又是个内心孤独的人，他希望等到革命结束后，带着安东尼娅到欧洲去，"远离无止境的内斗"。他认为"这种窝里斗的荒唐错误似乎比它的卑鄙下流更让人难以忍受"（140），但他又不由自主地牵涉其中。

为保持对银矿的长期利益，高尔德还与当地的独裁者里比厄拉结成同盟。萨科拉由此历经了短暂的政治稳定，此时银矿的影响力越来越大。不料，柯斯塔瓜纳国内利益集团之间冲突迭起。地方武装力量的首领蒙特罗将军和他的兄弟彼得罗突然发动政变，里比厄拉被迫下台逃往萨拉科。但是叛乱分子已控制萨拉科，他们切断了萨拉科与外界的联系，还企图掌控桑·托梅银矿。诺斯托罗莫率码头工人保护欧洲人的利益，并在动乱中救出里比厄拉。此时，叛军追兵将至，萨拉科再次陷入政治危机。绝境中的高尔德决定把银锭转运到安全的地方。运送银锭的任务交给了两个人，一位是年轻的新闻记者马丁·德考得，另一位就是诺斯托罗莫。两人将一船银锭运出港口，不料途中遭遇叛军兵船，黑暗中兵船与偷运银锭的驳船相撞，驳船受损。两人奋力将破船划到大伊萨贝尔岛，决定将银锭藏在那儿，留下德考得看守，诺斯托罗莫则游回萨拉科打探情况。此时叛军已抵达萨拉科，莫尼汉姆医生冒着生命危险谎称银锭已沉入海底，迷惑财迷心窍的叛军司令官索第罗组织打捞，诺斯托罗莫借机骑马去凯塔搬救兵，劝说巴里奥斯将军援救萨拉科，平定了叛乱，实现了萨拉科的分治。在随巴里奥斯将军的舰队绕海岸反攻萨拉科的途中，诺斯托罗莫在海上发现了留在大伊莎贝尔岛上给德考得使用的救生艇。他跳海抓住救生艇返回大伊莎贝尔岛。原来，就在诺斯托罗莫离开十天后，德考得因无法忍受在大伊莎贝尔岛的孤独自杀而亡。小说接下来向我们展示了在新总统唐·贾斯特·罗佩斯的领导下，国家开始进入了"物质变化"阶段（383）。高尔德依然忙于扩大他的银矿出口业务，出使旧金山和华盛顿。萨拉科依然存在诸多不稳定的政治因素，如外国势力的干涉、贫富分化的严重等。诺斯托罗莫对高尔德的银矿已不再有利用价值。他发现自己为上层人效力却没有得到任何报答，觉得自己"被人出卖了"（316）。为一己私利，诺斯托罗莫隐瞒了德考得死亡的真相，决定偷偷地挖取那些埋藏在岛上山洞里的银锭，使得自己"缓慢地富起来"（382）。但不巧的是，政府为保护过往的船只，在伊莎贝尔岛上建立了灯塔。这在一定程度上影响了诺斯托罗莫偷运银锭的行为。但他设法让人安排视他为干儿子的老维奥拉做灯塔的看护人，这样他就有机会上岛窃取银锭。老维奥拉的两个女儿琳达和吉赛尔都爱上了诺斯托罗莫，诺斯托罗莫喜爱的却是妹妹吉赛尔。可是，老维奥拉却让大女儿琳达与他订了婚。为掩人耳目，诺斯托罗莫只好答应婚事，暗中却与吉赛尔幽会，同时借机上岛窃取银锭。一天夜里，他再次上岛偷取银锭，被老维奥拉当成是正在追求吉赛尔的讨厌的工头拉米雷兹，于是开枪将他误杀。

小说中的人物关系错综复杂，这些人物几乎都围绕着银矿的物质利益展开故事情节。银子是小说的关键词，而物质利益是关键短语。许多人物都根据他们对银子的态度来确定他们的身份，因此可以把他们分成两种，一种以高尔德、诺斯托罗莫等为代表，另一种则由高尔德夫人、德考得等来代表。被认为能带来和平和繁荣的银矿到头来却成了分裂国家的祸首。即使三个乘小船把银锭偷运出来的人也因种种原因死于非命。诺斯托罗莫为了自己在人们心中的形象，德考得为了自己的爱人，而赫斯则是为了逃命。高尔德把银矿理想化为精神支柱、崇拜的偶像。但这只不过是理性的贪婪，对权力的渴望而已。伊格尔顿认为："理想只不过是对物质追求的遮羞布。人类主体没有可坚持的真理，所谓的文明只服务于权力和欲望。诺斯托罗莫就是一部尼采式的小说。"① 利维斯指出，《诺斯托罗莫》有一个主要的政治或社会性的主题，即道德理想主义与物质利益之

---

① Terry Eagleton, *The English Novel: An Introduction*, Oxford: Blackwell Publishing, 2005, p. 248.

间的关系。① 但是除了银矿这一故事主线外，小说还有一条隐形的主
线，即故事中的主要人物如何在物质利益诱惑面前构建家庭伦理和
自己的身份。

第一节　高尔德家庭

高尔德家族已经连续三代定居于柯斯塔瓜纳。他的祖父是一位
为自由而战的斗士，被盛赞为"国家的拯救者"（36）。他的叔父从
政多年，是萨拉科省的民选主席，最后在政治倾轧中被军阀残忍杀
害。高尔德的父亲是当地"最有钱的商贾之一"（41），但最后在频
繁的政治革命中破产死去。萨义德指出，康拉德的男性人物在他们
生活里的某一阶段，都受到了外在的真实有形客体的强烈影响：即
女人、财宝、船只、土地，等等。在大多数情况下，这些客体一开
始只是消极地以及外在地存在于那里，它们仅仅是逐渐地被赋予了
力量。② 查尔斯·高尔德就这样不知不觉地继承了父亲的银矿。在那
以后，他才着手建造那个半神话般的、强大的桑·托梅银矿王国。
在康拉德作品中，非洲丛林和南美的安第斯山脉之间有明显的区别，
南美意象表现在文化上就是各种思想的杂交和文化冲突，而涉及的
人物都有混血的特点。正如马洛多次称呼吉姆和库尔茨为"我们中
的一员"一样，高尔德和他们都有纯粹的欧洲血统。高尔德出生于
萨拉科，在欧洲受的教育，然后又回到萨拉科，服务于欧美资本家
与当地政要。他可以有双重主体身份，一个是英国的公民，另一个
则是当地的身份。当地的萨拉科贵族把他看作是"他们中的一员"，
因为他的祖父曾经在玻利瓦尔手下战斗过，他的叔叔曾是萨拉科的
民选主席。当高尔德决定开发银矿以实现个人的成功时，作为一个

---

① ［英］F. R. 利维斯：《伟大的传统》，袁伟译，生活·读书·新知三联书店 2002 年
版，第 318 页。

② ［美］爱德华·萨义德：《世界·文本·批评家》，李自修译，生活·读书·新知三联
书店 2009 年版，第 195 页。

在欧洲长大，深受欧洲资本主义话语影响的商人，他需要一套冠冕堂皇的理由为自己的行为辩护，因此他给自己的商业行为罩上了道德的光辉："这里需要的是法律、信仰、秩序、安全。我把自己的信仰植根于物质利益。只有让物质利益得到发展，合理、公正的社会秩序才会随之而来。"（84）他宣称他要人们摆脱混乱无序的状态，为人们带来进步。

高尔德的父亲去世时，高尔德和艾米莉娅刚刚恋爱。小说提到了高尔德的父亲，而且不久就去世了，而艾米莉娅从小就是孤儿。这样的家庭背景使他们能够互相关爱对方，但也暗示了家庭中的菲勒斯之力，预示着家庭潜在的危机和没有后代的后果。父亲因银矿而死，因此，他们献身银矿成了潜意识中回报父亲的一种方式。但是高尔德的父亲却不希望他接手银矿，让他不要回柯斯塔瓜纳。高尔德告诉艾米莉娅："他是个孤独的人。从我十岁起就把我当大人似的，对我说话。我在欧洲的时候，他每个月写封信给我。长达十年之中，我生活中的每个月都收到他十到十二页纸的信。但直到最后他还是没能理解我！想象一下——整整十年的分离；在这十年中我长大成人，他不可能了解我，你认为他可能吗？"（55）高尔德的这番话既体现出父亲对他的爱护和关心，也揭示出父子间的隔阂和代沟。可惜他并没有听从父亲的劝告，最后还是成了"物质利益"的奴隶，导致夫妻关系名存实亡。但对当初他们的结合，在许多人看来是"善战胜了世上所有的恶"的标志（56）。艾米莉娅真诚地爱着高尔德，她是唯一能分享他的"秘密情怀"的人（45），"她爱他，她愿意"（48）。他们是在"充满光辉灿烂希望的爱情中走到一起的。他们的结合标志着善战胜了世上所有的恶"（56）。在结婚之初，艾米莉娅对高尔德"非常信任，她从一开始就以他的冷静，以他的安详——她认定是应付生活的完美才干的标识，点燃了她想象力的火花"（38）。在小说中很少出现艾米莉娅这一名字，更多的是用高尔德太太的称谓。这表明了她对丈夫的依附和忠诚。艾米莉娅是个有爱心的人，她"从小便是个孤儿，而且没有家产，是在书香氛围中成长的，从未考虑过与大笔财富相关的方方面面"（56）。她"性格之中甚至连最合法的物质主义的痕迹都找不到"（56）。随丈夫来到萨拉科后，高尔德太太"想着自己的学校、自己的医院、怀抱婴儿的母亲，以及两个村子里每个患病的老人"（142）。但是高尔德"总把钱财放在首要的地位考虑"（56）。他将"物质利益"置于爱情和家庭生活之上，日夜奔波在桑·托梅银矿的各种"事业"上。银矿的繁荣成了高尔德婚姻危机的导火索。他的太太艾米莉娅清楚地知道他已被银矿俘获了："但凡执着于固定念头的人往往走火入魔。"（289）高尔德很爱自己的太太，但与银矿比起来，银矿是第一位的。所以，"他的堕落不是因为自己的贪婪和虚伪，而是因为他抛弃了爱，去追逐自己的抽象的历史角色"。[①] 其实，他们婚姻的悲剧在她起初同意嫁给他的那一刻就已经隐现出来了："现在他唯一想知道的，他说，就是她是否爱他——是否有胆量跟着他去那么遥远的地方？……即刻这位未来在萨拉科招待所有欧洲客人的主妇感觉到地球在她脚下下沉。"（48）高尔德太太大多数时间都是独守空房，"她独自一人待在自家的花园，丈夫在矿上，房子面街的窗子紧闭着，犹如无人居住的空屋"（30）。桑·托梅银矿实际上成了夫妻情感隔阂的一堵墙："桑·托梅银矿的命运沉重地压在她的心头。她已经为它担心很久了。她忐忑不安地眼见它演变为迷信，而现在迷信已发展成奇大无比、使人粉身碎骨的压力。似乎他们早年的灵感已离开她的心房，灵感已变成一堵银砖墙，是由邪恶的精灵默默地在她和她丈夫之间垒砌而成的。他宛如单独居住在一座贵重的围城里，将她和她的学校、医院、生病的母亲、衰弱的老头和早年的灵感的废渣排斥在外。"（169）在中产阶级的理想中，家是与外面世界隔绝、远离冷漠肮脏的商业世界的天堂，是逃避工业世界的压力和混乱的避难所，是冷漠世界中一个温暖的庇护所。"中产阶级认为家庭

---

① 李长亭：《英国维多利亚末至爱德华时期文学中的殖民主体研究》，郑州大学出版社2016 年版，第 121 页。

是这样一个地方，‘所有的烦恼和妒忌都被排除在外’。"① 英国著名评论家约翰·拉斯金认为，家真正的本质在于，它是和平之所，是避难所，不仅可避免伤害，而且可避免恐惧、猜忌和分裂。如果不能如此，它便不是家；假如外部世界的焦虑渗透进来，外部世界那变化频繁的、无人知解的、不可爱的或敌意的社会经丈夫或妻子的允许跨过了门槛，它便不再成其为家了。② 在高尔德太太看来，家成了她一个人躲避外部世界的避难所，而喧闹的外部世界有一部分是她丈夫造成的，是丈夫把充满敌意的外部世界引入家庭来的。但高尔德信奉帝国主义的进步哲学，他告诉妻子，秩序和安全将是他们献身银矿所带来的结果。他完全置身于自己的这一理想之中，疏远了妻子，对她的痛苦浑然不觉。有学者指出，高尔德是异化的资产阶级的化身，这可以帮助我们进一步了解他的矛盾性格特征。他有能力来管理周围的人和事，他同样也有能力经营好桑·托梅银矿。他的妻子艾米莉娅代表了小说的道德中心。他与妻子的浪漫爱情既吸引了艾米莉娅，同样也吸引了读者。如果说《诺斯托罗莫》是一部关乎爱情作品的话，那么，它却是以浪漫的背叛为结局的。这种背叛以他们的无子婚姻为特征。他整天待在矿上，与他的崇拜物银子而非与妻子过夜。③ 高尔德被矿山俘获，成为矿山的奴隶后，他与艾米莉娅之间就没有了交流。艾米莉娅把高尔德的变化归咎于"物质利益"的诱惑。他的人性已经让位于银矿。她"抬起头，看着丈夫的脸，他的脸上所有的同情或其他的情感都消失不见了。‘你为什么不告诉我一些实情呢？’她差不多要哭出来了。‘我想，从一开始你就很了解我，’高尔德慢慢地说，‘我想我们该说的很早就说过了。

① John Tosh, *A Man's Place: Masculinity and the Middle-class Home in Victorian England*, London: Yale University Press, 1999, p. 31.

② Sally Mitchell, *Daily Life in Victorian England*, Portsmouth: Greenwood Press, 1996, p. 266.

③ Richard Ruppel, *A Political Genealogy of Joseph Conrad*, London: Lexington Books, 2015, p. 73.

现在没什么可说的了'"（207）。而后来的事实证明，他的银矿只会带来更严重的社会混乱，而代表人际交往和人类公正同情之心的艾米莉娅则孤苦伶仃地看着这场令人啼笑皆非且把精神埋葬掉的胜利救赎。

在《黑暗的心》和《诺斯托罗莫》中，白种女人在维持理念方面被赋予特殊的责任与功能。马洛认为，她们生活在自己童话般的世界里，接触不到事实的真相。霍桑认为，殖民主义者在利用女人的幻想为他们的掠夺寻求借口。对《黑暗的心》中女人的描写进一步强调了理想是虚幻的、软弱无力的，甚至是有害的。① 马洛害怕真相会破坏库尔茨未婚妻心中的信念，只得又违心地向她撒谎，从而构成了一个谎言的循环，而这个循环正是推动资本主义发展的动力源泉。这个谎言包含悖论：文明可能是野蛮的；它是虚假的装饰，但也是需要小心呵护的成就。尽管马洛的叙事揭露了殖民主义暴力掠夺的本质，但他的故事最终还是表明了对欧洲理念的忠诚。即使这些理念含有自欺欺人的成分，但他依然认为这些理念有存在的必要性。受高尔德影响，高尔德太太也逐渐成为年轻自我的对立面。在高尔德的经济冒险过程中，她的支持和情感是重要因素。与库尔茨的未婚妻使库尔茨死心塌地服务于殖民主义事业一样，女人的理想会迫使男人在利他主义的掩饰下成为资本主义的忠实奴仆。艾米莉娅的善良、慷慨的性格也受她积极参与丈夫重开矿山的行为所濡染。最后，她不得不承认，"在成功的因素中一定有一些使道德堕落的成分"（521）。在诺斯托罗莫死后，吉赛尔伤心得死去活来，高尔德太太劝她说："不要太伤心了，孩子。很快他就会因为财宝而忘记了你。"当吉赛尔回答说"从来也没有一个人像我这样被爱过"时，高尔德太太语气严厉地说："我也被爱过。"（428）在小说最后，高尔德太太看见"桑·托梅山凌驾于大草原，以及整个国土之上，令

① Jeremy Hawthorn，*Joseph Conrad：Narrative Technique and Ideological Commitment*，London：Edward Arnold，1990，p. 184.

人敬畏，遭人嫉恨，财大气粗；比任何暴君都更加无情无义，比最坏的政府都更加专横跋扈；在自我张扬中随时准备压垮不计其数的生命"（396）。这充分揭示出物质对人类的主宰和对人性的压抑作用，在物质利益面前，主体被彻底异化。

维多利亚时期的中产阶级信奉家庭的私人世界与外面商业和政治的公众世界严格分离，公私世界不仅空间分离，而且在价值观上也是对立的。家庭被赋予崇高的道德和精神力量，象征着爱与和平，被理想化为道德世界的中心。它的价值观与外面世界崇尚竞争、理性、自私自利的价值观相抵牾。当时资本主义强国推行殖民主义、大肆掠夺他国财富和资源，现代文明顺从人类本性中的私欲，刺激一部分人不择手段地聚集金钱和财富。高尔德把全部的精力都投入银矿的开采中，完全抛弃了家庭和妻子。他试图借物质利益来实现自己的理想，结果却被这些物质利益左右了理想的实现。"他被物质文明异化了，人虽活着，却已降为物了。"① 在小说结尾部分，高尔德太太孤零零的一个人在花园中，忍受着丈夫耽溺于银矿而对自己的背叛。大块的白云笼罩在海湾上空，就像一大块银锭一样熠熠生辉，象征着夺去了很多人生命的物质利益。

在《诺斯托罗莫》中，时间的流逝并不代表进步，资本主义秩序和不断爆发的革命表明了历史在不断的徒劳循环之中。英国在萨拉科的掠夺和腐败丝毫不亚于政府更迭所带来的灾难。高尔德太太在第一次来萨拉科时画的萨拉科美丽的水彩画进一步加速了人们的失落感，因为工业破坏了自然的魅力。"瀑布不在了，在干涸的水塘周围，原先得益于喷雾而生长繁茂的蕨类植物都已枯死。"（80）作为银矿主的妻子，她忍受着婚姻的异化、家庭的分离以及无望的渴求。因为他们没有孩子，丈夫的性冷淡和她本人与丈夫的隔阂构成了他们灰暗的未来。高尔德夫妇的情况与《查泰莱夫人的情人》中

---

① 王佐良、周珏良主编：《英国 20 世纪文学史》，外语教学与研究出版社 2006 年版，第 133 页。

克利福德夫妇形成了对照。男主人公都醉心于自己的事业，对自己
的妻子关注甚少。但是女主人公的选择却是大相径庭。康妮耐不住
无性婚姻的折磨，主动与丈夫的猎场守护员梅勒斯发生了关系，并
决心与丈夫离婚，和梅勒斯重组家庭；而高尔德太太却忍受着丈夫
冷漠自己的痛苦。莫尼汉姆医生经常帮助并深深地爱着她。"莫尼汉
姆医生的天性中储备着丰厚的忠诚。他将它全部押到高尔德太太的
头上。他相信她值得他每一点滴的效忠。在他心底里对桑·托梅银
矿的繁荣怀着一种愤愤不平的情绪，因为银矿夺取了她内心的平
静。"（286）莫尼汉姆医生的"一个外在支柱就在对高尔德夫人的
挚爱中"。① 高尔德太太明知道莫尼汉姆医生对自己的爱慕，却不为
所动，默默地尽到做妻子的责任和义务。德考得在给妹妹的信中，
谈及高尔德夫妇时，写道："我知道他脑子里装着什么；他脑袋里装
着他的思想；而他妻子的脑袋里除了他这个宝贝儿人之外，什么都
没有，他将自己一个大人和高尔德特区捆绑在一起，统统拴在那小
妇人的脖子上。"（183）"小妇人已经发觉，他是为了银矿，而不是
为了她而活着。"（188）在诺斯托罗莫临死时，高尔德太太听到了他
的临终话语。在此之前，诺斯托罗莫不肯为将死的养母请一个神父
来听她的忏悔，而现在高尔德太太穿着像宗教人士的衣服，以一个
母亲的形象出现在他面前：高尔德太太"在晚礼服外，像修女似的
披着斗篷，戴着风帽，满腔忍耐与同情，站在病榻前"（425）。有意
思的是，高尔德太太扮演宗教人士却又拒绝听诺斯托罗莫的忏悔，
拒绝诺斯托罗莫告诉她银子的埋藏地点："没有人惦记它们了，让它
们永远消失吧。"（427）这一幕与《黑暗的心》中马洛会见库尔茨
未婚妻的场景形成了互文。有意思的是，库尔茨的临终话语是"吓
人呀，吓人！"，马洛拗不过库尔茨未婚妻的热切期待，只能违心地
说成他的临终话语是她的名字。在这里，库尔茨未婚妻和恐怖画上

---

① ［英］F. R. 利维斯：《伟大的传统》，袁伟译，生活·读书·新知三联书店 2002 年
版，第 324 页。

了等号，从而也曲折地表明了女性对男性的支配作用。而这一现象是严重违背了当时"男主外，女主内"的家庭伦理秩序的。与库尔茨未婚妻的热切期待相比，高尔德太太却拒绝知道诺斯托罗莫的临终话语。她说她憎恨银子，因为她和诺斯托罗莫都是银矿的牺牲品。所以，相比库尔茨的未婚妻，高尔德太太是一个睿智且理性的女性形象。在俄狄浦斯的命运范式中，俄狄浦斯因为知道了事情的真相，羞愤之下弄瞎了自己的双眼。康拉德故事中可以隐藏的秘密总是可怕的秘密。特雷斯·卡夫指出，对康拉德而言，秘密是"正常生活的持续方式"。"在正常情况下，不去探知秘密是唯一可接受的解决办法。"① 从年代上看，这标志着社会的进步和女性的觉醒。在维多利亚末期，自由平等思想渗透至婚姻家庭领域，婚姻平等思想被广为传播。而且这一时期的女权主义者将婚姻中的平等权作为她们斗争的首要目标，认为理想的婚姻是建立在两性相互吸引、相互平等的基础上，双方要成为相爱的伙伴，而不是一方是从属于另一方的奴隶。女权主义者玛格丽特·富勒认为，婚姻平等的思想开始以四种方式传播：一是家庭伴侣；二是相互崇拜；三是思想伴侣；四是宗教伴侣。后者是婚姻的最高等级。② 具有讽刺意味的是，高尔德太太以宗教人士的身份去见诺斯托罗莫最后一面，但他的丈夫高尔德信奉的却是物质利益。这似乎意味着他们之间的婚姻存在着隔膜。艾米莉娅被描述为"资本主义阵营里的一个天使"③。她凭借个人的价值判断和不朽的名声努力保持人们之间的和谐共处，而她的美貌和肤色也使她免遭叛乱之苦。然而她的最终命运却是家庭的破裂，物质利益的代表银子占据了高尔德的情感空间，给妻子留下了"对

---

① Terence Cave, "Joseph Conrad: The Revenge of the Unknown", in Andrew Michael Roberts ed., *Joseph Conrad*, London: Longman, 1998, p. 65.

② Joan Perkin, *Women and Marriage in Nineteenth-Century England*, London: Routledge, 1989, p. 64.

③ Daniel R. Schwarz, *The Transformation of the English Novel, 1890 – 1930*, London: Macmillan Press Ltd., 1995, p. 25.

生命延续的恐惧"（397）。对物质利益的追求也使整个社会充溢着变态的人性和畸形的人际关系。

第二节　德考得与诺斯托罗莫

德考得的情况与高尔德相似，他也出生于萨拉科，在法国巴黎接受教育，然后，只因追寻爱情又违心地回到了南美。他从一开始就对民主和政治这一类东西充满怀疑，丝毫不感兴趣。他认为，信念只不过是"一种有关个人的政治或感情利益的观念"（143），而为了国家的政治利益而奋斗，就好像在"大海上犁田"（140）一样徒劳无功。他声称自己并不是爱国主义者，因为他认为所有的信仰都是狭隘的，因而也都是可憎的。他本人只对爱情感兴趣，在来到萨拉科之前，他认识安东尼娅已有八年之久，当时阿维拉诺斯一家还没有离开欧洲，安东尼娅"是个十六岁的高个子少女，德考得二十岁，独子，给他溺爱的家人宠坏了"（116）。安东尼娅"这可怜的、没娘的女孩，从没有人陪伴，只有一个粗心的父亲，只想到让她有学问"（140）。而安东尼娅"只要有可能，必定陪伴在她父亲身边；她公认的孝心使得她对于约束西班牙籍美洲姑娘的陈规陋习所抱的蔑视态度也显得不那么令人瞠目结舌了"（112）。作者在叙述中特别指出了二人当时的年龄，这表明，他们性格特征尚处于发展和理想阶段，特别是德考得在溺爱中长大，没有受过挫折。他对于萨拉科这个国家的热情也只是由于安东尼娅对这个国家的民主和自由抱有坚定的信念，他极力主张萨拉科自治就是因为安东尼娅不愿意为了他离开萨拉科，所以只有萨拉科离开科斯塔瓜纳共和国，他才可以带着安东尼娅离开这块是非之地。对他而言，安东尼娅是他生活的全部，他把安东尼娅认同为整个象征秩序。在给妹妹的信中，德考得写道："我亲爱的姑娘，在安东尼娅身上有那种让我相信天下无难事的东西。只要看一眼她的脸，就足以使我的头脑燃烧起来。然而，我爱她，和别的男人一样——用的是心，只用心。"（182）

"为了安东尼娅我没有什么不能做的"，"安东尼娅使我相信任何事情都有可取之处"（213）。这样，一旦安东尼娅不在他身边，他就丧失了整个世界，生命就会变成空无。他和高尔德太太一样，对银矿的感情远没有高尔德和诺斯托罗莫那么炽烈。尽管他的理想是建立在对安东尼娅的感情基础之上，不受别的任何约束，但"他像高尔德一样，也是一名幻想家"。① 他发誓要维持和她的关系，但他对她的爱并不足以维持他在孤独的两周内的生命。爱对德考得而言是虚幻的且不能持久的，他在岛上的孤独就证明了这一点。他深爱的人也和其余的人一样逐步变得虚无，难以支撑他活下去的信念。德考得对安东尼娅的感情可以做不同的解释：因为她曾经批评过他，德考得只有征服她的"粗野的人品"才能恢复自己的形象。不过他本人并没有认识到这一动机，他周围的人更不可能认识到这一点。"德考得这个曾严厉谴责别人虚伪的人，也在另一个虚假自我的掩盖下进行自我欺骗。"② 他本人对这些派系纷争和物质利益丝毫不感兴趣，但由于安东尼娅在为国家民主和自由而努力着，他也只能投身其中。因为她之于他，"比宝贝矿山之于那个伤感主义者的英国佬更为珍贵"（182）。

受爱的驱使，德考得放弃了自己对世界的怀疑主义立场。爱使他不可能保持怀疑主义态度，而他的处事态度又使他不可能支撑起这样的希望。没有了希望，他的爱就成了抽象的空洞物。这样，爱和怀疑之间的关系不只是有问题，而是形成了鲜明的对比，产生了矛盾。德考得愤世嫉俗和道德冷漠的身份特征就像他对安东尼娅的爱一样，经不起任何挫折和打击。法国思想家埃米尔·迪尔凯姆认为，人有两重性，即具体的个人和社会性的人。人的社会性意味着有一个他所寄居和服务的社会。如果社会瓦解或者对所服务的社会

---

① Suresh Raval, *The Art of Failure: Conrad's Fiction*, London: Allen & Unwin, 1986, p. 81.

② Arnold E. Davidson, *Conrad's Endings: A Study of the Five Major Novel*, Michigan: UMI Research Press, 1984, p. 40.

充满失望，那么人身上的社会性就没有任何客观的基础，剩下的只是各种虚幻形象的人工结合，一种稍加思考就足以使之消失的幻景。① 对持有怀疑主义态度的德考得而言，社会纯粹是一个幻觉，除了对安东尼娅的爱情外，他与萨拉科这个他寄居和服务的社会没有任何瓜葛，因为他感觉这个社会根本不值得去奋斗。除了安东尼娅之外，德考得和他的妹妹保持着紧密的联系，他经常向她诉说自己的经历和想法。他不相信男女之间可能存在友谊，但友谊在兄妹间是可能的。这里的友谊意味着在对方面前毫无保留地袒露自己的思想与感情。"他最爱的妹妹，俊俏的，略微有点专横的天使，在巴黎照料着德考得的父母，她就是德考得述及自己的思想、行为、目的、怀疑，甚至关于失败等等真心话的承受者。"（170）"谁都不会比他妹妹更了解他。"（175）在和诺斯托罗莫一起接受向外运送银锭的任务后，他为了使自己的行为以后能被人解读，尽管好长时间没吃东西了，但他"不去寻找可吃的东西，也不抓紧时间睡上一小时，而是坚持在一本袖珍笔记簿里给妹妹写信"（175）。"在推心置腹的长谈中，他无法回避他的厌世情绪、不堪的疲倦，以及肉体上的迫切感受。"仿佛在"面对面交谈"，"幻觉到她的存在"（176）。康拉德在给友人的信中写道："造成人类悲剧的因素不在于他们是自然界的牺牲品，而在于他能意识到这一点。成为目前生存状态下的动物世界中的一员是幸运的，但一旦认识到自己的奴性、痛苦、愤怒和矛盾，悲剧就开始了……没有道德、没有知识，也没有希望，只有驱使自己在世界上到处游走的意识，这个世界不管是在凸透镜或是在凹透镜看到的，只是一个虚无的、漂浮的表象而已。"② 德考得的自杀间接地诱导了诺斯托罗莫的堕落和女友安东尼娅的幻想破灭。康拉德指出了德考得在小说中的重要性：强调理想和幻想的价值也就

---

① ［法］埃米尔·迪尔凯姆：《自杀论》，冯韵文译，商务印书馆1996年版，第220页。

② Joseph Conrad, *Joseph Conrad's Letters to R. B. Cunninghame Graham*, ed. C. T. Watts, Cambridge: Cambridge University Press, 1969, p. 30.

是强调困惑和现实的价值。对作品的定位在某种意义上要取决于对德考得的定位。① 在这场争斗中，德考得既是旁观者也是参与者，他得到了毋庸置疑的爱和永远的怀念。但他也呈现了另一个自我：在自身处于孤独境地时不知所措，对一切都持怀疑态度，没有进取的欲望。正是性格的劣根性造成了人生的悲剧，也给自己的爱人安东尼娅留下了永远的伤痛。这与《吉姆老爷》中吉姆和玉儿的遭遇有颇多相似之处。就像哲学家萨特所言，死亡是对虚无的虚无，它使我们所具有的意识性、能动性、创造性虚无为僵死的自在性。② 小说中有"两个"德考得：一个是主张革命，头脑清醒，人格完整；另一个是在孤独时无所作为，彻底陷入了绝望之中，对一切都失去了信心。德考得说的和做的不一致。他曾经说过："为了安东尼娅我没有什么不能做的"（213），"安东尼娅使我相信任何事情都有可取之处"，"她之于我甚于宗教之于卡布兰神父"，"对于敏感的英国人来说他的珍贵的矿山"（238）。他发誓要维持和她的爱情关系。但富有讽刺意味的是，他对她的爱并不足以维持他在孤独的两周内的生命。这和《吉姆老爷》中的吉姆一样，都声称爱一个女人，最后还是把女人一个人留下了。"小说大部分叙述中冷淡的讽喻语气某种意义上和德考得的怀疑主义态度产生了共鸣。"③ 德考得对安东尼娅的感情可以做不同的解释。他曾说过："我在世界上只有一个目标"，"自从那天你在巴黎严厉地斥责我，这总是在留在我心里"（179）。伊格尔顿指出，德考得是康拉德的秘密分享者。像康拉德一样，他把政治看作是一幕滑稽剧，把爱国和其他理想视为物质追求的遮羞布。④ 在强大的虚空面前，对安东尼娅的爱和对妹妹的感情都不足以支持他

---

① Albert J. Guerard, *Conrad the Novelist*, Massachusetts: Harvard University Press, 1958, p. 190.

② 孙利天：《死亡意识》，吉林教育出版社 2001 年版，第 10 页。

③ Arnold E. Davidson, *Conrad's Endings*: *A Study of the Five Major Novels*, Michigan: UMI Research Press, p. 36.

④ Terry Eagleton, *The English Novel*: *An Introduction*, Oxford: Blackwell Publishing, 2005, p. 249.

在孤独中坚强地活下去。正如齐泽克所言，"现实"是通过现实检测获得的。只有借助于现实检测，主体才能把引起幻觉的欲望客体与感知到的实际客体区分开来。但是主体从来都不可能占据中立位置，无法把引起幻觉的幻象性现实完全排除出去。换言之，尽管"现实"是由"现实检测"决定的，但现实的框架也是由引起幻觉的幻象残余所结构起来的：我们的"现实感"的终极保证来源于，我们体验为"现实"的东西是如何屈从于幻象的。① 拉康也说过，如果没有幻象来支撑现实，就无现实可言。对德考得来说，幻象和现实常常混合在一起，使他无法做出正确的判断。从这个角度讲，他的自杀也是由他的性格和世界观决定的。这虽属个人行为，但其社会影响却是巨大的，除了导致诺斯托罗莫的堕落和女友幻想的破灭之外，也使整个社会弥漫着悲观绝望的气氛。"死亡并不是死者的不幸，而是生者的悲哀。"② 因此，我们所爱的人的死亡比我们自己的死亡更令我们痛苦，这不是故作崇高的矫情，而是真实的情感。对他人的爱和失去所爱的痛苦比对自我死亡的忧虑更重要。死亡的意义确实需要从与他人共在的结构中得到理解和阐明。离开与他人的关系，不仅死亡的意义，而且其他一切意义都是不可能的。对他人的同情或者说爱意是对话共同体存在的前提，失去了自我与他人的社会同一性，自我就只是孤立的存在，没有生活下去的勇气和动力。

与高尔德和德考得相比，诺斯托罗莫是草根出身，他的身上聚集了如此多的不协调：超人的精力和卑微的身份；干练的个人素质和对政治的一无所知；明明是加里波第诺一家的保护人，却被作为儿子来对待，因为酒店女主人特丽莎发现他和他们死去的儿子年龄相仿，而他又说不出自己的父母是谁。老乔治的妻子明白自己的健康朝不保夕，时时刻刻为年迈丈夫孤独的晚年和女儿们无依无靠的

---

① ［斯洛文尼亚］齐泽克：《实在界的面庞》，季广茂译，中央编译出版社2004年版，第30页。

② 孙利天：《死亡意识》，吉林教育出版社2001年版，第152页。

境况放心不下。她一心想收养这个看上去既安静又稳当，对人特别亲切温顺的年轻人。他还告诉她，自己自小便是孤儿，在意大利没有别的亲戚，除了一个叔叔。但他不堪忍受叔叔的虐待，不到 14 岁就跑了出来。"诺斯托罗莫比琳达大十岁，而老乔治比妻子大近二十岁。虽然她埋怨他的贫穷、他的功绩、他的冒险、他的艳遇，但在她心底里却从没有放弃他，好像他真的是她儿子似的。"（195）不过，诺斯托罗莫纯粹是作为一个公众形象出现，本身没什么价值，只能生活在别人对他的评价之中。除去一个骁勇威武的身影，我们看不出诺斯托罗莫的立体人格何在，只有一个影像不时在剑拔弩张的气氛之中浮动。正如他言，他活着只是想听到别人对他的赞扬。就像银子一样，其价值是外界赋予的。历史和自然本身是无意义的，它们具有价值是人们主观上强加给它们的。银子本身只是一种惰性物质，但因为人们给它施加的价值，使它成了作品中的主角。正如人可以成为别人权力或利益的客体一样，银矿这一类的客体也可以有自己的生命。高尔德把自己看作是正义和安全的捍卫者，而诺斯托罗莫则认为自己是一个有着不被腐蚀的、有着好名声的人。他在小说中的作用远没有高尔德重要，但作者以他的名字作为小说的题目，意在表明他独特的人物形象、动荡不安的社会现实以及虚伪的人格表达。

诺斯托罗莫其实从一开始就经历着主体的分裂过程，他的主体发展过程经历了三个明显的阶段：首先是维奥拉一家的干儿子和保护者，然后是萨拉科的英雄，最后沦为盗贼，被误杀。诺斯托罗莫满足于别人给予他的英文名字 Nostromo，而不是他真正的意大利名字 Gian' Battista Findanza。作品中的主要人物基本上都是孤独的。维奥拉这个有一双儿女的意大利家庭就格外引人注目。维奥拉失去了儿子，如果他活着的话，年龄就和诺斯托罗莫差不多。因此，从感情上他们把他看作自己的儿子，但是在他干妈临死时，诺斯托罗莫却不愿为她请一个神父来听她忏悔，而是脱离与自己有紧密联系的意大利家庭，转身投入一个更大的群体——一群密谋使萨拉科独立的政治活动家。诺斯托罗莫通常称 Giogio 为 "vecchio"，在意大利语中的意思是 "老人"。但是有意思的是，在他要离开病重的老人时，他说的却是西班牙语 "Adios Viejo"，而不是他们的家庭语言——意大利语。西班牙语则是柯斯塔瓜纳的官方语言。这表明他与这些老意大利人的关系并不亲密。他们并不了解他，他更像柯斯塔瓜纳人。将死的维奥拉与他之间的谈话揭示了他的性格特征："他们只给了你一个滑稽的名字——别的一无所有——却换取了你的灵魂和肉体。"（196）"他们的赞扬冲昏了你的头脑，他们用空话给你当工钱。你的愚蠢会让你穷困潦倒一辈子。连街头的乞丐都将笑话你——伟大的工长。"（197）德考得也评价诺斯托罗莫是一个注重名声的人，喜欢听人家说他的好话，似乎区分不出说与思之间的区别。诺斯托罗莫试图证明自己就是别人认为的那样，而德考得觉得他就是他自认为的那样。别人认为的他不一定是真实的他，而他自认为的自己也不过是迎合大家对他的看法而已。

在转运银锭途中，由于黑夜看不到海上的情况，他和德考得驾驶的船只遭遇了叛军的运兵船并与其相撞。无奈之下，他们只好把银锭转到附近的一个小岛上藏起来，他游泳回到城里向大家报告情况。回到萨拉科后，他看到的是一幅劫掠过后的凄惨景象，而且他痛苦地发现"没有人在等他，没有人在思念他，没有人祝愿或盼望他回来"（319），他被"当作了微不足道的无名小卒"（345）。诺斯托罗莫生平第一次感到了生活的拮据和困惑。于是，"孤独、被遗弃和失败的感觉"（315）一起涌上他的心头。他终于从想象界的自足中清醒过来。处在一个冷酷无情、物质至上的机械性社会之中，他只是"任何信仰、迷信或欲望的牺牲品"（316）。"他的存在只是想象的产物，这个产物使他什么都不能肯定。因为在他为他人重建的工作中，他找到了让他把重建当作另一个来做的根本性异化，这异化注定是要由他人来夺走他的重建的。"① 他从虚妄的名声转向了银

---

① ［法］雅克·拉康：《拉康选集》，褚孝泉译，上海三联书店 2001 年版，第 259 页。

子这个有形的存在。

灯塔等不同类型的设施都与银子连在一起，维奥拉一家就住在设有灯塔的岛上。诺斯托罗莫在岛上经受着情感的折磨，他一方面要保持和琳达的正式关系，另一方面又要和吉赛尔幽会。小说描述了他的装束："永拒腐蚀的诺斯托罗莫胸脯剧烈地起伏，陶醉在她周身的诱惑之中。他在离开港口之前，已脱掉菲旦扎船长身上那套从铺子里买的西服，为了更便于长距离地划船上岛。此刻他站在她（指吉赛尔——引者注）面前，穿着格子衬衫，扎着红色腰带，宛如当年初次踏上公司码头时的模样——一个地中海水手上岸到柯斯塔瓜纳碰运气。"（409）他的穿着点明了情景的滑稽性。他脱掉了他棕色的外衣，重新穿上了以前的衣服。他看上去依旧像过去那样自信和执着，然而内心却早已堕落，被银子腐蚀一空。吉赛尔在一个晚上对他说出了淤积已久的困惑："你的爱对于我来说，就像财富对于你一样。它就在那儿，可我永远不能完全拥有它。"（417）"矿山是生产财富的所在，财富是生产欲望的源泉。她的欲望指向诺斯托罗莫，而他的欲望则是银矿生产的财富，他们的欲望都无法得到满足。"① 诺斯托罗莫的悲剧就在于，他从别人的赞扬中清醒过来，意识到"他仅仅是别人对他看法的集合体，没有真正属于自己的东西"。② 康拉德认为，诺斯托罗莫是象征性的人物、虚荣的代表、小说"迷惘的主体"。③ 诺斯托罗莫虽不谋富贵荣华，却有一种强烈的精神追求，即以自己英雄式的举动博得公众对他最高的评价和最大的钦佩，来满足他对荣誉的需求。而荣誉又是他到达一个主观的、理想式的自我的阶梯。殊不知，在物质文明社会里，荣誉可以

---

① 李长亭：《英国维多利亚末至爱德华时期文学中的殖民主体研究》，郑州大学出版社2016年版，第114页。

② Terry Eagleton, *The English Novel: An Introduction*, Oxford: Blackwell Publishing, 2005, p. 239.

③ Albert J. Guerard, *Conrad the Novelist*, Massachusetts: Harvard University Press, 1958, p. 204.

变成金钱、物质利益的附庸。像小说存在于语言中一样，诺斯托罗莫也只能存在于虚妄的名声里，他的利他性只是服务于自己的自私性，像库尔茨一样，他是中空的。属于大家的事物实质上不属于任何人。他的一切举动，包括他本人的存在，都是由银矿的经济价值赋予作用和意义的。但诺斯托罗莫缺乏对这一实质的认识，他把理想的自我建筑在空洞的主观幻想之上，而那种空虚对他将是致命的，因为他的动机中虽有正义感，也附带着一种私欲的满足。从本质上看，他的最终目的是个人意图的实现，是以自我为中心的。"内心世界一旦空虚，那么物质利益所怂恿的私欲可以轻易地占领他的心灵。"①

最后维奥拉误把他作为引诱吉赛尔的坏人，开枪打死了他。小说描写了他临死前略带讽刺性的戏剧场面。高尔德太太听到了他的临终话语。诺斯托罗莫不肯为将死的养母请一个神父来听她的忏悔，而现在高尔德太太穿着像宗教人士的衣服，以一个母亲的形象出现在他面前：高尔德太太"在晚礼服外，像修女似的披着斗篷，戴着风帽，满腔忍耐与同情，站在病榻前，杰出的码头工长直挺挺地、一动不动地平躺在上面。白色的床单和枕头既阴沉又有力地衬托出他青铜色的面孔，和黝黑、紧张的双手，这双手对付舵盘、缰绳、枪栓是如此地在行，此刻却捏不成拳头，无能为力地搭在雪白的被罩上"（425）。有意思的是，高尔德太太扮演神父的角色却又拒绝听诺斯托罗莫的忏悔。相反，她自己做了忏悔：她和诺斯托罗莫都是银矿的牺牲品。她说她憎恨银子，拒绝诺斯托罗莫告诉她银子的埋藏地点："没有人惦记它们了，让它们永远消失吧。"（427）高尔德太太明白，银子作为贪婪的客体将不停地腐蚀每个人的灵魂，因此最好让它永远消失，永远不被人发现。

作品的结尾似乎是淡化了前面的叙事情节。住在岛上的琳达，

① 王佐良、周珏良主编：《英国20世纪文学史》，外语教学与研究出版社2006年版，第133—134页。

哭诉着对诺斯托罗莫的爱，跑进黑暗中。虽然她失去了诺斯托罗莫，但是这位始终保持警醒、专心的女性却闪耀着灯塔的光芒。她主宰着黑暗，也主宰着埋在岛上的银锭。琳达虽不知道埋在岛上的财宝，然而它们却置于她的监视之下，能够保存完好，而且不再具备对人的腐蚀性。和琳达一样，德考得的女友安东尼娅，库尔茨的未婚妻都因为怀着纯粹的、未被物质熏染的信念，践行着过时但却依然宝贵的做法，即忠诚于其实早已异化了的男性。有评论者认为，康拉德的作品经常通过描写女性对男性主人公的追求来掩盖男性性格上的缺陷。在《吉姆老爷》中，吉姆梦想成为英雄的欲望被帕特纳事件击得粉碎，但是在帕图桑，玉儿对他的热烈追求某种程度上满足了他虚幻的欲望。在《黑暗的心》中，库尔茨的未婚妻坚信库尔茨魔力般的影响力。这些表明女性有她们的虚幻世界：她们从没有生活在"真实"世界之中。① 拉康对主体的身份和符号身份进行了区分。他指出，符号身份是采用一副面具，这面具比它之下的真实的脸更真实、更实在，人类伪装是对伪装本身的伪装。在形象欺骗中，主体呈现了一个虚假的自我形象，在符号欺骗中，主体则呈现出一个真实的形象。比如说，一个丈夫能够像维持其他社会角色一样维持婚姻，同时将通奸作为"真实的事情"加以进行；然而，当他面对是否要真正离开妻子的选择时，他突然会发现，对他而言婚姻的社会面具比隐私带来的激情更加重要。② 诺斯托罗莫有不被腐蚀的外表、享受着好名声，似乎视金钱如粪土，待琳达忠贞不渝，但在这种符号性掩盖下，确实有一颗不安分的心：偷运埋在地下的银锭，瞒着琳达与其姐姐幽会。所有这些都表明了他分裂的人格特征，昭示了人性的复杂多变。不像那些为保护集体利益而不惜牺牲自己一切的传统英雄主义者那样，他的行为"深深地烙上了利己主义动机

---

① Rosemary Marangoly George, *The Politics of Home：Postcolonial Relocations and Twentieth-Century Fiction*, Cambridge：Cambridge University Press, 1996, p. 69.

② ［斯洛文尼亚］斯拉沃热·齐泽克：《幻想的瘟疫》，胡雨谭等译，江苏人民出版社2006年版，第172页。

的劣印"①，他本质上是自私的。

小　结

布拉德伯利认为，《诺斯托罗莫》是"一部黑色的作品，具体表现在它对人性及欲望、现代史的看法、对政治体系的质疑"。② 小说想要向读者表明的是，历史并不靠进步的人文思想，也不靠革命来起作用，理想主义和政治梦想很难保持各自的纯粹性，它们经常受到来自内部或外部的变质或背叛。人们在纷繁复杂的社会变迁中，会受到各种各样的利益诱惑，很难坚守初心。但是，小说也提醒读者："被固执的想法所左右的人是不正常的。即使这样的想法多么合理，他也会有疯癫的危险。"③ 高尔德耽溺于理想的诱惑，结果丧失了人性；莫尼汉姆医生对高尔德太太的忠诚和痴情也是可怕的，这会影响他本人和高尔德太太的婚姻选择；维奥拉误杀诺斯托罗莫也是基于他固化的作风和思维，这在客观上也毁掉了女儿的幸福。康拉德在这部小说中更注重叙事效果和复杂性，他打破传统的时间概念和叙事传统，努力使视角多样化、复杂化，并以这种叙事手段来隐喻人生的变化莫测和难以理解。因此，《诺斯托罗莫》被认为是康拉德"最好的作品，一部新世界帝国主义的最后寓言"④，"为英国小说及道德传统带来了新的心理和道德力量"⑤，尤其是在家庭伦理叙事方面也给读者带来了新的启示。

---

① Daniel R. Schwarz, "Joseph Conrad", in John Richetti ed., *The Columbia History of the British Novel*, Beijing: Foreign Language Teaching and Research Press, 2005, p. 706.

② Malcolm Bradbury, *The Modern British Novel 1878 – 2001*, Beijing: Foreign Language Teaching and Research Press, 2005, p. 96.

③ Otto Bohlmann, *Conrad's Existentialism*, London: Macmillan, 1991, p. 27.

④ Malcolm Bradbury, *The Modern British Novel 1878 – 2001*, Beijing: Foreign Language Teaching and Research Press, 2005, p. 95.

⑤ Daniel R. Schwarz, "Joseph Conrad", in John Richetti ed., *The Columbia History of the British Novel*, Beijing: Foreign Language Teaching and Research Press, 2005, p. 685.

第七章

《基姆》中的家庭焦虑

引　言

　　《基姆》(*Kim*，1987) 是英国作家鲁德亚德·吉卜林 (Rudyard Kip-ling，1865—1936) 的代表作。作品主要围绕着基姆 (Kim) 和西藏喇嘛 (Tibetan Lama) 的寻求展开故事情节。基姆是一位在印度的英籍爱尔兰士兵的遗孤，喇嘛是一位来自西藏的僧人。喇嘛寻求的是一条据说可以洗掉身上罪孽的"落箭之河" (the River of the Arrow)，基姆寻求的则是他父亲原属的爱尔兰军队的徽旗，其标志是绿地上的一头红公牛。基姆出生后父母就死了。他时常出现在拉合尔 (La-hore) 的集市上，随身携带着护身符和证明出身的证件。有一天，他在集市上遇到从西藏来的喇嘛，便决定成为他的弟子。两个人开始结伴在印度各地云游。在云游过程中，基姆卷入了一个英国特务机关的"大游戏" (Great Game) 计划。该计划的目的是挫败俄国策动的在旁遮普省发动叛乱的阴谋。基姆充当联络员，负责为英国人工作的阿富汗马贩子马哈布·阿里 (Mahbub Ali) 与特务机关首领克雷顿上校 (Colonel Creighton) 两人之间的情报输送。当克雷顿见到基姆时才发现，原来这个男孩子是爱尔兰白人，而不是像外表那样的印度土著。基姆随后被送进圣·爱克斯维尔 (St. Xavier) 学校学习，以便完成白人孩子应该接受的教育。但颇具讽刺意味的是，他的学费是由西藏喇嘛设法给他筹措的。基姆在学校学到了如何进行勘测、侦察等技能。放假期间，这位老喇嘛和基姆又去云游。他们在路上遇到了俄国间谍。基姆从间谍那里设法偷走了秘密文件。虽然俄国间谍的阴谋最后被发现并被制止了，但师徒二人却都变得郁郁寡欢，病倒了。痊愈后老人明白，通过基姆，他找到了那条河。小说结尾，基姆回到了"大游戏"中，也就是说，他实际上正式参与到了英国殖民事务之中。有人把《基姆》看作是"吉卜林最吸引人的作品，唯一一部堪与狄更斯、莎士比亚或乔叟等传统名家媲美的作品"①。也有人认为它是"一部以印度为主题的最出色的英语小说"。② 还有人认为，在所有非印度作家书写的有关印度的作品中，只有福斯特的《印度之行》可与吉卜林的《基姆》相媲美，在许多方面，《基姆》似乎更胜一筹。③ 吉卜林也因此于 1907 年获得诺贝尔文学奖。有评论者指出，《基姆》一方面借鉴了印度史诗和宗教文学的传统，另一方面又吸取了西方侦探小说和教育小说的营养成分，在混杂的叙事方式中生发出一种特殊话语形式。颇有讽刺意味的是，它预示了后殖民的叙事追求，从主题上说，吉卜林对文化差异和文化融合的兴趣昭示出来的或许是后殖民文学创作的关键性主题。④ 我国学者陈嘉认为，这部小说之所以取得成功和被广泛传阅，是因为其详细地描述了印度的风光与当地人的风俗习惯，还因为老喇嘛和基姆在印度人群中漫游和冒险时围绕在他们身边的神秘气氛。⑤ 很多论者几乎都把基姆的身份问题作为小说的中心问题，而且认为这是一个不言自明的问题。对身份的寻求也成为小说的主题，基姆的英

---

① Jan Montefiore, *Rudyard Kipling*, Tavistock：Northcote House，2007，p. 81.

② Nirad C. Chaudhur, *Kipling：The Critical Heritage*, ed. Roger Lancelyn Green, London：Routledge and Kegan Paul，1971，p. 29.

③ Charles Carrington, *Rudyard Kipling：His Life and Work*, London：Macmillan，1986，p. 425.

④ Bart Moore-Gilbert, *Writing India 1757 – 1990：The Literature of British India*, Manchester：Manchester University Press，1996，p. 130.

⑤ Chen Jia, *A History of English Literature* (Vol. 4), Beijing：Commercial Press，1986，p. 187.

国身份一直不那么清楚明白。"小说中的主要问题和矛盾都是围绕着基姆分裂的自我感，对帝国权力的忠诚度以及对记忆中的印度的热爱展开的。对身份的寻求表明发现自我的可能性以及多重自我的结合。"① 李秀清在文章中重点探讨基姆的身份问题。她指出，基姆在身份认同方面的经历揭示了文化身份这一概念的复杂内涵，突出了东西方的文化冲突。② 诚然，小说中弥漫着基姆对自己是"谁"这一问题的迷惑和焦虑。"焦虑是内心无安全感的一种不高兴状态，它同时使欲望和防御在主体自身出现。在一种快乐得到满足之前，它表现为由欲望的压抑或快乐的突然中断所带来的一种情感。"③ 不过"几乎维多利亚时代的所有小说都关注个体与社会间的关系。在个体和社会间的冲突中，读者应考虑社会环境而不是个体行为"④。如果我们结合基姆的出身情况、作者的写作背景和当时的社会环境进一步思考的话，我们就会发现，作为一个未成年人，基姆时常表现出的身份焦虑其实是对家庭的焦虑，是对家庭欲望的压抑或曲折表达，也是对亲情的深切呼唤。同时也体现出作者本人的家庭伦理观。

第一节 基姆的家庭焦虑

因为印度的酷热和孤寂很容易使生命偏离原来的轨迹，所以对吉卜林笔下的主体人物而言，家永远在别处，永远不在印度。但在《基姆》中，基姆起初确实在印度找到了家，还找到了描述家的语言。在和印度土著的交流过程中，他没有陌生的感觉，相反倒是享受着差异带来的无尽乐趣。他的印度语比他的英语更顺畅。尽管自

---

① Zohreht T. Sullivan, *Narratives of Empire: The Fictions of Rudyard Kipling*, Cambridge: Cambridge University Press, 1993, p. 148.

② 李秀清：《吉卜林小说〈基姆〉中的身份建构》，《英美文学研究论丛》2010 年第 2 期。

③ ［法］穆斯达法·萨福安：《结构精神分析学：拉康思想概述》，怀宇译，天津社会科学院出版社 2001 年版，第 40 页。

④ Josephine M. Guy, *The Victorian Social-Problem Novel*, London: Macmillan Press, 1996, p. 68.

他会说话以来就知道所有的恶作剧，但他从不受其影响，他只是为玩游戏而游戏，从没指望从中得到什么结果。不过"小说的重要性在于它试图表现出父亲的死亡影响，反思权力和爱之间既矛盾又纠结的关系"①。与马哈布·阿里和克雷顿上校等的接触使基姆逐渐产生了对家庭和社会秩序的焦虑。小说开头描写了一个印度男孩骑上赞赞玛大炮这一殖民帝国的象征来挑战殖民秩序并建立了对立范式。尽管基姆的"皮肤像当地人一样黑"②，尽管他与那些大街上玩耍的孩子"平等相处"（1），但他是白人的后代，他的父亲是一名爱尔兰军团的士兵。在争抢中他把这个男孩踢下大炮。基姆的母亲死于霍乱，他的父亲酗酒并四处游荡，后来遇上一个抽鸦片的女人，便和她一起抽吸鸦片，最后死在印度这个异国他乡。而这个女人在小说中甫一出现，马上就销声匿迹了。基姆从来没有想到过她，也没有主动和她联系过。她是小说中出现的第一个和基姆有关系的女人，但叙事者提醒读者，她并不是基姆的亲人，而是一个他者。因此，在基姆的记忆中父母一直处于缺席状态。弗洛伊德在《梦的解析》中记述了他的小外孙在想念不在身边的母亲时所玩的悠悠球游戏。幼儿在把球扔出去时喊"Fort"（去），当拉紧线绳把球拽回来时喊"Da"（来）。拉康从语言学的角度对此进行了阐释。"Fort"象征着母亲的缺席和幼儿失去母亲的焦虑，"Da"则代表了母亲的重现和幼儿的满足。语言代替了缺席的事物，而由语言构成的文学包含着被压抑的内容，这使它与他者之间发生无休止的对话。所以，文字创造出有形的实体世界，象征性的语言代替了缺场。Fort/Da 游戏体现了回归的范式，即缺席者的象征性再现以及象征行为和客体的代换。与此相似，在基姆今后的寻求中，一直在努力找寻父亲的影子或者说父亲的替代物。后来找到的父亲所在军队的绿地红牛徽章以

---

① Zohreht T. Sullivan, *Narratives of Empire: The Fictions of Rudyard Kipling*, Cambridge: Cambridge University Press, 1993, p. 148.

② Rudyard Kipling, *Kim*, Oxford: Oxford University Press, 1987, p. 1. 以下引用仅在文中标注页码，不再详注。

及父亲的退伍证明和基姆的出生证明，既可以保证基姆的白人身份，也可以在某种程度上代替缺席的父亲，缓解基姆想念父亲的焦虑。有人认为，人的防御机制形成了人的人格，支撑着一个巨大的幻觉。人被驱策而脱离他自己，脱离他的自知之明和自我反省。人被驱向支撑其人格谎言和无意识平静的那些事物，但同时也被拉向正好使他感觉焦虑的那些事物。① 基姆正是因对父亲的幻觉逐渐产生对家庭的焦虑。

环绕在基姆身边的都是清一色的男人：喇嘛、克雷顿上校、马哈布·阿里、鲁尔甘大人（Lurgan Sahib），等等。在一个"以父之名"的象征秩序中，这些"父亲"在基姆的成长过程中扮演着不同角色。基姆每次都是在自己的生活秩序发生重大改变时才意识到自己的家庭归属问题。

第一次是在和喇嘛云游的过程中，偶然碰到父亲服役过的军团。他被克雷顿上校等安排去全印度最好的学校圣·爱克斯维尔接受白人教育。在此之前，他能够流利地讲印度土语，英语说得结结巴巴。与白人的接触让他在思想上猝不及防，对自己是"谁"这个问题感到了困惑。造成这一改变的根本原因其实还是他死去的父亲。正是因为看在他父亲的面子上，克雷顿上校才安排他去上学，而不仅仅是因为他的白人身份。试想一个懵懂无知的小孩子如何会主动思考自己的身份这一严肃的问题？实际上他是在内心寻找自己的父亲，因为他是要随父姓的，父姓代表着家庭和身份的归属。因此基姆对自己身份的困惑也就是对父亲身份的困惑，体现出基姆对家庭的焦虑。存在主义者把焦虑看作是主体改变其所处环境的指示器。焦虑显示个体需要改变他的存在方式，同时，它也能激发个体的潜能，增益其所不能。所以对家庭的焦虑迫使基姆做出许多与自身年龄不相称的事情。

第二次家庭归属困惑出现在第十一章的开头。基姆结束了三年的

---

① ［美］恩特斯·贝克尔：《拒斥死亡》，林和生译，华夏出版社2000年版，第64页。

学习生活，继续跟随喇嘛游历印度。克雷顿上校嘱咐他在任何情况下都不要鄙视土著人，不要假装不懂他们的语言和习俗。在接受这一番教诲后，基姆的精神自我和英国国民这一外在身份之间出现了分裂，他对自己的身份和家庭归属产生了困惑："谁是基姆——基姆——基姆？"（223）在学校里，他逐渐失去了想象中的自我，步入了法严森森的象征秩序。进入学校这个知识之门也就进入了语言系统，并理解了他要掌握的文化规则。按照拉康的说法，经过知识的洗礼和象征秩序变化的考验，他也就慢慢成为他自己的囚徒和主人。但他必须学会监视和侦察的技术，以此作为失去自我的补偿。但具悖论意味的是，基姆因受别人的监视和管理而失去自我，因他学会监视别人的本领，从而也使别人失去了自我。不过在学校学到的一切也并没有赋予基姆足够的能力。在此之前，他是"星辰之子""世人之友"（226）。他以街道为课堂，受到各种人的喜爱。而他受到的西方教育却使他从自我和儿童时期的欲望中分裂出来。所以，当他离开学校时，他又"回到"（slips back）（212）了用当地土语来思考的状态。但牵涉到"大游戏"（Great Game）时，他则必须用英语"努力"（hard）（243）思考。作者用"slips back"形象地描绘出基姆用土语思考的自动性，用"hard"一词表现出用英语思考的被动性，从而体现出基姆自我上的分裂。自我分裂为基姆带来了荣耀，也带来了痛苦、孤独和异化。他曾哭着对喇嘛说："在这块土地上我很孤独，我不知道我要去哪儿，也不知道什么将降临到我头上。我的心都在送给你的那封信里。除了马哈布·阿里之外，他是个阿富汗人，除了你这个圣人之外，我没有朋友，不要走开。"（122）喇嘛宽慰他道："别哭了，你爱我吗？那就走吧，不然我会伤心的。……我会再来的，一定会再来的。"（123）很明显，基姆关注的是周围人给予他的亲情和安慰，他更希望像别的孩子一样，有一个属于自己的家。与喇嘛的接触，使他对喇嘛产生了像儿子对父亲般的依恋。基姆的学费也是喇嘛代付的，这表明喇嘛也承担起了父亲的责任。克雷顿上校的嘱托实际上使他背叛自己的精神父亲喇嘛，这使他产生了深深的家庭焦虑，他不由得问自己到底是"谁"这个问题。

基姆的旅程包括执行"大游戏"和陪同喇嘛找寻箭河。但故事的结局也使人们重新考虑基姆的出身和身份问题。基姆大病一场之后，如凤凰涅槃一般，对自己的家庭归属又提出了疑问："我是基姆，我是基姆，基姆是干什么的？"（282）他陷入以父亲之名的律法之中，进入殖民文化的象征秩序，充满了无意识的权力欲望。但是对家庭的渴盼和对亲情的憧憬使他拒绝向喇嘛承认，他是一个洋大人而不只是喇嘛的徒弟："为什么用这话折磨我，圣人？…… 我会为这感到苦恼的。我不是洋大人，我是你的徒弟。"（270）语言涉及我们日常生活中的方方面面，我们可以在睡梦中或者玩笑中感知无意识的存在。拉康因此说，无意识就像语言一样被建构的。语言具有物质的现实性，同时也具备无意识的现实性。① 拉康所谓的无意识是他者的话语，既道明了无意识的物质性，即语言，也道出了无意识的来源，即他者。它源于父亲权威的象征性再现，也就是法律的象征，尤其是在幼儿的发展早期表现为对欲望的压制。这一阶段的基姆已经成了矛盾的统一体：他既要背着喇嘛，完成克雷顿上校指派的任务，又要享受喇嘛的亲情关怀。因此，他不可避免地呈现出了主体分裂的症状。

印度就好像一个舞台，基姆可以扮演很多角色，但他只能选择一种适合他的角色，因为他的性格和成长的背景决定了他不可能选择其他角色，否则就会暴露自己。而基姆没有什么特殊的宗教、区域及语言身份，所以整个印度对他而言都是开放的。但他就像那个玩悠悠球的幼儿一样，片刻的满足之后，马上就又转入对亲情和家庭的焦虑之中。基姆时常感觉孤独，是因为他堕入了拉康所谓的"以父之名"的象征秩序之中，意识到自己的殖民身份在殖民体系中所起的作用。尽管在象征秩序中基姆经常感到孤独和迷惘，但这可以通过对行为的想象性满足得以解决。喇嘛和大山的联合为基姆提

---

① Jacques Lacan, *Ecrits*, Paris: Seuil, 1966, p. 136.

供了前俄狄浦斯力量，使他有了家庭归属感，在离开喇嘛为英国情报部门服务之前得到了最后的亲情慰藉。

第二节　现实中的"父亲"

在往北去的旅途中，基姆由两个"父亲"陪伴：喇嘛和马哈布·阿里。他们分别代表了过去的欲望和将来的秩序，其象征物就是箭河和红牛徽章。这就像是拉康所说的想象秩序和象征秩序。喇嘛作为想象的父亲属于基姆的早期发展阶段，预示了后来的政治和权力意识；而与象征父亲的关系则是早就由社会结构注定的，只不过表现得有点抽象、模糊而已，只能通过一些象征性的词语如大游戏、红牛徽章等表现出来。不过，个人的行为只会增加基姆的无助和孤独感，使他对自我产生怀疑，只有融入象征秩序他才能意识到自己的主体身份。尽管基姆害怕自己脱离土著人的圈子，尽管他曾经能够和他们两小无猜，然而他越努力靠近，就越使自己游离于土著人圈子之外。

最后三章不仅将探寻与大游戏合二为一，而且也把想象秩序即对印度的梦想与象征秩序即殖民者的现实活动混合在一起，把殖民秩序与土著人的欲望联系起来。在第十三章的开头，作者就写道："走向群山就是走向母亲的怀抱"（269）。这句话运用比喻的手法，表现出主人公基姆的家庭焦虑和对失去母亲后的象征性补偿。基姆很早就失去了父母，他是由一个印度女人养大的。因此，从某种意义上讲，印度也是他的父母。大山隐喻了印度社会，大山之于基姆就好像是母亲之于孩子。地形的基本结构包括山脉、平原、河流等。对基姆和喇嘛来说，山脉为他们提供了一个摆脱世俗的理想空间，他们可以反思人生中的无常和轮回等问题。山脉对基姆而言还是进行秘密活动的理想场所，他可以把印度的地形绘成地图，交给上校。不过山脉的这两种作用似乎是互相矛盾的，第一种好像要使第二种作用理想化和合法化，精神方面的山脉拥抱了有着殖民意图的政治方面的山脉。

基姆在白人和喇嘛之间、学校与大干道之间的摇移不定反映出，他既要藏匿自己的身份，又要显示出自己对家庭和种族关系的依赖。他是帝国机器中一个微不足道的零部件。然而，他与喇嘛的旅途生活就是一种狂欢，因为它颠覆了阶级、种族等方面的等级秩序。作为喇嘛的徒弟，他为喇嘛化缘，做他的向导，甚至把他视为父亲。他重新回到喇嘛身边表面上是要继续先前的探寻，可实际上他要以喇嘛为掩护，来完成他到北部的任务。喇嘛后来对基姆说的话暴露出精神寻求与英国"大游戏"间的交集："你是被派来帮助我的。没有你，我的寻找终成泡影。所以我们要一块出发。我们的寻求是有把握的。……当初我把你送进学问之门，给你智慧这个无价之宝，就是在积功德。你真的回来了，出现在我眼前的是一个释迦牟尼的追随者。……现在我们又在一起了，一切都和过去一样——世人之友——星辰之友——我的弟子。"（225—226）不过，他们的寻求目标是相反的：喇嘛习惯了孤独和随缘，希望能从繁文缛节中摆脱出来；而基姆的寻求却是和父亲、洋人及情报有关的，所以他必须留意周围的一切，无法脱离凡事。他也幻想一种无拘无束的自由，但他的行为常常适得其反。有时候他对喇嘛的欺骗似乎也可原谅，因为他反复思考着自己对喇嘛的爱："基姆曾无缘由地爱着喇嘛，现在有更多爱他的理由了。"（213）这样，爱就作为独立的话语体系既建立了与他者进行交流的可能性，也可以作为掩饰个人背叛的借口。

向着大山的旅程展现出两个象征层面，即退隐山林和精神涅槃。首先，喇嘛成功找到了箭河；另外对基姆深沉的爱也使他能够摆脱尘世的纷扰。其次，在充满暴力和阴谋的世界里，喇嘛就像博物馆陈列的古董一样没有活力，也与世格格不入。但对基姆无论从物质还是精神上的帮助都能够帮助喇嘛树立起圣人的形象。他对于基姆怀着一种父亲般的爱。他教基姆大法，晚上睡觉时，他常常将一大半被子盖在基姆身上。当他看到两个英国神父为基姆的学费斤斤计较时，他主动为基姆交付了学费。他鼓励基姆好好学习，以积累自己的功德。在小说结束时，作者特别体现了喇嘛的慈悲情怀。当他已证大道、融入宇宙的"大灵魂"时，仍对尘世中的基姆充满了关爱。作者描述他的形象犹如佛祖般庄严："他双手合十放在膝盖上，微笑着，正如一个人拯救了自己和自己的亲人后会有的神情。"（261）有趣的是，喇嘛作为一个佛教徒是不可能有子嗣的。基姆把他看作父亲其实就是一种精神慰藉，其中包含了压抑和不可实现的欲望。

与喇嘛这个精神父亲相比，马哈布·阿里和克雷顿上校、鲁尔甘大人等都是政治意义上的父亲。他们以父之名，指使基姆从事情报搜集工作，为殖民主义服务。但他们也是以关心基姆的名义来实现这一目标的。他们首先向基姆揭示他的白人身份，然后送他去学校学习相关的情报知识，教导他为英国情报部门提供情报。所有这些都是在政治层面进行的，他们把基姆看作是为殖民帝国服务的工具，缺少必要的温情关怀，即使是基姆的学费，也是由喇嘛提供的。所以说，基姆从事的游戏具有浓厚的意识形态色彩，但这种意识形态也时常被话语中爱的成分所稀释。他与马哈布·阿里的对话揭示了爱的重要性。

"你是因为爱才提供情报，还是用它换钱？"基姆问。

"我卖也买情报。"马哈布说着从腰带里掏出一块四安那的硬币，把它抓在手里。

"八安那。"基姆说，不知不觉地受到东方商贩逐利本能的影响。

马哈布哈哈大笑，把硬币收了起来。"这买卖太容易了，世人之友。还是为爱告诉我吧，我们的命可都握在彼此的手里呀。"（134）

这段对话实际上表明了在殖民活动中，利益驱动往往要被套上亲情的外衣，这样可以有效利用基姆对家庭和亲情的焦虑，心甘情愿地为殖民政府服务。"个体与集体的关系粗略地讲只是一种契约关系，个体可以实用主义地去看待它。这种关系似乎承认双方至少在一定程度上都有通融的余地。"① 在基姆身上，我们可以依稀窥到作者吉卜林的影子，隐现吉卜林的家庭焦虑。

第三节　吉卜林的家庭焦虑

当时英帝国的政治机制产生欲望的矛盾性，即既要控制殖民地，还要被他们拥戴，心甘情愿地接受殖民教化。殖民者喜欢把自己标榜为殖民地的保护神。他们自豪地宣称，他们与殖民地的关系就像父母与孩子的关系一样，在孩提时期，他们养育那些被殖民者，在青年时期，他们给予指导和帮助，在成年的时候，他们放手让被殖民者去做喜欢的事情，而最好的管理办法就是与这些土著人和睦相处。对于少数的英国选民而言，英国就是他们的保姆，可以在各方面给自己提供保护和服务。不过对吉卜林来说，他六岁的时候被迫离开自己的出生地印度，回到英国接受教育。这在他幼小的心灵中，就像被逐出了伊甸园一样。因为印度早被他视为自己的故乡，那里有自己的玩伴，也有自己熟悉的环境。吉卜林在 1891 年最后一次到印度时，写了一篇有浓厚怀旧意味的文章，取名为"家"。评论家指出，吉卜林经历了一种"失落的孩子和等待的母亲之间那种神秘的团圆"②。有学者认为，吉卜林在英国思想史上的地位表现在他与英印殖民地、社会关系及集体意识之间存在着一种不太稳定的关系。他常常在作品中用一些不起眼的细节来质疑当时的社会制度。他既拥护封闭的、充满亲情的社会圈子，又向往能够包容一切他者的外向型的社会组织。这些都是吉卜林作品的特点。③ 在回忆被"逐出"

①　[美] 莱昂内尔·特里林：《诚与真》，刘佳林译，江苏教育出版社 2006 年版，第 146 页。

②　Harold Bloom, *Rudyard Kipling: Modern Critical Views*, New York: Chelsea House, 1987, p. 117.

③　Zohreht T. Sullivan, *Narratives of Empire: The Fictions of Rudyard Kipling*, Cambridge: Cambridge University Press, 1993, p. 8.

自己的"伊甸园"的时候，吉卜林在作品中揭示了 19 世纪末期英帝国对殖民地采取的越来越严厉的殖民政策，因为 1857 年发生在印度的独立运动使英国当局害怕失去这颗"皇冠上的明珠"。凭着对英、印之间亦真亦幻关系的反思，吉卜林笔下的印度帮助建构起一个帝国神话。他审视印度的角度不同于其他英国人或印英人，别人都是以静态的、欣赏的眼光来看待英国的殖民史和帝国的事业，他们把帝国看作是黑暗中熠熠发光的明珠。而吉卜林没有采取单一的思维模式，如机械的或有机的社会统一，他看重的是"话语的含混性"①，即运用模棱两可的话语来曲折地表现英印之间关系的模糊性和矛盾性。

作为吉卜林最后的印度题材小说，《基姆》标志着他对东西方关系思考的新阶段。在他看来，白人与非白人的界限在印度和其他所有地方都是绝对的。绅士就是绅士，不论有多少友谊或同志式的感情，都不能改变种族差别的最基本的内容。尽管如此，吉卜林对印度这块土地及其人民充满温情的描写，各民族、种族的成员同心协力共抗沙俄、维护帝国的行动都表明，吉卜林热切地希望英国和印度、东方和西方能够融为一体，共同发展。他常把家庭亲情置于帝国意识的语境之中。毕竟印度是他的出生地，他在那里度过了自己的金色童年。对他而言，印度是他的第一个也是最后一个家园。"正是这种家园意识导致了他话语的含混性和矛盾性。英帝国为他提供了他儿童时期缺乏的东西，即永恒的外部家园，因为他盼望一个稳定、团结的社会。"②

尽管说家庭意识和家园概念是维多利亚时期人们关注的话题，但这并不意味着这个时期的人们可以互相信任。相反，这是一个人心向背、宗教体系土崩瓦解的时代。当然，旧体系不是被完全抛弃，

---

① Zohreht T. Sullivan, *Narratives of Empire：The Fictions of Rudyard Kipling*, Cambridge：Cambridge University Press, 1993, p. 9.

② Zohreht T. Sullivan, *Narratives of Empire：The Fictions of Rudyard Kipling*, Cambridge：Cambridge University Press, 1993, p. 6.

而是从中衍生出了适合时代发展的副产品，这些副产品处于工作、家园、帝国主义、民族主义等安全体系之中，以躲避那些不受欢迎的他者。印度为英国人提供了在"大游戏"中表演的舞台，他们扮演着家长的角色，续写着过时的家庭神话，试图在这片蛮荒之地重拾往日的辉煌。这些在吉卜林的作品中都有体现，所以他是无愧于"帝国的号手"这一称号的。

小　结

伊格尔顿指出，人类的意识无法进行自身的超越。因为当我们在反思自我之时，我们仍然是那个在进行反思的自我。我们对意识来源之昏暗领域的感觉本身就是一种意识行为。因此，我们距离那个领域其实十分遥远。① 他认为，"一部作品的洞见和盲目之处是深深联系在一起的，所有的写作都是这样：它没说出来的话以及它是怎样不说的和它明确说出的话可能同样重要；看起来是缺失的、边缘的或者说模糊的地方反而对意义能够提供最为重要的线索"②。通过以上分析，我们可以看出，在《基姆》中，基姆表面上对身份的困惑和寻求实则体现出他对家庭的焦虑。看似不起眼的家庭因素时刻影响着基姆主体人格的形成和发展。我们知道，一部作品无论如何是不能与产生它的时代背景相分离的。从《基姆》中我们可以感触到时代的足音，对家庭的焦虑某种程度上就是对当时英帝国的焦虑，反映出作者吉卜林浓厚的家国情怀。

---

① ［英］特里·伊格尔顿：《论邪恶：恐怖行为忧思录》，林雅华译，湖南人民出版社2014年版，第46页。

② Terry Eagleton, *A Literary Theory: An Introduction*, Beijing: FLTR Press, 2004, p.155.

第八章

《印度之行》中家庭伦理的殖民表达

引　言

　　美国评论家爱德华·萨义德指出，到 19 世纪末，印度已经成为欧洲的全部殖民地中最大、最长久而且获利最多的地域。从 1608 年第一支英国远征军到达该地起，直到 1947 年最后一个英国总督离开，英国在商业与贸易、工业与政治、意识形态与战争、文化与想象的生活等方面，都受到了印度这一东方大国的影响。在英国文学的历史上，很多作家的写作都是围绕着印度题材展开故事情节的。① 有人认为，英国的殖民在给印度带来痛苦与屈辱的同时，也带来了很多好处，如自由的思想、民族自觉意识和高技术商品等。这些好处使得殖民统治变得"不那么令人不快了"。② E. M. 福斯特是英国维多利亚后期的著名作家，他的作品"不仅挑战社会风俗小说的艺术性和主题性，还挑战英国式生活和小说所依赖的传统的规矩和道德"。③ 他声称："我的作品都是在强调人际交往与个人生活的重要

---

　　① ［美］爱德华·萨义德：《文化与帝国主义》，李琨译，生活·读书·新知三联书店 2003 年版，第 188 页。

　　② ［美］爱德华·萨义德：《文化与帝国主义》，李琨译，生活·读书·新知三联书店 2003 年版，第 21 页。

　　③ Daniel R. Schwarz, *The Transformation of the English Novel, 1890 – 1930*, Oxford: Blackwell Publishing, 2005, p. 118.

性，因为我相信这些。"① 像康拉德、劳伦斯、乔伊斯和伍尔夫等现代派作家一样，福斯特认为人性是一个不断改变的历程，而不是像在传统小说中描述的那样，是静止不变的。福斯特小说的核心在于赋予某一时刻以动态的意义。他认为，在每个人的经历中都存在关键的象征性时刻，这一时刻也可被称为转折点，正如他在《小说面面观》中所说，生命里的时刻促成了生命中的价值，主人公生命的意义就在于揭示它本身。而这些时刻，类似于乔伊斯的顿悟，就其本身来说是不完美的，只有经历过才能被完全理解。从某些方面来看，福斯特的小说就是对人物角色生命里的这些重要时刻的联结。与康拉德、劳伦斯和乔伊斯一样，福斯特认为，还原家庭关系和人际关系是必要的，这些关系构成了古文化和英国文明史的基础。②

《印度之行》是福斯特的代表作，其故事梗概如下：阿德拉和未婚夫朗尼的母亲莫尔太太一起来到印度，看望在昌德拉普任法官的朗尼。在这里她们发现英国殖民官吏身上存在着严重的种族偏见，视当地人为劣等民族。在这些殖民者当中，一所公立学校的校长西里尔·菲尔丁是唯一真正平等对待印度人的英国人，他始终相信，通过善良的意愿，加上文化和智慧，英国人和印度人之间就可以互相了解。他鼓励这两位初来乍到的英国妇女和印度人接触。一个偶然的机会，莫尔太太在清真寺结识了年轻的印度医生阿齐兹。为表示友好，阿齐兹约她们同游当地胜景马拉巴山洞。在带有神秘色彩的山洞里，莫尔太太感到沉闷、压抑，便中途退出了参观。而阿德拉在参观过程中产生了幻觉，认为阿齐兹企图调戏她。她向殖民当局控告阿齐兹，阿齐兹因此被捕受审。这一事件加强了当地英国人对印度居民的不信任感。只有菲尔丁和莫尔太太相信阿齐兹是无辜的：菲尔丁是出自对阿齐兹的了解与好感，而莫尔太太则出于直觉

① E. M. Forster, *Two Cheers for Democracy*, London: Mariner Books, 1962, p. 55.

② Daniel R. Schwarz, *Reading the Modern British and Irish Novel 1890 – 1930*, Oxford: Blackwell Publishing, 2005, p. 121.

和自己对阿齐兹的判断。结果，菲尔丁因公开表示了对阿齐兹的信任，而受到当地英国人社会的排斥，莫尔太太只是私下里表示了自己的看法，但她出于对儿子等英国官员的庇护，不愿出庭作证，结果被儿子朗尼送上回英国的航船，最后死于海上。在审判过程中，阿德拉突然意识到自己错怪了阿齐兹，当庭勇敢地承认了自己的错误。结果后者被无罪释放，而阿德拉却成为英殖民者的罪人，朗尼也和她解除了婚约。这一事件也加深了英国殖民者与印度人之间的误解和敌对情绪，双方之间的联结和友谊也变得遥遥无期。同时，朗尼一家也因此事件变得支离破碎，殖民政治对家庭建构的影响由此可见一斑。

福斯特曾说过："在写这本书时……我的主要目的不是政治的，甚至不是社会性的。"这句话常被批评家引用，他们将小说确定为一个文学对象，使其从产生它的社会和政治元素中分离出来。但有评论家认为，在《印度之行》中，英印间的关系没有表现为个人行为问题，也不可能在个人层面上得到解决。[①] 达斯等许多印度批评家，都强烈渴望在福斯特作品中找到一个真正同情印度人的英国人形象，从中挖掘出英国人与印度人和谐共处的深刻主题。[②] 这些评论几乎全部从殖民角度聚焦于英印间的关系和人与人之间的"联结"，但鲜有涉及家庭伦理这一话题的评论。其实，从家庭伦理的角度来审视小说中的种族和社会矛盾似乎更能表现出殖民给社会和人们带来的影响，有学者指出："体现个人价值观，重视家人之间的关系以及发展人际关系的重要性是 1890—1930 年时期小说的一个重要特征。"[③] 在《小说面面观》中，福斯特表示出了对哈代的羡慕："哈代的作品就是我

---

① ［英］丽莎·洛维：《东方主义文学批评：E. M. 福斯特〈印度之行〉的接受》，转引自张中载、赵国新编《文本·文论——英美文学名著重读》，外语教学与研究出版社 2004 年版，第 181 页。

② G. K. Das, *E. M. Forster's India*, New Delhi：Pencraft International，2005，pp. 23 - 24.

③ Daniel R. Schwarz, *The Transformation of the English Novel*，*1890 - 1930*，Oxford：Blackwell Publishing，2005，p. 135.

的家。"① 这虽然是在对作品进行评价，但福斯特把作品比喻为家，这就足见家这一单元在他心目中的位置。作者自己也曾说："这本书（指《印度之行》——引者注）并不真正是关于政治的，虽然它在政治方面的意义迎合了众多读者的兴趣并使之销售一空。这本书关系到比政治更广阔的东西，关系到人类对一个更为持久的家的寻求。"② 这其实很明确地表明了福斯特的写作意图，他就是以殖民政治为载体，来探寻家庭伦理的建构过程，从而揭示出殖民政治对家庭建构造成的影响。

第一节 殖民政治对婚姻的影响

小说开头介绍的是英殖民者朗尼的母亲莫尔太太带着朗尼的未婚妻阿德拉来印度看望朗尼。她们此行目的很明确，就是要把二人的婚事敲定下来，因为阿德拉认为自己还没有完全了解朗尼，她想看看在印度的朗尼和在英国本土时有什么不同。另外，她们也想借此了解一下印度的风土人情，毕竟这是一个有着悠久文化的文明古国。

在印度做法官的朗尼肩负着从法律层面监管印度殖民地的重要使命，所以当莫尔太太劝他多跟女友阿德拉在一起时，他回答说："是的，也许应该那样，但是那样的话，人们就要讲闲话了。"③ 朗尼作为年轻人，应该很希望和恋人厮守在一起，特别是女友从千里迢迢的祖国来看他。所以对母亲的提议，他的下意识反应就是赞同（yes），但他又意识到殖民权力对他的"凝视"（gaze）：不能因为个人感情影响了殖民事业和自己的大好前程。因此，他马上意识到了

---

① ［英］E. M. 福斯特：《小说面面观》，冯涛译，人民文学出版社 2009 年版，第 66 页。

② 杨自俭：《译后记》，载［英］E. M. 福斯特《印度之行》，杨自俭译，译林出版社 2008 年版，第 312 页。

③ ［英］E. M. 福斯特：《印度之行》，杨自俭译，译林出版社 2008 年版，第 49 页。以下引用只在文中标注页码，不再详注。个别引用略有改动。

自己的"失态"，并马上对自己的话语进行了修正，加上了"也许"（perhaps）。但最后他还是屈从于殖民秩序："但是（but）那样的话，别人就要讲闲话了。"（49）是的——也许——但是（yes-per-haps-but）句式反映了朗尼当时的心理变化过程，也折射出了其分裂的自我形象。他失去了自己的个人话语，只能说着言不由衷的他者话语。在与母亲的交谈中，他对自己缺乏自信，只能借用别人的话语："印度不是英国"是老殖民者的惯用语和论据，"当然例外也是常常会有的"是特顿市长的口头禅，而"提高他的尊严"则是卡伦德少校常说的话（27）。这些表明，朗尼已经彻底被殖民政治和殖民语言控制了自己的言行。同时也为他和阿德拉的关系破裂埋下了伏笔。特顿市长在向莫尔太太和阿德拉评价朗尼时说："希斯洛普是一个尊贵的人；像他这种类型的人正是我们所需要的，他是我们当中的一员（one of us）。"（20）无独有偶，在康拉德的《黑暗的心》《吉姆老爷》和《诺斯托罗莫》中都对主体人物进行了类似的评价，称他们为"我们当中的一员（one of us）"。在《吉姆老爷》中，叙述者马洛称赞吉姆说："我喜欢他那副样子；我了解他那副样子；他来路正，他是我们当中的一员。"① 在叙事过程中，尽管吉姆未能完成自己的英雄主义理想，但作者极力强调他的英国身份，这也似乎在突出英帝国的团结和种族的优越性。与吉姆相反，别的人物的国家身份则被戏剧化了。如"帕特纳号"上的德国船长以及在帕图桑的商人斯坦因。在作品中，马洛试图把吉姆与那些不良因素区分开来，这些不良因素包括强盗绅士布朗和弃船逃生的德国船长古斯塔夫。可他的这些企图总是不能得逞。因为他们有着共同的血脉联系，共同的工作经历，共同的意识形态以及犯下的同样的过错。"表面上文本似乎要表现出救赎者与单纯追求利益者之间的区别，可身份的认同，诸多的共同点

---

① ［英］约瑟夫·康拉德：《吉姆老爷》，蒲隆译，上海译文出版社2008年版，第30页。

一次次否定了二者间的差异。"① 如果我们换一个角度来考量的话，马洛一味强调吉姆是"我们中的一员"这一集体身份，其用意在于说服读者不要谴责吉姆的行为，因为我们都有很多的共同点。可他这样做的后果却造成了自相矛盾，颠覆了吉姆的理想主义与德国船长的道德沦丧、切斯特的贩奴行径以及布朗的强盗行为之间的对比。《诺斯托罗莫》中的诺斯托罗莫原本是一名意大利籍船员，由于米歇尔船长的错误发音，萨拉科城的欧洲人都习惯地称他为"我们当中的一员"。他耽溺于虚妄的名声之中，享受着萨拉科城市民对他的赞誉。有一天，为避免叛军攻城，他偷运银锭到城外。面对银锭的诱惑，诺斯托罗莫的生活动力便松弛了下来。他从起初的不被腐蚀、备受景仰到后来的偷偷摸摸地犯罪，沦为物质的奴隶。"他想象自己死了，但耻辱、羞耻还会继续下去。或者说得更恰当些，他想象不出自己会死。"他"打算从甲板上跃出船舷，跳进水里"，"面部显出故意自杀的企图"。② 这些话与《吉姆老爷》中吉姆失去名誉之后的心理描写形成了互文，体现出作者的写作目的在于把他们归于一类人，而非孤零零的个体。他们的行为是一种集体行为，而非个人行为。其评判的矛头直指当时的社会道德和社会制度。诺斯托罗莫的悲剧就在于，他从别人的赞扬中清醒过来，意识到"他仅仅是别人对他看法的集合体，没有真正属于自己的东西"。③ "他从一种虚空转向另一种虚空，从虚妄的名声转向银子。"④朗尼作为英国殖民者在印度的后起之秀，他能够很好地领会和执行帝国的意旨。他"心目中根本没有印度，充其量只有一个受大英帝

---

① Petra Rau, *English Modernism*, *National Identity and the Germans*, *1890 – 1950*, London：Ashgate，2009，p. 18.

② ［英］约瑟夫·康拉德：《诺斯托罗莫》，刘珠还译，译林出版社 2001 年版，第400 页。

③ Terry Eagleton, *The English Novel*：*An Introduction*, Oxford：Blackwell Publishing，2005，p. 39.

④ Terry Eagleton, *The English Novel*：*An Introduction*, Oxford：Blackwell Publishing，2005，p. 251.

国利用的女性化印度"。① 在与阿德拉的谈话中，殖民者特顿夫人说，他们唯一的希望就是和当地印度人严格地隔离，尽量避免与这些二等或三等公民打交道。朗尼同样具有吉卜林式的帝国情怀。他在与母亲莫尔太太谈话时一丝不苟地说："记住，我是为了替这个倒霉的国家出力才来到这儿的。我不是什么传教士或工党分子。也不是什么糊涂伤感的带有同情心的文弱书生。我只是大英帝国的一个仆人，这是你让我自己选择的职业，不过如此。我们在印度并不愉快，也没有想到过得顺心如意，我们有重任在身。"（50）朗尼力图证实殖民话语权的合理性，认为印度人喜欢被统治。他质问母亲和女友："难道因为我的行为不受人喜欢，就要我丢掉现有的权力，在这个国家里行善施德吗？"（50）朗尼的殖民话语是与男性菲勒斯中心主义交织在一起的。为了剥夺母亲和女友的话语权，他从性别入手，指责她们说，因为她们女性的身份，不懂得什么是工作和政治，对一切都是病态的敏感。莫尔太太则认为，英国人在印度应该施仁政。她借用基督教神学话语，认为印度是世界的一部分："上帝把我们带到世上就是为了使我们愉悦。上帝……就是……爱。"（51）但是在世界几大古老宗教中，基督教话语弥漫着排他性和菲勒斯中心主义。因此，用基督教神学话语来颠覆菲勒斯殖民主流话语显然是不可能的。所以莫尔太太自己都感到说服不了自己，更不用说来说服别人了。她认为在儿子面前提起上帝是不明智的。这种想法最终导致莫尔太太的虚无主义思想。她对一切都失去了兴趣，在对阿齐兹的审判过程中，她明知阿齐兹是冤枉的，却宁肯选择逃避，也不愿为阿齐兹出庭作证。她的死亡也是对其虚无思想的最后诠释。

当然，朗尼对母亲的选择也起到了决定性作用。在审判阿齐兹之前，朗尼便责怪母亲："我想阿德拉一定会拿出证据来的。没有任何人责备你，妈妈，但是事实很清楚，你从第一个山洞出来以后，

---

① 尹锡南：《论〈印度之行〉中的印度——"殖民与后殖民文学中的印度书写"研究系列之一》，《南亚研究季刊》2003 年第 4 期。

便鼓励阿德拉单独继续和他在一起，要是你身体很好，始终不离开他们，那么什么事情也不会发生。我知道，这是他精心策划的。你像菲尔丁和你身边的安东尼一样，也陷入了他的圈套……原谅我说得这么直截了当，不过你没有权利用这种趾高气扬、神气活现的态度来对待法院。如果你有病，那另当别论，可是你说你好好的，你好像也真的没有病，在这种状况下，我想你应该出来为自己辩护，我的确是这样想的。"（176）虽然莫尔太太没有听从朗尼的话去法庭控告阿齐兹，但她迫于白人的压力，也没有出庭为阿齐兹作证，她自己深陷矛盾的焦虑之中。她曾经检讨自己："我是个很坏的老太婆，很坏，很坏，简直可恶。在孩子们长大成人的过程中，我曾经是个善良的人，另外我在清真寺遇到了那个年轻人，我希望他得到幸福。他个子不高，心地善良，精神愉快。这一切都不复存在了，原来就是一场梦……但是我绝不会帮助你们去拷问他。世界上有各种不同的邪恶为莫须有的罪名，可我偏爱我的，不喜欢你们的。"（180）莫尔太太的这番话既是对自己行为的检视，同时也表现出对阿齐兹的同情和对朗尼之流的鄙视。她最后死在船上其实也是矛盾性格的一种解脱。但即使这样的性格特征和行为方式，也赢得了阿齐兹等印度人的景仰和崇拜。阿齐兹对莫尔太太的崇拜有点令人难以置信。"她的死确实在他那热情的心灵上引起了切肤的悲痛，他像个孩子似的哭得伤心，并命令他的三个孩子也像他一样悲伤、痛哭。毋庸置疑，他是真心尊敬她、真心热爱她的。"（230）他可能也不愿意去想象莫尔太太的虚无和矛盾心理对自己造成的影响。这其实也暴露出他内心深处的卑微思想。

　　不过，即使莫尔太太没有出庭作证，但她的态度也给了阿德拉改变做法的动力和决心。阿德拉和朗尼间的对话揭示出莫尔太太和朗尼处事态度的差异：

　　　　"帮助我去做我应该做的事。阿齐兹是个好人，你听到了你母亲是这样说的？"

"听到什么?"

"他是个好人。我控告了他,那是多么大的错误啊!"

"母亲从来没有说过这样的话。"

"她没说过?"阿德拉问,显得挺有理智,各种意见都愿意接受。

"她一次都没提到过那个名字。"

"但是,朗尼,我听见她说了。"

"那纯粹是幻觉。你的病还没好,可能会编造出这样的事情来。"

"我想我绝不会编造。你说的太令人惊讶啦!"

"她说的话我全听见了,所能听到的我都听到了,她说话语无伦次。"

"她的声音放低时,说到了这个问题——快说完了,她讲到什么爱情——爱情——那里我没听懂,但是就在那个时候,她说:'阿齐兹医生绝对不会做那种事。'"(178)

从二人的对话中可以看出,莫尔太太虽知道阿齐兹是冤枉的,却不愿站出来指证,这体现出她内心的纠结和虚伪,当然还有潜意识中的种族优越感。不过笔者认为更重要的是,作为母亲,她要顾及她儿子朗尼的立场和前途。关键时刻,亲情因素占了上风,她最终选择舍弃正义,保全名声和家人。有学者指出,莫尔太太只是一名"间歇的同情者,在需要她同情的关键时刻她却做不到。在对阿齐兹的审判中,她未能及时施以援手,说出事情的真相。但是,福斯特通过她的视角还是给予了印度同情的注视"。① 因此,家庭伦理在这场诉讼中起到了支配作用。同样,这场关乎殖民政治和种族关系的诉讼直接影响了家庭和伦理秩序的构建,朗尼和阿德拉因此解

---

① Daniel R. Schwarz, *Reading the Modern British and Irish Novel 1890 - 1930*, Oxford: Blackwell Publishing, 2005, p. 57.

除了婚约，莫尔太太因回避此事而提前回国，最后死于途中。

在对话中，朗尼极力向阿德拉否认母亲说过的话，这除了证明他的虚伪之外，还暗含着他要维护母亲权威的企图。而阿德拉则极力证明自己的判断是正确的，她需要从莫尔太太那里得到支持。这也表明了她的单纯和善良，同时也暗示着她和朗尼婚约的破裂。所以，阿德拉的印度之行探索了两个层面的问题：一个是显性层面，即现实中的印度。在这一层面她感受到了印度人的热情，也遭受了印度人文和地理的代表马拉巴山洞给自己的身心带来的困扰和麻烦。另一个层面则是隐性层面，即处于异域环境中的殖民者在殖民政治的濡染中人性的扭曲和道德的堕落。因此，她探索的结果是："整个印度的生活仿佛是一场心理幻觉。她不愿拥有无爱的婚姻，故唯有以英国中产阶级知识分子的诚实品质面对生活，面对殖民主义带给她的心理紊乱和生活挫折。"① 她与朗尼的婚约正如她在马拉巴山洞遭遇的情景一样，令其惶惑不安。对殖民政治和社会伦理的不同态度是造成他们解除婚约的主要原因。

第二节 殖民政治与家庭危机

除了朗尼，莫尔太太还有两个孩子：拉尔夫和斯特拉，他们都在国内。莫尔太太刚到印度时有些茫然，不明白他们要她做什么。作为母亲，即使孩子们不在身边，她也时刻惦记着他们，当然朗尼也不例外。"朗尼的婚事这样拖延着，她看着已经习惯了，而这件事今天有了结果，她不免有些担心。"（79）这句话表面上似乎有些矛盾，按道理说，朗尼的婚事有了进展，她应该高兴才是，怎么反倒担心起来了？其实这暗示出她对朗尼和阿德拉的婚事并不看好。不过，朗尼沉浸于自己对印度征服的愉悦之中。"朗尼的声音又一次流

---

① 李长亭：《英国维多利亚末至爱德华时期文学中的殖民主体研究》，郑州大学出版社2016年版，第161页。

露出他的自鸣得意，他来这儿并不是为求得愉快，而是要使这儿太平。既然现在阿德拉已经答应要做他的妻子，那她一定要理解他。"（79）他认为，阿德拉对他的爱应该表现在对他殖民事业的理解和支持。所以，他们的婚姻更多地蒙上了殖民的阴影，而这些因素却是阿德拉茫然无知的。阿德拉在英国已经很了解朗尼，但是她仍然觉得还是应该接受别人的劝告，在决定做他的妻子以前应当去印度看看他。小说叙述道，朗尼来印度之后，性格上有了不少变化，而这些变化恰恰是她很不喜欢的那些方面。朗尼"骄傲自大，好吹毛求疵，缺乏敏锐的洞察力"（68）。但小说认为这都是他在印度工作期间形成的。他的同伴们感到，他比以前更加"冷酷无情"了，而且他自以为是，听不进别人对他的批评："他深信他对同伴的评价是正确的，如果真的是他错了，那错误一定无关紧要。"（68）他常讽刺那些被英国派去管制印度或者其他殖民地的人，因为他们通常被认为是不太优秀或不太聪明，只是由于这样或那样的原因不可能在英国脱颖而出的人。他总是提醒阿德拉，不要认为像他这样出类拔萃的人会犯什么错误。这些误导使阿德拉认为，朗尼具有她没有认识到的能力，但因为她的阅历所限，她搞不清楚其中的原因。基于此，就像《黑暗的心》中库尔茨的未婚妻一样，她自认为已经对朗尼有了新的认识，所以，"他们已经明确地做出了结婚的决定"（79）。但后来的变故彻底暴露出殖民政治对人性的影响。

福斯特曾经两次到印度工作生活，他对印度的文化有比较深入的了解。他在小说中描写的精神旨趣其实就是他所经历的文化差异间的关系。

福斯特本人也承认，这部小说就是要试图寻求人类的"永久家园"，其核心就是与形而上学有关。[1] 这里的家园指安放灵魂的精神家园，其实也有物理意义上的家庭之意，尤其是对于那些来到印度

---

① David Bradshaw, *The Cambridge Companion to E. M. Forster*, New York: Cambridge University Press, 2007, pp. 191 – 192.

的英殖民者而言。他们离开自己的故土，来到一个全然陌生的象征秩序，原初的远大理想也被外界磨蚀殆尽，人与人之间也逐渐变得冷漠和陌生。他对此感觉焦虑和不安，他有句名言："如果我必须在背叛祖国与背叛朋友之间作出选择，那么，我希望我有勇气背叛祖国。"① 这表明他对人际关系也就是交往伦理的重视。小说给人们留下深刻印象的是用宗教中的"仁爱"（goodwill）来表达人际关系之中的爱，同时也象征着人与人之间的不同。莫尔太太初来印度，对于整个英印人这一群体而言，她是一名新成员。在对阿齐兹的印象中，她受儿子朗尼的影响，认为阿齐兹"不大可靠，又喜欢打听别人的事情，还很爱慕虚荣"（28）。但是她旋即就反驳道："是的，这些都是事实，然而这样来评价他这个人，那是多么荒谬啊！他那心灵的本质就全给抹杀了。"（28）朗尼对阿齐兹的评价很显然有失公允，因为他是评价他的缺点而非品行。而这也显示出了母子间的分歧以及英印社会的缺陷和不足。莫尔太太把仁爱作为一种被祈求的愿望以突出其重要性："有友好相处的愿望会使上帝满意……即使有虚弱的诚心也会赢得上帝的祝福。我想人人都会有失败，然而失败的类别有多种多样。仁爱，仁爱，更加仁爱。"（43）无神论者菲尔丁也持相同的观点："他相信未来的世界一定属于这样的人们：他们尽一切努力来促进人们相互接触、相互影响，并且通过友好相待和文化与智力方面的帮助，使这种接触和影响达到人类理想的境界。"（52）除了对阿齐兹的感情之外，莫尔太太和菲尔丁之间的联系还在于他们都相信仁爱的力量。不过莫尔太太理解的仁爱是宗教式的、普世的仁爱，而菲尔丁的仁爱则是非宗教的、人性化的。莫尔太太对阿齐兹的感情就像一个东方人对他的感情一样。她曾对别人说："我喜欢阿齐兹，阿齐兹是我真正的朋友。"（81）阿齐兹曾对莫尔太太的儿子说，莫尔太太是他"在世界上最好的朋友"（280）。他之前也向菲尔丁解释说，"朋友在波斯语中的意思是上帝"（245）。

---

① E. M. Forster, *Two Cheers for Democracy*, London：Mariner Books, 1962, p. 55.

也就是说，宗教和友谊是紧密关联的。正如阿齐兹认为的那样："社会不像朋友，也不像真主，跟朋友或真主伤害了感情，那只是由于不忠诚。"（86）相比莫尔太太和阿齐兹之间的感情，阿德拉则对印度人持有偏见。在庭审之前，菲尔丁曾告诉阿德拉："你对阿齐兹和印度人都没什么感情……你想了解的是印度而不是印度人。这不会使我们更好地认识印度。别人是不是喜欢他，印度人全知道——在这方面他们不会被人愚弄。所谓公正审判根本不会使他们满意，为什么英帝国是建立在沙滩上的，理由就在这儿。"（229）阿德拉身处对印度人持有偏见的氛围中，自己也难以独善其身。她未能坚持自己自由主义的立场成为阿齐兹的朋友。许多英印人通过自负的自我意象暴露出他们的虚伪本质和仁爱精神的匮乏。福斯特在小说中频繁提到他们神灵般的姿态。如莫尔太太与朗尼在对印度人的态度问题上产生了分歧：

> "我们从英国来这里的目的并不是表现我们的行为可爱！"
> "你这是什么意思？"
> "我是说，我们来这里的目的是对他们实行公平裁决，为他们维持社会安宁。这就是我的看法。印度不是一个大客厅。"
> "你的观点倒像是神的观点。"她态度很平静地说。
> "印度人喜欢各种各样的神。"他说。
> "所以英国人就喜欢扮演各种各样的神。"
> "……不管我们是不是神，这个国家只能接受我们的裁决。"

（41）

莫尔太太与其他英国人不同，她乐意参加当地的一些风俗活动，对当地人的一些观点给予同情式的认同。在清真寺，她与阿齐兹相遇，并遵循穆斯林的传统，脱下自己的鞋子。这时的阿齐兹在他的上司英国医生卡伦德尔少校家里受到冷落，倍感沮丧，他在安静祥和的清真寺里找到了安慰。阿齐兹凝视着他亡妻的照片潸然泪下。

由于对亡妻一直念念不忘，所以他不考虑再婚。福斯特写道："这里是伊斯兰教的圣地，这里是自己的国土，这里有许多真心诚意，也有更高的战斗的呐喊声，的确这里还有很多，很多……伊斯兰教是一种对待人生的态度，它高尚而永恒，阿齐兹的躯体和灵魂都在这里找到了自己的归宿。"（14）莫尔太太和阿齐兹这两个人有一些共同点：丧偶且没有再婚。这次的见面双方都给对方留下了美好的印象，都有超越社会、文化和宗教差异的想法。两个人能这么快地熟悉是因为他们都确信"上帝就在这里"（20）。上帝在两个种族和两种宗教之间架起了一座桥梁。

在去参观洞穴的火车上，她告诉阿齐兹："我们现在都是穆斯林了，这正是你所希望的。"（144）小说揭示了莫尔太太不仅对当地文化感兴趣，而且卓有成效地进行跨文化交际，能够认同当地人的观点看法。但是，她的同情心以及对印度种族文化的包容和理解也有其自身的危险性。在史前的山洞中，她什么也看不到，并且一无所知。"在黑暗中她和阿齐兹、阿德拉走散了，不知道谁碰了她一下，她不能呼吸。"（147）这个山洞甚至比基督教更古老，因此它超越了所谓的仁慈和博爱。我们知道，种族和宗教的划分是生态和社会进化的结果。在史前时期，所有人都是一样的，并且做着同样的事情。与东方文明相比，西方文明是微不足道的。西方意识形态和基督教权威地位的颠覆对莫尔太太来说是一种彻底的改变，她不能理解也不能接受，她完全不知道该怎么办。她不"愿意和任何人交流，甚至上帝"（166）。"她在洞穴里的失态可以被解读为身份危机，如果一个人失去了熟知的象征秩序的支持，就会发生主体分裂。"① 洞穴中的回声"以一种难以述说的方式颠覆了她对生命的把握"（165）。她被恐惧包围着，她内心充满了对异域文化的排斥和恐惧。

莫尔太太在山洞中的经历表明，人类缺乏对宇宙或自然界的认

---

① 李长亭：《英国维多利亚末至爱德华时期的殖民主体研究》，郑州大学出版社 2016 年版，第 185 页。

识，正如英国缺乏对大多数印度人的认识一样："自称为人的生物体在生物界只占少数，因此人的愿望或决定对大多数生物体都无关紧要。"（96）小说的精神重心依靠莫尔太太和格德班尔组成的轴线，围绕着山洞的含义展开探寻。但是对阿德拉而言，物质层面也就是身体层面的经历似乎更为重要。莫尔太太从可怕的回声中悟到对死亡和存在的恐惧，而阿德拉则更多地反思自己的身体和婚姻。福斯特这样描述山洞："走进洞里，几乎什么也看不见，必须等五分钟之后再划一根火柴，眼睛才能看见东西。奇怪的是，圆形洞室的墙壁被磨得无比光滑，火柴一划着，另一个火焰便立即在墙壁里面燃起，并且像一个被监禁的幽灵向墙壁的表面移动。两个火焰在相互靠近，似乎要奋力结合在一起，然而却不能，因为其中一个火焰在呼吸空气，而另一个则在石头里。"（109）在《印度之行》中，印度的可知性就在于它的不可知性。对莫尔太太而言，印度就像她在马拉巴山洞听到的回声那样神秘、虚幻。而阿德拉在参观的过程中产生了幻觉，认为阿齐兹想非礼她。小说在此之前就告诉读者，阿齐兹"开始学医的时候，对在欧洲人视为性的常识的问题上故弄玄虚和大惊小怪的做法十分反感。科学研究各种问题似乎都是从错误的认识开始的。他看了一本德文的性知识手册，可那些知识不能解释他的经验，因为两者很不一致"（86）。这就表明，阿德拉后来对阿齐兹的指控从生理层面讲也是错误的。"阿齐兹虽然没有给行为规范戴上任何道德的光环，但他的行为却规规矩矩，这一点就是他和英国人的主要不同。"（86）其实，阿齐兹对阿德拉并不感兴趣。他曾对菲尔丁说："她并不漂亮，她的乳房特别扁平。"（102）不过，阿齐兹却吸引了阿德拉的目光，她曾感叹"他是一位多么漂亮的小个子东方人啊"（133）。在她进洞之前，她有点羡慕阿齐兹的外表，他"容貌美丽，头发浓密，皮肤细嫩"（133）。"她以真诚、有礼而又好奇的态度"（133）问阿齐兹有一个还是几个妻子。阿齐兹对她的问题感觉很尴尬，他进入一个山洞来掩饰自己的窘态。而阿德拉则进入另一个山洞。"她心里很不平静，一边想着这令人厌烦的游览，一边在考虑她的婚姻问题。"（133）此前阿德拉的未婚夫朗尼也曾警告阿德拉，印度人都是坏蛋，而且他们很可能会欺负英国女人。"正是对婚姻的考虑，耽溺于身体上的满足，诱使她在山洞中导致自我与非自我的混乱，她的思绪指向了阿齐兹。"① 她把自己性幻想的伙伴设定为阿齐兹，并指控他这样一个受欢迎的、正派的印度男人企图强奸她。布伦达·希尔福相信，小说的核心在于"不能言说的"殖民强奸的比喻。他运用法农和萨义德的理论，从性别、种族和性的角度分析了贯穿小说始终的控制和抵制的话题，指出：印度只能作为一个可能的强奸的姿态呈现给英印人。阿齐兹同时成为一个强奸犯和被强奸的对象。② 不过阿德拉最终还是越过了那片精神的沼泽地，臻至心智的澄明之境，将自我从他者欲望的折磨中解放出来，坚持主体人格的完整和人性的操守。正如伊格尔顿所言："在自我中心存在异己，而自我却令人无情地对其漠不关心，不过，要是没有这种异己，说话或主体性就根本不可能存在。让我们能够看得见的正是盲点，就如同俄狄浦斯只有在眼睛失明后才会明白真相一样。"③ 正是有了这次经历，阿德拉清楚地意识到了自己内心异己的存在，也正因为意识到了这个盲点，她才游离于殖民政治话语之外。这也反向证明了殖民政治的虚伪和人性的堕落。在和菲尔丁的对话中，阿德拉说："我生来就不会讲假话，令人烦恼的是真诚把我搞得没有存身之处。"（210）这也从反面揭露了殖民政治的虚伪和堕落。

马拉巴山洞事件之后，莫尔太太也成了事件的焦点人物，她的证词将成为决定事件性质和阿齐兹命运的关键。但她思忖再三，决定不出庭作证。作为目击证人，她的这一决定严重影响到法院的审判。朗

---

① 李长亭：《英国维多利亚末至爱德华时期的殖民主体研究》，郑州大学出版社 2016 年版，第 167 页。

② Brenda Silver, "Periphrasis, Power and Rape in *A Passage to India*", *Novel*, 22, 1988, p. 94.

③ ［英］特里·伊格尔顿：《甜蜜的暴力：悲剧的观念》，方杰、方宸译，南京大学出版社 2007 年版，第 174 页。

尼反复劝导她认清形势："我想阿德拉一定会拿出证据来的。没有任何人责备你，妈妈，但是事实很清楚，你从第一个山洞出来以后，便鼓励阿德拉单独继续和他在一起，要是你身体很好，始终不离开他们，那么什么事情也不会发生。我知道，这是他精心策划的。你像菲尔丁和你身边的安东尼一样，也陷入了他的圈套……原谅我说得这么直截了当，不过你没有权利用这种趾高气扬、神气活现的态度来对待法院。如果你有病，那另当别论，可是你说你好好的，你好像也真的没有病，在这种状况下，我想你应该出来为自己辩护，我的确是这样想的。"（176）针对儿子的软硬兼施，莫尔太太有点进退两难。她很清楚事件的来龙去脉和自己在其中的作用。她不愿影响儿子的伟大事业，但也不愿诬蔑阿齐兹。其实她选择不出庭作证，就是无形之中帮了儿子的忙，对阿齐兹造成了威胁。这对她的良心也是一个打击。她对朗尼说："我是个很坏的老太婆，很坏，很坏，简直可恶。在孩子们长大成人的过程中，我曾经是个善良的人，另外我在清真寺遇到了那个年轻人，我希望他得到幸福。他个子不高，心地善良，精神愉快。这一切都不复存在了，原来就是一场梦……但是我绝不会帮助你们去拷问他。世界上有各种不同的邪恶为莫须有的罪名，可我偏爱我的，不喜欢你们的。"（180）基于母亲的态度，朗尼决定，"母亲应该马上离开印度，她留在这儿对她自己无益，对其他任何人也没有好处"（181）。事实上，叙述者可能在控诉基督教的伪善："她那基督教教徒的仁慈已经消失了，或者说她已经变成了一个冷酷无情的人，这是她对人类不满表现出来的一种正直的愤怒。她对阿齐兹被捕的事毫不关心，几乎没问过任何问题。"（175）她对阿德拉说："不用问，你们希望我死，但是等我看到你和朗尼结了婚，也看到其他两个孩子，不管他们要不要结婚——我就退隐，然后到我自己的洞穴里去。"（176）在离开印度返回英国的途中，莫尔太太也完全进入一种迷蒙的精神状态，宇宙的恐怖与渺小都显现出来。这时的莫尔太太不仅淡漠了人间的是非荣辱，而且也将生死置之度外。因此，她对阿齐兹是否有罪的法庭审判毫无热情，她深感自己一生都是在说与听的嘈杂声中度过，现在该归于平静了。

　　有学者指出，莫尔太太对阿齐兹自私的抛弃表明，她在追求精神自我的实现过程中把与人的关系抛到了一边。无论是什么理由，她都犯了大错。对福斯特来说，这种抛弃朋友的行为就是异端。① 精神上的自我实现不能以牺牲人类关系为代价。从传统的价值观基础来看，她的自我陶醉显示出人与人之间道德建构的失败。她呈现给印度人的"埃斯米斯·埃斯莫尔"（印度教中的女神 Esmiss Esmoor）这一虚构身份，与她实际上的表现无关。她对于人类关系的轻蔑也是对基督教教义的辛辣讽刺。她迷蒙的精神状态代表了人类"联结"的失败。

　　福斯特笔下的印度是一个注定要维护其陌生性的东方国度，而这也正是其区别于西方的标志。诚然，一个地方的精髓就在于它的陌生化特质。但即便如此，莫尔太太也走进了印度人的清真寺，了解到了阿齐兹的婚姻和家庭情况。同样，阿齐兹也为菲尔丁开启了一扇走进印度深处的大门——他向菲尔丁展示了他亡妻的照片，她一生恪守深闺制度，足不出户。但菲尔丁也只能站在门槛上，印度仍然是神秘的。英国殖民者无论采取什么手段，都不可能真正认识这块土地。即使政治和家庭联姻，他们也无法走进印度人的心里，也不可能真正成为朋友。福斯特从人际关系而不是从政治层面看待英帝国的殖民统治。他认为，政治是干涉私人生活的罪魁祸首。② 良好的政治秩序是保持家庭稳定的基础，同样，维护政治秩序也不应该以牺牲家庭幸福为代价。

小　结

　　乔治·奥威尔说："就像美感因素一样，没有一本书能真正免除

---

　　① 　Daniel R. Schwarz, *The Transformation of the English Novel*, 1890 - 1930, Oxford：Blackwell Publishing, 2005, p. 135.

　　② 　Michael Gorra, "Rudyard Kipling to Salman Rushdie：Imperialism to Post colonialism", in John Richetti ed., *The Columbia History of the British Novel*, Beijing：Foreign Language Teaching and Research Press, 2005, p. 641.

政治倾向。那种认为艺术与政治不相干的论点本身就是一种政治态度。"① 美国文论家弗雷德里克·詹姆逊在《政治无意识》中写道："没有任何东西是与社会与历史无关的，任何事物归根到底都是政治。"② 同样，每一个家庭都是社会具体而微的组成部分，也都和政治息息相关。在《印度之行》中，福斯特深刻揭示了殖民政治对家庭和人际关系的影响。和康拉德、劳伦斯一样，福斯特认识到了维护家庭和人际关系的必要性，因为这是"原始文化和英国文明的基础"。③ 19世纪末20世纪初是英国的全球殖民统治土崩瓦解的时期，主体对自我理解的追求是这一时期英国小说的本质，但小说描述的重点在于追求目标时的绝望，而不是实现这个目标。这种追求反映了主体自身的不确定性、挫折和焦虑，同时暴露出保持家庭和人际关系方面的压力。福斯特的《印度之行》其实反映出作者对社会扭曲人性的焦虑和对返归人性真善美的深切呼唤。

---

① ［英］乔治·奥威尔：《我为什么写作》，刘沁秋、赵勇译，南京大学出版社2008年版，第65页。

② ［美］弗雷德里克·詹姆逊：《政治无意识》，王逢振、陈永国译，中国人民大学出版社2018年版，第96页。

③ Daniel R. Schwarz, *The Transformation of the English Novel*, *1890 – 1930*, Oxford：Blackwell Publishing, 2005, p. 119.

结　语

　　19世纪末20世纪初的英国小说在英国的历史和文学发展中具有重要意义。从经济方面讲，英国进入垄断资本主义阶段，世界许多地方沦为它的殖民地和半殖民地，英国从世界各地掠夺了巨额财富；从思想方面讲，赫伯特·斯宾塞宣称的社会达尔文主义将生物学领域里的发现应用到社会领域，强调人类社会的优胜劣汰，从而为愈演愈烈的殖民主义和种族主义提供理论支撑；从文学方面讲，英国文学作为时代的精神镜像，映射了当时社会的发展和变迁。人们对物质利益的追逐引发人性与欲望之间的博弈，导致人性的扭曲和异化。这些可以通过文学作品对家庭伦理关系困境的描摹中展现出来。英国文学家在这一时期创作出很多以家庭伦理为主题的作品，通过对这些作品的深入解读，我们可以了解到当时英国社会的家庭伦理及其与社会发展的相互关系。从现实方面看，目前我国正处于社会发展的转型期，经济发展对传统的家庭伦理造成了一定影响，如何处理好二者间的关系是我们需要考虑的现实问题。正如怀特海所言，如果我们希望发现某代人的内心思想，我们必须求助于文学。英国文学对家庭伦理的描述对我们有一定的参考价值，但目前国内外很少关注这一时期英国文学中的家庭伦理叙事。因此，对19世纪末20世纪初英国文学中的家庭伦理进行研究具有重要的理论和现实意义。

　　家庭伦理叙事作为19世纪末20世纪初英国文学作品中的一个重要现象，其重点在于突出由当时的主流意识形态所内化的种族歧视和殖民意识，以及垄断资本和社会竞争导致的各种社会矛盾如何在家庭伦理叙事中得以体现，并不同程度地影响着家庭伦理秩序的构建。本研究的现实意义在于，通过借鉴文学中的家庭伦理叙事，构建当今社会的生态文明，协调经济发展与思想进步之间的关系，摆脱经济主义的歪曲，使人们认识到经济活动的目的就是要在一切关系中改善人们的生活和家庭伦理秩序，加强不同种族之间的友好合作，促进共同发展。

本书主要分为三部分。第一部分为绪论，简述英国的社会发展及思想变化。这一章从政治、经济和文化等几个方面重点分析英国从农业社会向工业社会过渡过程中人们的思想变化，特别是达尔文的《生物进化论》、工业革命以及对外殖民对人们和社会造成的影响。这些影响具体体现在家庭方面，所以维多利亚时期人们关注的中心话题就是家庭，家庭伦理也成了这一时期小说中的主题。对小说中的家庭伦理叙事进行系统研究就可以了解到当时英国社会的发展状况及其对家庭伦理的影响，这对构建和谐稳定的社会环境无疑具有一定的指导意义和参考价值。第二部分论述工业文明对婚姻伦理的影响。该部分主要分析了托马斯·哈代和 D. H. 劳伦斯两位著名作家的几部作品。在分析《德伯家的苔丝》中的家庭婚姻伦理中，本书具体而微地把苔丝的伦理选择分为自然与社会、传统与自我、自由与责任之间的伦理选择三个部分。通过分析，本书指出，以往的评论几乎都聚焦于苔丝悲剧的外部因素，即苔丝是社会关系中被动的牺牲品，却忽视了从苔丝主体层面探究造成其悲剧命运的内部因素。其实在婚姻伦理的建构过程中，苔丝的性格因素也起了很大的作用，她在爱情婚姻选择上并不全是被动的，她有自己的价值判断和择偶标准。她既有照顾家庭的现实考量，也有追求个人幸福的浪漫幻想。但这些在残酷的现实面前被击得粉碎。所以作者设计的一个个貌似巧合的遭遇，实际上昭示着社会发展和个人命运的必然，就像俄狄浦斯无法逃脱弑父娶母的劫数一样，苔丝虽历经波折，依旧难以实现自己的婚姻梦想，最后只能悲壮地唱响一曲爱情悲歌。通过婚姻梦碎，小说其实在向读者暗示，在社会发展的过程中，个人的命运不是掌握在自己手中，而是由冥冥之中一双无形的手在翻云覆雨、颠倒乾坤，只有适应社会发展潮流的才能得以生存。所谓"优胜劣汰、适者生存"是也。在分析《卡斯特桥市长》的家庭伦理叙事中，本书从鬻妻的社会伦理因素、亨查德与女性的关系伦理、亨查德与男性的关系伦理三个方面来论述小说主人公亨查德在工业革命影响下的家庭伦理失范及奋斗挣扎过程。虽然鬻妻的行径使他痛改前非，不再酗酒，并奋发图强，当上了卡斯特桥市的市长，但后来在与新兴资产阶级的代表伐弗雷的较量中败下阵来。他不仅丢掉了市长位置，而且自己昔日的情人和女儿都先后投入了伐弗雷的怀抱。亨查德和伐弗雷的交往是小说叙述的重点。作为新兴生产方式和经济秩序的代言人，伐弗雷代表着先进的生产和管理方式。他和伊丽莎白·简和卢塞达的感情纠葛组成了小说复杂的人际关系网络，反映出在社会转型期家庭、婚姻伦理的变化。亨查德最后失去了男性身份和话语权，成了一个没有归属感或者没有指称的流浪者。他的父权代码被取缔，逐渐失去自己的社会地位，被社会边缘化。和苔丝一样，亨查德本人的性格缺陷和诸多的机缘巧合使他一步步地走向了死亡的边缘。即使小说的大部分章节都在描述他是一个粗鲁、固执、刚愎自用、易受蛊惑且以自我为中心的撒谎者，不过，除了这些缺点外，亨查德也有狂热的爱情追求和家庭责任。作为悲剧英雄不在于他做了什么，而在于他象征着什么，即失败的、错误连连的英雄男子汉。相比而言，伐弗雷无论在事业还是情感上都是成功的，他运用自己的才能取代亨查德成为卡斯特桥的市长，并在经济上取得了巨大的成功。卢塞达和伊丽莎白·简这两个亨查德最亲密的女人都先后嫁给了伐弗雷。但伐弗雷精明和务实的特点使他缺少了一些温情和家庭伦理责任。

在分析《查泰莱夫人的情人》中欲望的伦理表达时，本书指出，小说在张扬个性解放、反对工业文明的同时，也在考虑着家庭在社会中的作用和家庭成员之间的关系以及人们生理性别之外的社会性别。通过分析康妮一家和克利福德一家的家庭结构和社会地位，本书认为，克利福德在战场上受伤，失去男性功能后，康妮的父亲经常教导康妮可以有自己婚姻之外的男朋友。可以说父亲的"教导"是促使康妮婚内出轨，最终走上婚姻破裂道路的助推器。不过这些反传统的行为都是在黑暗中进行的，不可能公之于众，而合乎传统的行为比如门当户对、传宗接代以及经济利益等则是公开进行的。这既体现了劳伦斯的双重性，也为主人公的婚变埋下了伏笔。因为在康妮身上隐伏着的"斯芬克斯因子"正在进行着艰苦的抉择。康妮在婚姻存续期间发生的风流韵事，无论从社会伦理还是从法律层面来讲，都无法把康妮归为"好女人"。由于她的无情，克利福德只有从波尔顿太太那里寻求慰藉。劳伦斯这种互相矛盾的做法其实也说明了他思想上的双重性。在他的思想里深藏着一种伦理悖论：他既要号召人们打破婚姻，甚至法律和伦理的禁锢，追求一种纯净的、无拘无束的性爱，同时又给予主体回归婚姻的期盼。小说在叙述过程中，也隐隐暗示出性的欲望与人的社会本能之间的冲突。人的社会本能要求作为个体的人必须生活在一定的社会之中，遵守社会伦理规范。性爱如果失去了应有的理智、严肃和认真，也必然会给社会和个人带来损害。人非动物，性爱不可能超脱一切。康妮个人欲望的表达也需限制在一定的伦理规范之内，否则人类赖以存在的社会文明就会分崩离析。作为社会单元的家庭是每一个社会成员的栖身之所，构建和谐稳定的家庭伦理秩序是文明社会健康发展的基石，也是人类区别于其他生物的根本标志。

在分析《儿子与情人》中的家庭伦理叙事时，本书从夫妻关系伦理、父母与子女关系伦理两个方面，结合当时社会发展状况，对小说中的家庭伦理进行分析解读，以揭示出作品中的人物发展变化和伦理关切。在夫妻关系伦理中，格特鲁德不顾当时的阶级差异，甘愿下嫁给莫罗，这有悖当时的婚姻传统。但按照文学伦理学的观点，人的特性中包含有斯芬克斯因子，而斯芬克斯因子由兽性因子和人性因子组成。兽性因子代表人的动物性因素，是所有动物都具备的特征；而人性因子则反映人受社会规范约束的伦理表现，具有排他性特征。格特鲁德当初喜欢上莫罗就是人性中的兽性因子在起作用，潜意识中的动物性本能使她迷恋莫罗健壮的身体而忽视了阶级差别和个人素养。在传统的婚姻和家庭禁锢下，欲望只能得到部分的实现和表达，性爱只能与生育相关联。从文化差异上讲，莫罗太太是被她不熟悉的社会文化拉进婚姻的，她缺乏她成长环境之外的经验。她意识到，莫罗纯粹是感性的动物，缺乏文化和社会知识。她天真地认为，她能按照自己的意志改造莫罗，使他具有道德和宗教意识。不过，在下嫁给莫罗之后，她也感受到了性别（gender）的社会建构。莫罗夫妇之间的矛盾和冲突其实反映了不同阶级之间的矛盾冲突，也反映了不同阶层人们的价值取向。他们间的纠纷与其说是私人感情上的纠纷，倒不如说是在特定的社会与历史背景下男人与女人之间的必然冲突。在劳伦斯看来，现代工业社会按照既定的价值观念为男人和女人设定了许多不合理的规则。正是这些"社会规定性"导致两性间的不和谐以及家庭问题的产生。在父母与子女关系伦理中，莫罗虽然在经济方面是家庭的顶梁柱，但在情感上却被家庭的其他成员抛弃，在家庭活动中没有自己的位置和角色，变成了一个隐形人和多余的人。社会和家庭分工的不同是造成这种结果的部分原因。莫罗是一名矿工，是体力劳动者，大部分时间是在煤矿工作，和家人在一起的时间相对比较少，沟通也就更少了。而莫罗太太则是家庭的亲情维护者和劳动力生产者。她几乎整天在家里做家务和照看孩子。这种分工使得孩子们与母亲更加亲近。孩子们与父亲间存在着矛盾的俄狄浦斯关系。首先，他们无意识中把父亲作为与自己争夺母亲的对手，但他们也试图寻找出使父亲不受自己无意识伤害的途径和方法。其次，尽管保罗憎恶矿工们逼仄、粗暴的生活和工作空间，向往中产阶级的意识形态，但我们从莫罗太太身上可以看出中产阶级意识形态的双重性：既有自己的价值诉求，也对一切持消极否定态度。莫罗否认身上有上帝的存在。不过我们很难感觉到，这种权威似的声明真的能站得住脚，因为小说告诉我们的是一回事，但显示给我们看的却是另一回事，即讲述和显示是截然不同的。母亲在孩子们的生命中成为最强大的力量，控制了他们。小说呈现了一幅"男女关系上有机的混乱"画面。其实她对儿子感情扭曲的主要原因是她本人女性身份的不安全性。她内心深处始终隐藏着一种压抑感，那就是她不是一个男性，无法超越社会对她女性性别及母亲身份的限制和规定。从这个意义上讲，保罗被母亲着力培养成一个有用的、肯为自己做事的男性代言人。保罗对母亲表现出一种伦理混乱，即母子关系与情人关系之间形成了巨大的伦理张力。这使他对母亲爱恨交加，因为她占有了他的爱，使他不能全身心地去爱别的女人。保罗恨父亲是带有弗洛伊德式的妒忌，因为他占据了"以父之名"的位置。但保罗也爱父亲，因为他质朴、直率。保罗对父亲的处境感同身受，因为他和父亲一样都被母亲的行为毁掉了。劳伦斯在小说中借此间接抨击了20世纪的英国工业文明和社会传统给人们带来的精神创伤。劳伦斯虽然主张自然的性爱，但他也同样认为，成熟的两性关系不仅建立在肉体的愉悦上，更是建立在自尊和自立的基础上。主体得到的尊重更多来自他们在社会中所扮演的角色以及社会对其扮演角色的重视和认可程度。小说所关注的两性关系从来就不是对立的，性是强大的黏合剂，伟大的统一体。只有在人的本能生活受到破坏的情况下，性才会成为致命的武器和分裂者。保罗与母亲畸形的两性关系是由严酷的现实造成的，它破坏了他们的本能生活，现实的伦理禁忌使他们无法解决爱欲与伦理间的矛盾冲突，两性冲突已经成为主体健康成长的极大障碍。母亲最后只能走向死亡，才能消弭掉这个伦理结。劳伦斯在小说中反映了对原始社会本能也就是人的社会性的极度压抑。社会本能比性本能隐藏更深，社会压抑对主体也就更具破坏性。社会本能和性本能间的张力是造成主体分裂的重要原因，也是这部小说的主题所在，反映出作者对和谐稳定的社会伦理关系的深切呼唤。

　　本书的第三部分论述对外殖民对家庭伦理的影响。该部分主要分析了康拉德、吉卜林和福斯特的几部小说中的家庭伦理叙事。在分析康拉德小说中的家庭伦理叙事及人物悖论时，本书通过分析《间谍》

《吉姆老爷》《黑暗的心》《走投无路》及《进步前哨》中的夫妻、姐弟、父母以及子女之间的伦理叙事指出，家庭伦理是促进人物悖论式发展、建构社会秩序的推动力，为当时尔虞我诈、金钱至上的社会秩序增添了些许人性的光辉。同时，这种悖论式的人物形象书写也体现出作者对西方工业文明和殖民扩张的忧思。它们分别体现了家庭中的婚姻及父子、姐弟、父女之间的亲情伦理，涵盖了家庭伦理的基本要素，反映出康拉德本人对家庭伦理的看法和理解。论述分为婚姻伦理和亲情伦理两部分。《黑暗的心》中的库尔茨为了与未婚妻结婚，只有设法赚到更多的金钱，提升自己的社会地位。在当时的社会背景下，迅速致富的捷径就是到非洲淘金，搞到更多的象牙，而且作为殖民者的代表，他还可以在非洲做出一番事业，提升自己的社会地位。所以库尔茨并不完美的家庭背景和婚姻的现实要求是促成他远赴"蛮荒之地"的原动力。叙述者马洛溯流而上探寻库尔茨的叙事背景是家庭式的背景，因为他本人的刚果之行全仗他姑妈的帮助。所以家庭及婚姻因素是促成库尔茨和马洛非洲之行的重要原因，而始作俑者就是女人。《吉姆老爷》中的人物呈现一种悖论式的表达。布朗虽身为强盗，却不计后果地去追求这种不道德的情事，而且还有勇气承担责任，表现了他虽身为强盗却充满人性的一面。从这个方面讲，他无愧"绅士"的称号。吉姆为了虚妄的名声，背弃了对玉儿的承诺，使玉儿过着一种死亡般的生活。从家庭伦理角度来讲，男人能够保护自己的家人是男性气概的核心，吉姆显然背叛了自己的身份。所以在某种意义上，布朗对自己心爱的女人的态度远比被尊称为"老爷"的吉姆更真诚。《间谍》中的夫妻关系则呈现一种尔虞我诈、互相利用的畸形关系，严重背离了维多利亚时期的家庭伦理观。这是一部家庭悲剧作品，社会和经济矛盾构成了小说的中心问题，人类的道德与心理需求和社会秩序之间的矛盾贯穿了整个叙事过程。小说中的每个人物对其他人物都不了解，所有的人物都是孤独的，即使夫妇之间也是貌合神离。不同阶层、不同行业的人们都处在一个疯狂的世界里，家庭这个小社会也不例外。维洛克夫妇的婚姻就建立在相互利用、互不了解的基础上，是当时整个社会的缩影。在经济利益至上的家庭关系中，夫妻双方都违反了各自应有的伦理规范，没有给予对方应有的关心和爱护。但维妮为了自己的弟弟手刃亲夫，既体现出她冷酷无情的一面，也体现出她的骨肉亲情，作者在这方面表现出对维妮的同情心理和道德立场。《间谍》中维妮的母亲是个特别敏感、有自尊的人。为了使维洛克不嫌弃思迪威，并对自己的女儿好一点，她决定从女儿家搬到济贫院生活。母亲的身上体现了一种自我牺牲精神和在困厄中维护尊严的勇气。康拉德在作品中多次用"英雄"来形容她，而且在给友人的信中，他也提到维妮的母亲是个"英雄"。《进步前哨》围绕两个来到非洲贸易管理站的欧洲白人凯亦兹和卡利尔展开故事情节。作品的情节是悲剧性的，但对人物的描述却充满了喜剧色彩，体现了作者的写作立场，而且作品的标题本身就含有深刻的讽刺意味。但是，如果从家庭伦理的层面讲，凯亦兹和卡利尔纯粹是为了家庭才不辞辛苦到非洲来的。凯亦兹是想在非洲殖民地挣一大笔钱，以便为女儿购置嫁妆。在小说末尾，作者用讽喻的口气指出，凯亦兹"在他们最后真实的亮光中"看到了他的希望和价值。康拉德的意图很明显，他就是要以家庭这一具体的社会单元为窗口去观察殖民行为、工业文明以及社会变革给当时的社会和民众带来的种种影响，揭示现代西方社会的通病和隐患，探索现代文明人变异、扭曲的灵魂，引发人们对文明的忧思。

在《诺斯托罗莫》中，高尔德很爱自己的太太，但与银矿比起来，银矿是第一位的。所以，桑·托梅银矿首先是高尔德的个人史，也是他妻子的悲剧。其实，他们婚姻的悲剧在她起初同意嫁给他的那一刻就已经隐现出来了，大多数时间，高尔德太太总是独守空房，桑·托梅银矿实际上成了夫妻情感隔阂的一堵墙。[①] 在高尔德太太看来，家成了她一个人躲避外部世界的避难所，而喧闹的外部世界有一部分是她丈夫造成的，是丈夫把充满敌意的外部世界引入家庭来的。但高尔德信奉帝国主义的进步哲学，他告诉妻子，秩序和安全

---

① Sally Mitchell, *Daily Life in Victorian England*, Portsmouth: Greenwood Press, 1996, p. 266.

将是他们献身银矿所带来的结果。他完全置身于自己的这一理想之中，疏远了妻子，对她的痛苦浑然不觉。有学者指出，高尔德是异化的资产阶级的化身，这可以帮助我们进一步了解他的矛盾性格特征。后来的事实证明，他的银矿只会带来更严重的社会混乱，而代表人际关系和人类公正同情之心的艾米莉娅则孤苦伶仃地看着这场令人啼笑皆非且把精神埋葬掉的胜利救赎。作为银矿主的妻子，她忍受着婚姻的异化，家庭的分离以及无望的渴求。因为他们没有孩子，丈夫的性冷淡和她本人与丈夫的隔阂构成了他们灰暗的未来。高尔德夫妇的情况与《查泰莱夫人的情人》中克利福德夫妇形成了对照。男主人公都醉心于自己的事业，对自己的妻子关注甚少。但是女主人公的选择却是大相径庭。康妮耐不住无性婚姻的折磨，主动与丈夫的猎场守护员梅勒斯发生了关系，并决心与丈夫离婚，和梅勒斯重组家庭，而高尔德太太却忍受着丈夫冷落自己的痛苦。莫尼汉姆医生经常帮助并深深地爱着她。高尔德太太明知道莫尼汉姆医生对自己的爱慕，却不为所动，默默地尽到做妻子的责任和义务。她凭借个人的价值判断和不朽的名声努力保持人们之间的和谐共处，而她的美貌和肤色也使她免遭叛乱之苦。然而她的最终命运却是家庭的破裂，物质利益的代表"银子"占据了高尔德的情感空间，使他沦为行尸走肉。对物质利益的追求也使整个社会充溢着变态的人性和畸形的人际关系。小说中的另一个人物德考得对银矿感情远没有高尔德和诺斯托罗莫那么炽烈。尽管他的理想是建立在对安东尼娅的感情基础之上，不受别的任何约束，但"他像高尔德一样，也是一名幻想家"。① 他发誓要维持和她的关系，但他对她的爱并不足以维持他在孤独的两周内的生命。爱对德考得而言是虚幻的、不能持久的，他在岛上的孤独就证明了这一点。他深爱的人也和其余的人一样逐步变得虚无，难以支撑他活下去的信念。受爱的驱使，德考得放弃了自己对世界的怀疑主义立场。爱使他不可能保持怀疑主

---

① Suresh Raval, *The Art of Failure: Conrad's Fiction*, London: Allen & Unwin, 1986, p. 81.

义态度，而他的处事态度又使他不可能支撑起这样的希望。没有了希望，他的爱就成了抽象的空洞物。这样，爱和怀疑之间的关系不只是有问题，而是形成了鲜明的对比，产生了矛盾。德考得愤世嫉俗和道德冷漠的身份特征就像他对安东尼娅的爱一样，经不起任何挫折和打击。他的自杀间接地诱导了诺斯托罗莫的堕落和女友安东尼娅的幻想破灭。诺斯托罗莫纯粹是作为一个公众形象出现，本身没什么价值，只能生活在别人对他的评价之中。正如他言，他活着只是想听到别人对他的赞扬。就像银子一样，其价值是外界赋予的。从一开始就经历着主体的分裂过程，他的主体发展过程经历了三个明显的阶段：首先是维奥拉一家的干儿子和保护者，然后是萨拉科的英雄，最后沦为盗贼，被误杀。诺斯托罗莫的悲剧就在于，他从别人的赞扬中清醒过来，意识到"他仅仅是别人对他看法的集合体，没有真正属于自己的东西"。[1] 格拉德认为，诺斯托罗莫是象征性的人物、虚荣的代表、小说"迷惘的主体"。[2] 诺斯托罗莫一副不被腐蚀的外表、享受着好名声，似乎视金钱如粪土，待琳达忠贞不渝，但在这种符号性掩盖下，却有一颗不安分的心：偷运埋在地下的银锭，瞒着琳达与其姐姐幽会。所有这些都表明了他分裂的人格特征，昭示了人性的复杂和险恶。不像那些为保护集体利益而不惜牺牲自己一切的传统英雄主义者那样，他的行为"深深地烙上了利己主义动机的劣印"。[3] 小说也提醒读者，"被固执的想法所左右的人是不正常的。即使这样的想法多么合理，他也会有疯癫的危险。"[4] 高尔德耽溺于理想的诱惑，结果丧失了人性。莫尼汉姆医生对高尔德太太的忠诚和痴情也是可怕的，这会影响他本人和高尔德太太的婚姻

---

[1] Terry Eagleton, *The English Novel: An Introduction*, Oxford: Blackwell Publishing, 2005, p. 239.

[2] Albert J. Guerard, *Conrad the Novelist*, Massachusetts: Harvard University Press, 1958, p. 204.

[3] Daniel R. Schwarz, "Joseph Conrad", *The Columbia History of the British Novel*, Beijing: Foreign Language Teaching and Research Press, 2005, p. 706.

[4] Otto Bohlmann, *Conrad's Existentialism*, London: Macmillan, 1991, p. 27.

选择。维奥拉误杀诺斯托罗莫也是基于他固化的作风和思维。这在客观上也毁掉了女儿的幸福。康拉德的作品经常通过描写女性对男性主人公的追求来掩盖男性性格上的缺陷。在《吉姆老爷》中，吉姆梦想成为英雄的欲望被帕特纳事件击得粉碎，但是在帕图桑玉儿对他的热烈追求某种程度上满足了他虚幻的欲望。在《黑暗的心》中，库尔茨的未婚妻坚信库尔茨魔力般的影响力。这些表明女性有她们的虚幻世界：她们从没有生活在"真实"世界之中。

　　本书分析《印度之行》中家庭伦理殖民表达，认为小说《印度之行》以殖民政治为载体，来探寻家庭伦理的建构过程，从而揭示出殖民政治对家庭建构造成的影响。在对阿齐兹的审判过程中，莫尔太太明知阿齐兹是冤枉的，却宁肯选择逃避，也不愿为阿齐兹出庭作证。她的死亡也是对其虚无思想的最后诠释。

　　当然，朗尼对母亲的选择也起到了决定性作用。虽然莫尔太太没有听从朗尼的话去法庭控告阿齐兹，但她迫于白人的压力，也没有出庭为阿齐兹作证。她自己深陷矛盾的焦虑之中。莫尔太太虽知道阿齐兹是冤枉的，却不愿站出来指证，这体现出她内心的纠结和虚伪，当然还有潜意识中的种族优越感。而且笔者认为更重要的是，作为母亲，她要顾及她儿子朗尼的立场和前途。关键时刻，亲情因素占了上风，她最终选择舍弃正义，保全名声和家人。家庭伦理在这场诉讼中起到了支配作用。莫尔太太对阿齐兹自私的抛弃表明，她在追求精神自我的实现过程中把与人的关系抛到了一边。无论是什么理由，她都犯了大错，对福斯特来说，这种抛弃朋友的行为就是异端。[①] 精神上的自我实现不能以牺牲人类关系为代价。从传统的价值观基础来看，她的自我陶醉显示出人与人之间道德建构的失败。她呈现给印度人的"埃斯米斯·埃斯莫尔"（印度教中的女神 Es-miss Esmoor）这一虚构身份，与她实际上的表现无关。她对于人类

---

① Daniel R. Schwarz, *The Transformation of the English Novel*, *1890 - 1930*, Oxford：Blackwell Publishing, 2005, p. 135.

关系的轻蔑也是对基督教教义的辛辣讽刺。她迷蒙的精神状态代表了人类"联结"的失败。

同样，这场关乎殖民政治和种族关系的诉讼直接影响了家庭和伦理秩序的构建，朗尼和阿德拉因此解除了婚约，莫尔太太因回避此事而提前回国，最后死于途中。阿德拉与朗尼的婚约正如她在马拉巴山洞遭遇的情景一样，令其惶惑不安。对殖民政治和社会伦理的不同态度是造成她们解除婚约的主要原因。

阿德拉清楚地意识到了自己内心异己的存在，也正因为意识到了这个盲点，她才游离于殖民政治话语之外。这也反向证明了殖民政治的虚伪和人性的堕落。

小说描述的重点在于追求目标时的绝望，而不是实现这个目标。这种追求反映了主体自身的不确定性、挫折和焦虑，同时暴露出保持家庭和人际关系方面的压力。福斯特的《印度之行》其实反映出作者对社会扭曲人性的焦虑和对返归人性真善美的深切呼唤。小说也给予了我们对未来的希冀。虽然莫尔太太病逝了，阿德拉也回国了，但是爱的回声、生与死的轮回却仍在继续回响。莫尔太太的后人开始了新一轮的"印度之行"，而这一次的前景却是乐观的，因为菲尔丁和莫尔太太的女儿结婚了。他们的结合势必推动殖民政治和家庭关系的健康发展。

本书在分析《基姆》中的家庭焦虑时指出，在对小说《基姆》的评述中，很多论者几乎都把基姆的身份问题作为小说的中心问题，而且认为这是一个不言自明的问题，因此对身份的寻求也成为小说的主题。如果结合基姆的出身情况、作者的写作背景和当时的社会环境进一步思考的话，我们就会发现，作为一个未成年人，基姆时常表现出的身份焦虑其实是对家庭的焦虑，是对家庭欲望的压抑或曲折表达，也是对亲情的深切呼唤。同时也体现出作者本人的家庭伦理观。在基姆今后的寻求中，一直在努力找寻父亲的影子或者说父亲的替代物。后来找到的父亲所在军队的绿地红牛徽章以及父亲的退伍证明和基姆的出生证明既可以保证基姆的白人身份也可以在某种程度上代替缺席的父亲，缓解基姆想念父亲的焦虑。正是对父亲的幻觉基姆逐渐产生对家庭的焦虑。基姆对自己身份的困惑也就是对父亲身份的困惑，体现出基姆对家庭的焦虑。存在主义者把焦虑看作是主体改变其所处环境的指示器。焦虑显示个体需要改变他的存在方式，同时，它也能激发个体的潜能，增益其所不能。所以，对家庭的焦虑迫使基姆做出许多与自身年龄不相称的事情。基姆时常感觉孤独，是因为他堕入了拉康所谓的"以父之名"的象征秩序之中，意识到自己的殖民身份在殖民体系中所起的作用。尽管在象征秩序中基姆经常感到孤独和迷惘，但这可以通过对行为的想象性满足得以解决。喇嘛和大山的联合为基姆提供了前俄狄浦斯力量，使他有了家庭归属感，在离开喇嘛为英国情报部门服务之前得到了最后的亲情慰藉。

在殖民活动中，利益驱动往往要被套上亲情的外衣，这样可以有效利用基姆对家庭和亲情的焦虑，心甘情愿地为殖民政府服务。在基姆身上，我们可以依稀窥到作者吉卜林的影子，隐现吉卜林的家庭焦虑。他常把家庭亲情置于帝国意识的语境之中。毕竟印度是他的出生地，他在那里度过了自己的金色童年。对他而言，印度是他的第一个也是最后一个家园。在《基姆》中，基姆表面上对身份的困惑和寻求实则体现出他对家庭的焦虑。看似不起眼的家庭因素时刻影响着基姆主体人格的形成和发展。我们知道，一部作品无论如何是不能与产生它的时代背景相分离的。从《基姆》中我们可以感触到时代的足音，对家庭的焦虑某种程度上就是对当时英帝国的焦虑，反映出作者吉卜林浓厚的家国情怀。

通过对几部代表性小说的分析，我们可以看出，在19世纪末20世纪初的英国处于由农业社会向工业社会的转型时期，对外殖民行为也逐渐由盛转衰，不少殖民地纷纷脱离英国的统治，获得独立，日不落帝国的国际地位也逐渐衰落。这些变化都在小说中通过家庭这一具体而微的单元折射出来。康拉德、哈代、劳伦斯、吉卜林和福斯特这几位作者各有自己特立独行的品性和与众不同的写作风格。

但他们的作品在对家庭伦理的书写中永远不乏流离与新生、彷徨与求索的浮生万象，在万般变化中秉承那一份持守与真诚。即使像吉卜林、福斯特这样的殖民作家，在他们的小说中依旧浸淫着对家庭伦理的关注和期待。因此，关注小说中的家庭伦理，就可以感觉到时代的脉动和亘古不变的人性关怀，体察到小说的时代诉说和人文价值。在动荡不安、人心失序的社会环境下，对家庭伦理的关注和研究无疑在构建和谐稳定的社会环境和健康向上的人际关系方面，具有较高的指导意义和借鉴价值。

参考文献

一 中文部分

［德］黑格尔:《法哲学原理》,范扬译,商务印书馆 1961 年版。

［法］迪尔凯姆:《自杀论》,冯韵文译,商务印书馆 1996 年版。

［法］拉康:《拉康选集》,褚孝泉译,上海三联书店 2001 年版。

［法］列维－施特劳斯:《忧郁的热带》,王志明译,生活·读书·
新知三联书店 2005 年版。

［法］卢梭:《爱弥尔》(上),李平沤译,商务印书馆 1981 年版。

［法］萨福安:《结构精神分析学:拉康思想概述》,怀宇译,天津
社会科学院出版社 2001 年版。

［古希腊］亚里士多德:《尼各马可伦理学》,廖申白译注,商务印
书馆 2003 年版。

［美］巴克勒:《西方社会史》,霍文利译,广西师范大学出版社 2005
年版。

［美］巴特勒:《性别麻烦:女性主义与身份的颠覆》,宋素凤译,上
海三联书店 2009 年版。

［美］贝克尔:《拒斥死亡》,林和生译,华夏出版社 2000 年版。

［美］彼彻姆:《哲学的伦理学》,雷克勤等译,中国社会科学出版
社 1992 年版。

［美］弗罗姆:《健全的社会》,蒋重跃等译,国际文化出版公司 2007
年版。

［美］米勒：《小说与重复：七部英国小说》，王宏图译，天津人民出版社 2007 年版。

［美］米利特：《性的政治》，钟良明译，社会科学文献出版社 1999年版。

［美］萨义德：《世界·文本·批评家》，李自修译，生活·读书·新知三联书店 2009 年版。

［美］萨义德：《文化与帝国主义》，李琨译，生活·读书·新知三联书店 2003 年版。

［美］特里林：《诚与真》，刘佳林译，江苏教育出版社 2006 年版。

［美］詹姆逊：《政治无意识》，王逢振、陈永国译，中国人民大学出版社 2018 年版。

［斯洛文尼亚］齐泽克：《幻想的瘟疫》，胡雨谭、叶肖译，江苏人民出版社 2006 年版。

［斯洛文尼亚］齐泽克：《实在界的面庞》，季广茂译，中央编译出版社 2004 年版。

［苏联］阿尼克斯特：《英国文学史纲》，戴镏龄等译，人民文学出版社 1959 年版。

［印度］泰戈尔：《泰戈尔全集》，河北教育出版社 2001 年版。

［英］奥威尔：《我为什么写作》，刘沁秋、赵勇译，南京大学出版社 2008 年版。

［英］达尔文：《达尔文生平》，叶笃庄等译，科学出版社 1983 年版。

［英］达尔文：《人类的由来》（上、下），潘光旦译，商务印书馆 1983年版。

［英］福斯特：《小说面面观》，冯涛译，人民文学出版社 2009 年版。

［英］福斯特：《印度之行》，杨自俭译，译林出版社 2008 年版。

［英］康拉德：《黑暗的心》，薛诗绮等译，长江文艺出版社 2006 年版。

［英］康拉德：《吉姆老爷》，蒲隆译，上海译文出版社 2008 年版。

［英］康拉德：《间谍》，张健译，外国文学出版社 2008 年版。

［英］康拉德：《康拉德小说选》，袁家骅译，上海译文出版社 1985

年版。

［英］康拉德：《诺斯托罗莫》，刘珠还译，译林出版社 2001 年版。

［英］拉斯金：《拉斯金读书随笔》，王青松、匡咏梅译，上海三联书店 1999 年版。

［英］拉斯金：《芝麻与百合：追求生活的艺术》，张璘译，中国人民大学出版社 2003 年版。

［英］劳伦斯：《查泰莱夫人的情人》，杨恒达译，中国友谊出版公司 2016 年版。

［英］劳伦斯：《儿子与情人》，陈良廷、刘文澜译，人民文学出版社 2017 年版。

［英］劳伦斯：《为〈查泰莱夫人的情人〉一辩》，载［古罗马］奥维德、［英］劳伦斯《奥维德、劳伦斯论性爱》，戴望舒、黑马译，团结出版社 2006 年版。

［英］利维斯：《伟大的传统》，袁伟译，生活·读书·新知三联书店 2002 年版。

［英］洛维：《东方主义文学批评：E. M. 福斯特〈印度之行〉的接受》，载张中载、赵国新编《文本·文论——英美文学名著重读》，外语教学与研究出版社 2004 年版。

［英］斯通：《英国的家庭、性与婚姻（1500—1800）》，刁筱华译，商务印书馆 2011 年版。

［英］休谟：《道德原理探究》，王淑芹等译，中国社会科学出版社 1999 年版。

［英］伊格尔顿：《论邪恶：恐怖行为忧思录》，林雅华译，湖南人民出版社 2014 年版。

［英］伊格尔顿：《甜蜜的暴力：悲剧的观念》，方杰、方宸译，南京大学出版社 2007 年版。

冯俊：《当代法国伦理思想》，同济大学出版社 2007 年版。

姜静楠、刘宇坤：《后现代的生存》，作家出版社 1998 年版。

李宝芳：《维多利亚时期英国中产阶级婚姻家庭生活研究》，社会科学文献出版社 2015 年版。

李长亭：《康拉德小说主体研究》，吉林大学出版社 2013 年版。

李长亭：《英国维多利亚末至爱德华时期文学中的殖民主体研究》，
　　郑州大学出版社 2016 年版。

李维屏：《英国小说人物史》，上海外语教育出版社 2008 年版。

李秀清：《吉卜林小说〈基姆〉中的身份建构》，《英美文学研究论
　　丛》2010 年第 2 期。

陆建德：《〈间谍〉中译本序》，载［英］康拉德《间谍》，张建译，
　　外国文学出版社 2002 年版。

聂珍钊：《文学伦理学批评导论》，北京大学出版社 2014 年版。

聂珍钊等：《英国文学的伦理学批评》，华中师范大学出版社 2007
　　年版。

宋希仁：《西方伦理思想史》，中国人民大学出版社 2004 年版。

孙利天：《死亡意识》，吉林教育出版社 2001 年版。

万俊人：《萨特伦理思想研究》，北京大学出版社 1988 年版。

王政、杜芳琴：《社会性别研究选译》，生活·读书·新知三联书店
　　1998 年版。

王佐良、周珏良：《英国 20 世纪文学史》，外语教学与研究出版社
　　2006 年版。

杨自俭：《译后记》，载［英］E. M. 福斯特《印度之行》，杨自俭
　　译，译林出版社 2008 年版。

尹锡南：《论〈印度之行〉中的印度——"殖民与后殖民文学中的
　　印度书写"研究系列之一》，《南亚研究季刊》2003 年第 4 期。

张中载：《二十世纪英国文学：小说研究》，河南大学出版社 2001
　　年版。

二　英文部分

Adam Smith, *The Theory of Moral Sentiments*, Indianapolis：Liberty Clas-
　　sics，1976.

Alan Macfarlane, *Marriage and Love in England*: *Modes of Reproduction*, *1300 – 1840*, Oxford: Blackwell, 1986.

Albert J. Guerard, *Conrad the Novelist*, Massachusetts: Harvard University Press, 1958.

Alexander Pope, *Essay on Man*, London: Cassell & Company, 1896.

Alison L. La Croix, and Martha C. Nussbaum, "Introduction", in Martha C. Nussbaum and Alison La Croix eds. , *Subversion and Sympathy*: *Gender*, *Law*, *and the British Novel*, New York: Oxford UP, 2013.

Arnold E. Davidson, *Conrad's Endings*: *A Study of the Five Major Novel*, Michigan: UMI Research Press, 1984.

Bart Moore-Gilbert, *Writing India 1757 – 1990*: *The Literature of British India*, Manchester: Manchester University Press, 1996.

Benjamin Kidd, *Social Evolution*, New York: Macmillan, 1894.

Brenda Silver, "Periphrasis, Power and Rape in *A Passage to India*", *Novel*, 22, 1988.

Byron Caminero-Santangelo, "A Moral Dilemma: Ethics in *Tess of the d'Urbervilles*", *English Studies*, 1, 1994.

C. Darwin, *Descent of Man*, New York: Hurst and Co. , 1874.

C. Darwin, *Origin of Species*, Oxford: Oxford UP, 1996.

Cedric Watts, *Joseph Conrad*: *A Literary Life*, New York: St. Martin Press, 1989.

Charles Carrington, *Rudyard Kipling*: *His Life and Work*, London: Macmillan, 1986.

Charles Dickens, "The Noble Savage", *Household Words*, 7, June 11, 1853.

Chen Jia, *A History of English Literature* (Vol. 4), Beijing: Commercial Press, 1986.

Craig Raine, "Conscious Artistry in *The Mayor of Casterbridge*", in Charles

P. C. Pettit ed. , *New Perspective in Thomas Hardy*, New York: St. Martin's Press, 1994.

D. Edward ed. , *Phoenix: The Posthumous Papers of D. H. Lawrence*, London: MacDonald, 1936.

D. H. Lawrence, "Study of Thomas Hardy", in Bruce Steele ed. , *Study of Thomas Hardy and Other Essays*, Cambridge: Cambridge UP, 1985.

D. H. Lawrence, *Fantasia of the Unconscious*, Harmondsworth: Penguin, 1974.

D. H. Lawrence, *The Collected Letters of D. H. Lawrence*, ed. Harry T. Moore, New York: Viking, 1962.

Daniel R. Schwarz, "Joseph Conrad", in John Richetti ed. , *The Columbia History of the British Novel*, Beijing: Foreign Language Teaching and Research Press, 2005.

Daniel R. Schwarz, *Reading the Modern British and Irish Novel 1890 – 1930*, Oxford: Blackwell Publishing, 2005.

Daniel R. Schwarz, *The Transformation of the English Novel*, *1890 – 1930*, London: Macmillan Press Ltd. , 1995.

David Bradshaw, *The Cambridge Companion to E. M. Forster*, New York: Cambridge University Press, 2007.

Desmond Hawkins, *Thomas Hardy*, London: A. Barker, 1950.

Diane P. Wood, "Preface", in Martha C. Nussbaum and Alison La Croix eds. , *Subversion and Sympathy: Gender*, *Law*, *and the British Novel*, New York: Oxford UP, 2013.

Dorothy Van Ghent, *The English Novel: Form and Function*, New York: Harper, 1955.

E. M. Forster, *Two Cheers for Democracy*, London: Mariner Books, 1962.

Edward W. Said, *The World*, *the Text*, *and the Critic*, Beijing: Joint Publishing Co. , 2009.

Elaine Showalter, "The Unmanning of *The Mayor of Casterbridge*", in Harold Bloom ed. , *Modern Critical Views*, *Thomas Hardy*, New York: Chelsea House, 1987.

Erich Fromm, *The Sane Society*, trans. Jiang Chongyue, Beijing: International Culture Publishing House, 2007.

Evelyn Hardy, *Thomas Hardy: A Critical Biography*, London: The Hogarth Press, 1954.

Florence Hardy, *Later Years of Thomas Hardy*, New York: Macmilan, 1930.

Francois Voltaire, *Philosophical Dictionary*, trans. Peter Gay, New York: Basic Books, 1962.

Frank Kermode, "The writing of Sons and Lovers", in Rick Rylance ed. , *New Casebooks of Sons and Lovers*, London: Macmillan, 1996.

Frantz Fanon, *Black Skin, White Masks*, trans. Charles Markman, New York: Grove, 1968.

G. Deleuze and F. Guattari, *Anti-Oedipus*, London: Athlone Press, 1984.

G. K. Das, *E. M. Forster's India*, New Delhi: Pencraft International, 2005.

Gamini Salgado ed. , *D. H. Lawrence: Sons and Lovers*, London: Macmillan, 1969.

Gillian Beer, *Darwin's Plots: Evolutionary Narrative in Darwin, George Eliot, and Nineteenth-Century Fiction*, Cambridge: Cambridge UP, 1983.

Harold Bloom, *Rudyard Kipling: Modern Critical Views*, New York: Chelsea House, 1987.

Harry T. Moore ed. , *The Collected Letters of D. H. Lawrence*, New York: Viking, 1962.

J. B. Bullen, *Thomas Hardy: the World of His Novels*, London: Frances Lincoln Limited, 2013.

J. Hillis Miller, *Fiction and Repetition: Seven English Novels*, Oxford:

Basil Blackwell, 1982.

Jacque Lacan, *The Language of the Self*, trans. Anthony Wilden, London: The John Hopkins UP, 1968.

Jacques Lacan, *Ecrits*, Paris: Seuil, 1966.

James Paradis, "Evolution and Ethics in Its Victorian Context", in James Paradis ed., *Evolution and Ethics*, Princeton: Princeton UP, 1989.

Jan B. Gordon, "Tess's Journey", in Harold Bloom ed., *Modern Critical Views: Thomas Hardy*, New York: Chelsea House Publishers, 1987.

Jan Montefiore, *Rudyard Kipling*, Tavistock: Northcote House, 2007.

Janet Todd, *Sensibility: An Introduction*, London: Methuen, 1986.

Jeannette King, "*The Mayor of Casterbridge*: Talking about Character", *The Thomas Hardy Journal*, No. 3, 1992.

Jeffrey Williams, *Theory and the Novel: Narrative Reflexivity in the British Tradition*, Cambridge: Cambridge University Press, 1998.

Jeremy Hawthorn, *Joseph Conrad: Narrative Technique and Ideological Commitment*, London: Edward Arnold, 1990.

Joan Perkin, *Women and Marriage in Nineteenth-Century England*, London: Routledge, 1989.

Joanna Devereux, *Patriarchal and Its Discontents: Sexual Politics in Selected Novels and Stories of Thomas Hardy*, New York: Routledge, 2003.

Joe Fisher, *The Hidden Hardy*, New York: St. Martin's Press, 1992.

John Kucich, "Intellectual Debate in the Victorian Novel: Religion and Science", in Deirdre David ed., *The Cambridge Companion to the Victorian Novel*, Cambridge: Cambridge UP, 2009.

John Lubbock, *The Origin of Civilization and the Primitive Condition of Man: Mental and Social Condition of Savages*, London: Longman, 1912.

John Richetti, *The Columbia History of the British Novel*, Beijing: Foreign Language Teaching and Research Press, 2005.

John Rodden, "Of Nater and God: A Look at Pagan Joan and Reverend James Clare in Hardy's *Tess of the d'Urbervilles*", *English Studies*, 92, 2011.

John Stuart Mill, *On Liberty: the Subjection of Women*, Oxford: Oxford University Press, 1976.

John Tosh, *A Man's Place: Masculinity and the Middle-class Home in Victorian England*, London: Yale University Press, 1999.

Joseph Conrad, *Joseph Conrad: Life and Letters* (Vol. 2), in G. Jean-Aubry ed., London: Heinemann, 1927.

Joseph Conrad, *Joseph Conrad's Letters to R. B. Cunninghame Graham*, ed. C. T. Watts, Cambridge: Cambridge University Press, 1969.

Josephine M. Guy, *The Victorian Social-Problem Novel*, London: Macmillan Press, Ltd. , 1996.

Judith Flanders, *Inside the Victorian Home: A Portrait of Domestic Life in Victorian England*, New York: W. W. Norton & Company, 2004.

Julia Kristeva, *Desire in Language: A Semiotic Approach to Literature and Art*, New York: Columbia University Press, 1980.

Kathleen Blake, "Pure Tess: Hardy on Knowing a woman", *Studies in English Literature*, 22, 1982.

Kevin Z. Moore, *The Descent of the Imagination: Postromantic Culture in the Later Novels of Thomas Hardy*, New York: New York University Press, 1990.

Lawrence Stone, *The Family, Sex and Marriage in England 1500 – 1800*, London: Penguin, 1990.

Linda Ruth Williams, *D. H. Lawrence*, Plymouth: Northcote House Publishers, 1997.

Lionel Trilling, *Sincerity and Authenticity*, Nanjing: Jiangsu Education Press, 2006.

Malcolm Bradbury, *The Modern British Novel 1878 – 2001*, Beijing: Foreign Language Teaching and Research Press, 2005.

Marcia Baron, "Rape, Seduction, Purity, and Shame in *Tess of the d'Urbervilles*", in Martha C. Nussbaum and Alison La Croix eds., *Subversion and Sympathy: Gender, Law, and the British Novel*, New York: Oxford UP, 2013.

Margaret R. Higonnet, "A Woman's Story: Tess and the Problem of Voice", *The Sense of Sex*, New York: Routledge, 2003.

Marjorie Garson, *Hardy's Fables of Integrity: Woman, Body, Text*, Oxford: Clarendon, 1991.

Mary Jacobus, "Tess's Purity", *Essays in Criticism*, 26, 1976.

Mary Jean Corbett, *Family Likeness: Sex, Marriage, and Incest from Jan Austen to Virginia Wool*, New York: Cornell University Press, 2008.

Michael Gorra, "Rudyard Kipling to Salman Rushdie: Imperialism to Post colonialism", in John Richetti ed., *The Columbia History of the British Novel*, Beijing: Foreign Language Teaching and Research Press, 2005.

Michael Millgate, *Thomas Hardy: His Career as a Novelist*, London: Bodley Head, 1971.

Michel Foucault, *Language, Counter-Memory, Practice*ed., Donald F. Bouchard, Ithaca: Cornell University Press, 1977.

Nancy Armstrong, "When Gender Meets Sexuality in the Victorian Novel", in Deirdre David ed., *The Victorian Novel*, Cambridge: Cambridge UP, 2001.

Nancy Stepan, *The Idea of Race in Science: Great Britain, 1800 – 1960*, Hamden: Archon, 1982.

Nirad C. Chaudhur, *Kipling: The Critical Heritage*, ed. Roger Lancelyn Green, London: Routledge and Kegan Paul, 1971.

Norman Page, *A Conrad Companion*, London: The Macmillan Press, 1986.

Otto Bohlmann, *Conrad's Existentialism*, London: Macmillan, 1991.

Patricia Ingham, *Thomas Hardy*, New York: Oxford University Press, 2003.

Penny Boumelha, *Thomas Hardy and Women*, New Jersey: University of Wisconsin Press, 1982.

Peter Balbert, *D. H. Lawrence and the Phallic Imagination*, New York: St. Martin's Press, 1989.

Peter Eastingwood, "*The Mayor of Casterbridge* and the Irony of Literary Production", *The Thomas Hardy Journal*, 3, 1993.

Peter Gay, *Education of the Senses*, Oxford: Oxford UP, 1984.

Peter J. Casagrande, *Tess of the d'Urbervilles: Unorthodox Beauty*, New York: Twayne, 1992.

Peter Scheckner, *Class, Politics, and the Individual: A Study of the Major Works of D. H. Lawrenc*, London: Associated University Press, 1985.

Peter Widdowson, *Hardy in History*, London: Routledge and Kegan Paul, 1989.

Petra Rau, *English Modernism, National Identity and the Germans, 1890 – 1950*, London: Ashgate, 2009.

Philip D. Curtin, *The Image of Africa: British Idea and Action, 1780 – 1850*, Madison: University of Wisconsin Press, 1964.

Rachel Ablow, "Victorian Feelings", in Deirdre David ed. , *The Victorian Novel*, Cambridge: Cambridge UP, 2001.

Raymond William, "Woman in Domestic Life", *Magazine of Domestic Economy*, 1, 1836.

Raymond William, *The English Novel from Dickens to Lawrence*, London: Hogarth, 1984.

Richard Burton, *The Lake Regions of Central Africa*, New York: Horizon，1961.

Richard Burton，*Two Trips to Gorilla Land and the Cataracts of the Congo*，New York：Johnson，1967.

Richard Ruppel，*A Political Genealogy of Joseph Conrad*，London：Lexington Books，2015.

Rider Haggard，*King Solomon's Mines*，Harmondsworth：Penguin，1965.

Rosemarie Morgan，*Women and Sexuality in the Novels of Thomas Hardy*，London：Routledge，1988.

Rosemary Marangoly George，*The Politics of Home：Postcolonial Relocations and Twentieth-Century Fiction*，Cambridge：Cambridge UP，1996.

Ross Shideler，*Questioning the Father：From Darwin to Zola，Ibsen，Strindberg and Hardy*，Standford：Standford UP，1999.

Rudyard Kipling，*Kim*，Oxford：Oxford University Press，1987.

S. Raval，*The Art of Failure*，Boston：Allen & Unwin，1986.

Sally Mitchell，*Daily Life in Victorian England*，London：Greenwood Press，2009.

Samuel White Bakery，*The Albert N'yanza，Great Basin of the Nile and Exploration of the Nile Sources*，2 vols，London：Sidgwick & Jackson，1962.

Seymour Bestky，"Rhythm and Theme：D. H. Lawrence's Sons and Lovers"，in Gamini Salgado ed. ，*D. H. Lawrence：Sons and Lovers*，London：Macmillan，1969.

Stone Lawrence，*The Past and Present Revisited*，London：Routledge，1987.

T. H. Huxley，*Evolution and Ethics*，London：Pilot Press，1894.

T. R. Wright，*Hardy and the Erotic*，London：Macmillan，1989.

Terence Cave，"Joseph Conrad：The Revenge of the Unknown"，in Andrew Michael Roberts ed. ，*Joseph Conrad*，London：Longman，1998.

Terry Eagleton, *The English Novel*: *An Introduction*, Oxford: Blackwell Publishing, 2005.

Terry Eagleton, *A Literary Theory*: *An Introduction*, Beijing: FLTR Press, 2004.

Thomas Hardy, *Tess of the d'Urbervilles* (New Wessex Editions), London: Macmillan, 1974.

Thomas Robert, "Malthus", in Philip Appleman ed. , *An Essay on the Principle of Population*, New York: W. W. Norton, 2004.

Tony Tanner, "Colour and Movement in Hardy's *Tess of the d'Urbervilles*", *Critical Quarterly*, 10, 1968.

Toril Moi, *Sexual*, *Textual Politics*: *Feminist Literary Theory*, London: Routledge, 1985.

Virginia Woolf, *On Novels and Novelist*, trans. Qu Shijing, Shanghai: Shanghai Translation Publishing House, 2009.

Virginia Woolf, *The Common Reade*, New York: Harcourt, 1925.

Walter E. Houghton, *The Victorian Frame of Mind*, *1830 – 1870*, London: Yale UP, 1957.

William Somerset Maugham, *The Explorer*, New York: Baker & Taylor, 1909.

Winwood Reader, *Savage Africa*: *Being the Narrative of A Tour in Equatorial*, *Southwestern*, *and Northwestern Africa*, New York: Harper, 1864.

Zohreht T. Sullivan, *Narratives of Empire*: *The Fictions of Rudyard Kipling*, Cambridge: Cambridge University Press, 1993.

后　记

　　维多利亚时期是英帝国工业高速发展，对外殖民活动达至巅峰的重要时期，特别是维多利亚末期，在英国的历史发展中具有重要意义。首先，英国进入垄断资本主义的阶段，世界许多地方沦为英国的殖民地和半殖民地。其次，赫伯特·斯宾塞宣称的社会达尔文主义将生物学领域里的发现应用到社会领域之中，强调社会领域的优胜劣汰，从而为愈演愈烈的殖民主义和种族优越论提供理论支撑。再次，文学作为时代的精神镜像，映射了当时社会的发展和变迁。因此，阅读英国文学，就是阅读英国在各个特定时代的案卷。人们在对物质利益的追逐中，人性与欲望之间的博弈导致人性的扭曲和异化。这通常在对家庭伦理关系困境的描摹中展现出来。维多利亚文化就是以这种家庭观念为基础建构的，要求人们重视神圣的婚姻和美好的家庭。一篇曾刊于《家庭经济杂志》的文章就指出："大英帝国是一个以家为首的国度。国人对于保护家的温暖是认真和全力以赴的……因为家仍是一切之源。没有了家，大英帝国也不可能荣华。"[①] 英国文学评论家沃尔特·何顿也曾一针见血地指出："维多利亚时期的社会是以家庭为中心的。"[②] "维多利亚小说的一个特征就是关注家庭生活。"[③] 在维多利

---

　　① Raymond Williams, "Woman in Domestic Life", *Magazine of Domestic Economy*, 1, 1836, pp. 65 – 68.

　　② Walter E. Houghton, *The Victorian Frame of Mind*, *1830 – 1870*, London: Yale UP, 1957, p. 341.

　　③ Diane P. Wood, "Preface", *Subversion and Sympathy*: *Gender*, *Law*, *and the British Novel*, ed. Martha C. Nussbaum and Alison LaCroix, New York: Oxford UP, 2013, p. viii.

亚末期，英国小说家创作出很多以家庭伦理叙事为主题的作品，通过对这些作品的深入解读，可以体察到当时英国社会的家庭伦理及其与社会发展的相互关系。

家庭伦理叙事作为维多利亚末期英国文学作品中的一个重要现象，其重点在于突出由当时的主流意识形态所内化的种族歧视和殖民意识，以及垄断资本和社会竞争导致的各种社会矛盾如何在家庭伦理叙事中得以体现，并不同程度地影响着家庭伦理秩序的构建。

通过对几部代表性小说的分析，我们可以看出，维多利亚末期的英国处于由农业社会向工业社会的转型阶段，对外殖民行为也逐渐由盛转衰，不少殖民地纷纷脱离英国的统治，获得独立，日不落帝国的国际地位也逐渐衰落。这些变化都在小说中通过家庭这一具体而微的单元折射出来。康拉德、哈代、劳伦斯、吉卜林和福斯特这几位作者各有特立独行的品性和与众不同的写作风格与写作内容，但他们的作品在对家庭伦理的书写中永远不乏流离与新生、彷徨与求索的浮生万象，在万般变化中秉承那一份持守与真诚。即使像吉卜林、福斯特这样的殖民作家，在他们的小说中依旧浸淫着对家庭伦理的关注和期待。因此，关注小说中的家庭伦理，就可以感觉到时代的脉动和亘古不变的人性关怀，体察到小说的时代诉说和人文价值。在动荡不局、人心失序的社会环境中，对家庭伦理的关注和研究，无疑在构建和谐稳定的社会环境和健康向上的人际关系方面，具有较高借鉴价值。

与西方文化相比，中国传统文化对人的教化主要通过家庭教育来实现。儒家文化中的君臣、父子、夫妇、兄弟、朋友五种人伦关系中，最核心的是夫妇关系，因为这是组成家庭的基础，也是家教的起点。其次是父子关系，父母要做到慈爱，子女要做到孝敬。再次是兄弟姐妹关系，长者要友爱，弟弟妹妹们要恭敬。习近平多次在不同场合指出，"家风好，就能家道兴盛、和顺美满；家风差，难免殃及子孙、贻害社会"[①]。他强调，家庭是国家发展、民族进步、

---

① 习近平：《习近平谈治国理政》第 2 卷，外文出版社 2017 年版，第 355 页。

社会和谐的基点。"修身，齐家，治国，平天下"是中华民族历代名人志士的理想追求。这一目标也来源于朴实的家庭伦理思想。家和万事兴、贤妻良母、勤俭持家等俗语，也无不承载着整个中华民族基本的家庭思想观念。家是最小国，国是千万家。所以家庭和谐对于社会安定团结有着极其重要的意义，是加强社会道德建设的基石。注重家庭、注重家教、注重家风的建设成为推动国家发展、民族进步、社会和谐的不竭动力。作者在写作过程中，有意以中国传统文化为参照，通过分析西方语境下的家庭伦理及家庭成员关系，突出中西方在家庭伦理道德方面的共同追求，探讨建立家庭伦理生态共同体的可能性。

因此，本著作的现实意义在于，通过借鉴文学中的家庭伦理叙事，构建当今社会的家庭生态文明，协调经济发展与思想进步间的关系，摆脱经济主义的歪曲，使人们认识到经济活动的目的就是要在一切关系中改善人们的生活和家庭伦理秩序，加强不同种族间的友好合作，促进共同发展。

本书是在国家社科基金项目"英国 19 世纪末 20 世纪初小说中的家庭伦理叙事"结项成果的基础上修订而成，从构思到付梓经历了五个春秋，在写作过程中得到了同事们的大力支持，并获得国家社科基金、河南省哲学社会科学重点研究基地——中外文学文化研究中心、河南省哲学社会科学创新团队"英美现代文学研究"项目及河南省教育厅社科重大项目资助出版，在此深表感谢！

李长亭

2022 年 8 月